Ch.-A.-Ph. van Loo: Portrait des jungen Marquis (um 1760)

Marquis de Sade

Der Greis in Charenton

Letzte Aufzeichnungen und Kalkulationen

Mit einem Vorwort und einem Anhang
von Georges Daumas
Aus dem Französischen und mit einem Nachwort
von Marion Luckow
Neu durchgesehen und mit einem Text
von Hans-Ulrich Seifert

Herausgegeben
von Michael Farin und Hans-Ulrich Seifert

belleville

Der Verlag dankt Ralf Meyer-Ohlenhof
für das Foto auf dem Umschlag.

Herstellung: Roland Hepp

Gesamtherstellung: Passavia Druckerei GmbH Passau
ISBN: 3-923646-11-9

Vorwort

Die folgenden Dokumente, die hier mit all den Unsicherheiten und den Skrupeln einer schwierigen Entzifferung und dem Zaudern zartfühlender Interpretation zum ersten Mal an das Licht der Öffentlichkeit gebracht werden, sind in Wahrheit nur die Rückstände eines Tagebuches, das der Marquis de Sade mit ungewöhnlichem Eifer als alter Mann und Zwangspensionär im Hospiz von Charenton-Saint-Maurice geführt hat. Sie betreffen zwei sehr wenig bekannte Perioden des Lebensabends eines ungewöhnlichen Menschen, dessen Dasein, so befremdlich es auch gewesen sein mag, allzu oft durch Legenden verklärt wurde. Sie führen weit fort von dem ungestümen Gefangenen in Vincennes, der in seinem Wahn abwechselnd heulte und stöhnte, weit fort auch von dem Gefangenen der Bastille, der seine entfesselte Vorstellungskraft, die ihn mit Wonne und Grausamkeit zugleich quälte, in bald feurigen, bald kläglichen Phantomen einer verzweifelten Sinnlichkeit aufs Papier bannte. Hier hingegen die prosaische, die lebendige Gegenwart des Greises; der Marquis war noch nicht ganz siebenundsechzig Jahre alt, als er mit dem »ersten Heft« des wiedergefundenen Tagebuches begann. Er hatte etwa noch sieben Jahre Leben vor sich in diesem Irren-Gefängnis, in dem die Tage langsam und trübe verstreichen, unterbrochen nur von belanglosen Beschäftigungen, Geldsorgen, kleinlichen Zänkereien mit dem einen oder anderen, erleuchtet vielleicht am Ende von der grotesken Episode eines letzten und armseligen erotischen Abenteuers, den letzten erregenden Feuern seniler Leidenschaft.
Das erste dieser Dokumente betrifft die Periode, die vom 5. Juni 1807 bis zum 26. August 1808 läuft. Das zweite erstreckt sich über die Zeit vom 18. Juli bis zum 30. November 1814: das heißt, der Marquis de Sade verzeichnet hier die letzten Vorfälle seines sterblichen Lebens, den Vorabend seines Todes.
Diese Dokumente fordern zu zwei Bemerkungen heraus. Die erste ist materieller Art. Das erste Heft umfaßt 29 Seiten Schrift in einem Format von 20,5 × 15 und das zweite 21 Seiten. Die Schrift ist sehr flüchtig, oft inkorrekt, verkürzt, verstümmelt oder nachlässig. Eine Zeichensetzung findet prak-

tisch nicht statt. Überall läßt sich die Hand des Greises erkennen, ermüdet, ungeschickt, unsicher. Da er mit gutem Recht die Indiskretionen der Polizei fürchtete – der Marquis de Sade war allzu häufig ihr Opfer geworden –, sind die zitierten Namen oftmals deformiert oder auf ihre Initialen reduziert, ihre Orthographie ist uneinheitlich und unentschieden. Zuweilen gebraucht der Gefangene Pseudonyme, manche lassen sich identifizieren, andere bleiben dunkel. Die zahllosen Anspielungen sind oft nur mit großer Mühe zu erhellen. Offensichtlich ist, daß der Marquis de Sade nur für sich selber schrieb, daß er mit großer Vorsicht zu Werke ging, und daß er der einzige war, der sich verstehen konnte.

Die zweite Bemerkung betrifft die Diskontinuität der Aufzeichnungen. Die vollständige Folge des *Tagebuches* müßte vom 5. Juni 1807 bis zum 30. November 1814 reichen und vier Hefte umfassen, denn das erste Dokument ist »erstes Heft« und das zweite »viertes Heft« überschrieben. Was das Verschwinden der Hefte 2 und 3 angeht, sind wir auf Hypothesen angewiesen. Es wäre vorstellbar, daß Nummer 2 von der Polizei beschlagnahmt wurde aufgrund eines Erlasses des Innenministers Montavilet vom 18. Oktober 1810, der dem Marquis »jeglichen Gebrauch von Bleistift, Tinte, Feder, Papier« verbot. Ein Brief vom Dezember 1810 scheint darauf hinzuweisen, daß die Polizei eine strenge Untersuchung bei ihm durchgeführt hat, da er protestiert und darauf besteht, daß man ihm »alles zurückgibt, was mir kürzlich weggenommen wurde, sowohl an Papier als auch an Schreibzeug«. Was nun das dritte Heft anlangt, ist es nicht abwegig anzunehmen, man habe es an dem Tag beschlagnahmt, als der Nachfolger von M. de Coulmier, der Rechtsanwalt Roulhac du Maupas am 1. Juni 1814 dessen Amt als Direktor der Irrenanstalt übernahm. Da er ohnehin die beiden Abschriften des *Tour mystérieuse*[1] bei einem Kranken konfisziert hatte, ist es nicht unwahrscheinlich, daß er das ganze Zimmer des Marquis hat durchsuchen lassen, um sich auch der restlichen Manuskripte zu bemächtigen.

Das Verständnis der vorliegenden Texte verlangt eine zumindest summarische Wiederholung der wesentlichen Ereignisse, die das Leben des Marquis seit seiner letzten Verhaf-

[1] Singspiel, zum ersten Mal veröffentlicht in Sade, Théâtre, Bd. III, Pauvert 1970, S. 12 ff.

tung am 6. März 1801 bei seinem Verleger Nicolas Massé bestimmt haben. Sade selbst hat die Umstände seiner Verhaftung und seine Erlebnisse während der ersten zwanzig Tage seiner Gefangenschaft geschildert.
»Ich wurde am 15. Ventôse bei Monsieur Massé verhaftet, wo ich mich gerade wegen einer geschäftlichen Angelegenheit befand, die sich auf die ›Verbrechen der Liebe‹ bezog. Bei ihm wurde ich Zeuge der Beschlagnahme. Als sie vollzogen war, zeigte man mir den Vorführungsbefehl. Ich begab mich zuerst in die Rue des Trois-Frères, um dort die Schlüssel für Saint-Ouen zu holen. Ich fand Madame[2] in großer Sorge und Erregung. Sie gab mir das Versprechen, mich nicht zu verlassen. Ich wurde nach Saint-Ouen geführt, wo man eine genaue Durchsuchung vornahm, die lediglich die Beschlagnahme von einigen Broschüren, meiner drei Gemälde und des Wandbehanges in meinem Boudoir zur Folge hatte. Von dort wurde ich zurück zur Präfektur geführt, wo ich jedoch die Erlaubnis nicht erwirken konnte, in Begleitung eines Wächters nach Hause gehen zu dürfen, wie ich es verlangte. Zwei Tage und zwei Nächte wurde ich in Einzelhaft gehalten; im übrigen war man mir gegenüber höflich und aufmerksam. Am 16. wurde ich zweimal von Moutard vernommen, morgens von zwei bis vier und abends von acht bis zehn. Ich antwortete entsprechend der Notizen, die ich mir am Morgen gemacht hatte. Am 18. vernahm Moutard mich zum drittenmal; man legte mir die Manuskripte vor, die man bei Massé beschlagnahmt hatte. Ich bekannte mich zu zwei Manuskripten und sagte zu den beiden anderen, was ich schon im Zusammenhang mit ›Justine‹ gesagt hatte. Am siebten Tag hatte Madame mich noch immer nicht besuchen dürfen. Am achten Tag erlaubte man mir, meinem Karton die Papiere zu entnehmen, die ich brauchte; man sagte mir, der Präfekt habe in meiner Sache nicht entscheiden wollen und sie darum dem Polizeiminister übergeben. Madame erschien mit PL., aber ich durfte sie nicht sehen. Am 25. kamen sie wieder und schrieben mir, daß meine Angelegenheit am folgenden Tage erledigt sein würde. Am 27. schrieb mir Madame, daß sie mir den Rat gäbe, mit einem Verteidiger zu sprechen. Was für ein Widerspruch! Darf man so mit einem zerrütteten Men-

[2] Gemeint ist Madame Quesnet, eine ehemalige Schauspielerin, mit der Sade seit 1790 zusammenlebte.

schen verfahren? Am 28. sprach ich mit Monsieur Jaillot aus Versailles, und am 30. durfte ich meine kleine Zelle verlassen, um mit den anderen zusammenzusein. Am 5. Germinal wurde ich wieder ins Verhör genommen; man legte mir einen Brief vor, den geschrieben zu haben ich leugnete. Auf dem Rückweg konnte ich Madame im Vorübergehen begrüßen. Am 11. erzählte mir einer der Häftlinge, daß ich nach Pélagie überführt werden solle, was am 12. tatsächlich geschah. Am 13. sah ich Madame zum erstenmal im Besuchszimmer in Pélagie; sie schien Intrigen meiner Familie zu befürchten. Sie hatte die Erlaubnis erhalten, mich in jeder Dekade dreimal zu besuchen. Ich bemerkte in ihren Reden viele Widersprüche, und ich glaubte nun zu erkennen, daß man gegen mich, wie in der Bastille, wiederum ein verschlüsseltes System anwandte.«[3]

Die Zeit vom 6. März bis zum 2. April 1801 also hat Sade auf der Polizei-Präfektur verbracht. Da jedoch der Präfekt Dubois der Meinung war, daß eine juristische Verfolgung »einen Skandal« heraufbeschwören würde, den man nicht um »einer exemplarischen Bestrafung willen riskieren solle«, entschloß er sich, den Marquis in Sainte-Pélagie »abzustellen«, um ihn auf dem Verwaltungswege als Autor des »schändlichen Romanes Justine und des noch viel scheußlicheren Buches mit dem Titel Juliette zu strafen«. Es gibt keinen Zweifel, und Gilbert Lely hat es ein für alle Male bewiesen, daß die Legende, nach der der Marquis bei dieser Verhaftung das Opfer eines persönlichen Rachefeldzuges von Bonaparte gewesen sei, da er das Pamphlet *Zoloé et ses deux acolytes* geschrieben habe, jeder Grundlage entbehrt.

Die Macht beschränkte sich darauf, unter Umgehung eines Prozesses den libertinen Autor der *Justine* und der *Juliette* rechtswidrig einzusperren.

Wir wissen so gut wie gar nichts über das Leben des Marquis in Sainte-Pélagie, wo er fast zwei Jahre blieb. Gegen Ende Februar oder Anfang März 1803 taucht sein Name in Verbindung mit einem Skandal in den Polizeiarchiven auf: Er habe, so heißt es dort, »alle Kräfte, die ihm seine verdorbene Phantasie zur Verfügung stellte, aufgeboten, um zwei junge Leute zu verführen und zu verderben, die infolge von un-

[3] Vgl. Sade, Ausgewählte Werke, Bd. III, Hamburg 1965, S. 1008 bis 1010.

glücklichen Umständen in Sainte-Pélagie festgehalten wurden und die zufällig mit ihm auf demselben Flur eingewiesen worden waren«. Sein aufsehenerregendes Verhalten provozierte Beschwerden, die die Verwaltung zwangen, ihn nach Bicêtre zu überführen. Und es geschah wahrscheinlich am 14. März 1803, daß man den Marquis in die düstere »Bastille der Gosse« verbrachte.
Aus dieser Zeit ist uns ein sehr eindrucksvolles Portrait des Marquis de Sade überliefert, das man in den Erinnerungen von Charles Nodier nachlesen und an dessen Authentizität man ernstlich nicht zweifeln kann:
»Einer der Herren stand sehr früh auf; er sollte überführt werden und war davon vorher unterrichtet worden. Ich bemerkte von ihm zunächst nichts weiter als eine enorme Leibesfülle, die seine Bewegungen derart behinderte, daß er den Rest von Anmut und Eleganz, deren Spuren in seinem ganzen Benehmen spürbar waren, nicht zu entfalten vermochte. Seine müden Augen hatten indessen noch ein gewisses Etwas, einen Glanz, eine Spur von Überlegenheit bewahrt; von Zeit zu Zeit belebten sie sich wieder wie der noch glimmende Funke eines schon erloschenen Feuers.«
Etwas weiter unten stellt Charles Nodier diese treffenden Überlegungen an, die die administrative Gefangenschaft des Marquis exakt charakterisieren:
»Dieser de Sade ist der Inbegriff der außergerichtlichen Opfer der Hohen Justiz während der Konsulats- und Kaiserzeit. Man wußte nicht, wie man dem Gericht mit seiner öffentlichen Verhandlung, seinen lärmenden Diskussionen ein Verbrechen zumuten sollte, das die moralische Verfassung der gesamten Gesellschaft dermaßen in Zweifel zog, daß man kaum wagen konnte, es zu charakterisieren. Ich sagte schon, daß dieser Gefangene mir nur flüchtig bekannt war. Ich erinnere mich an nichts weiter als daran, daß er höflich war bis zur Übertreibung und leutselig bis zur Gesalbtheit, und daß er respektvoll von allem sprach, was man respektiert.«[4]
So sah der Marquis de Sade im Jahre 1803 aus, und so wird er auch bis zu seinem Tode im Jahre 1814 ausgesehen haben, wenn man ergänzt, daß seine Volleibigkeit wohl eher noch zugenommen hat und sicher auch die Nachlässigkeit seines

[4] Vgl. Sade, A. W., Bd. III, S. 1108–1111.

Anzuges, die den Doktor Ramon erstaunte, als er ihm im Jahre 1814 in Charenton begegnete.

Der Marquis blieb nur eineinhalb Monate in Bicêtre. Seine Familie konnte den Polizeipräfekten rasch dazu bewegen, diesem ehrenrührigen Aufenthalt[5] ein Ende zu machen. Am 27. April 1803 wurde de Sade unter dem Geleit eines Polizeibeamten in das Irrenhaus Charenton-Saint-Maurice überführt. Die Pension, die seine Familie sich zu zahlen verpflichtete, betrug jährlich dreitausend Francs.

Polizei-Präfektur, Sainte-Pélagie, Bicêtre, schließlich das Irrenhaus von Charenton-Saint-Maurice, das waren die letzten und ergreifenden Stationen dieses sonderbaren Menschen, den der Präfekt Dubois gern als »einen Unverbesserlichen« bezeichnete, »der sich ständig im libertinen Delirium« befand.

Das Irrenhaus von Charenton-Saint-Maurice war für M. de Sade keine völlig neue Umgebung, als er es im Laufe des 27. April 1803 betrat. Er hatte dort, wie man sich erinnern wird, bereits einmal acht Monate verbracht. Das war zu Anfang der Revolution gewesen, vom 4. Juli 1789 bis zum 2. April 1790, ehe er seine Freiheit durch den Erlaß der Constituante zur Aufhebung der königlichen Haftbriefe wiedererlangte.

Die Geschichte des Irrenhauses reicht bis in die Zeit Louis XIV zurück. Sebastian Leblanc, der ein Rat des Königs und Kriegsinspektor gewesen war und seit 1641 seinen Wohnsitz bei den Barmherzigen Brüdern in Paris genommen hatte, vermachte seinen Gastgebern, als er am 23. April 1670 starb, nicht nur einen großen Teil seines Vermögens, sondern auch ein Haus mit umliegenden Grundstücken im Dorf von Charenton-Saint-Maurice. Seiner Großzügigkeit verband er die Bedingung, in diesem Haus ein Hospital mit vierzehn Betten für notleidende Kranke einzurichten.

Als die Revolution ausbrach, war das Haus in Charenton-Saint-Maurice eine Irrenanstalt und wurde noch immer von den Barmherzigen Brüdern geführt, und auch die medizinische Versorgung wurde von den »Petits Pères« geleistet. 1795

[5] Aufgrund der von der Constituante 1790/91 erlassenen Dekrete war Bicêtre zum Sammelbecken der Irren aus ganz Frankreich geworden. Bis dahin hatte man sie in den Provinzen mit Zuchthäuslern zusammengesperrt. Vgl. Michel Foucault, Wahnsinn und Gesellschaft, Frankfurt 1969, S. 435 ff.

aber wurde das Haus geschlossen. Zwei Jahre später, am 15. Juni 1797, verfügte die Exekutive des Direktoriums, »in dem alten Gebäude der Barmherzigen Brüder seien alle notwendigen Vorkehrungen zu treffen, Arzneimittel und sonstige Einrichtungen zur Behandlung und Heilung des Wahnsinns bereitzustellen, damit man Patienten beiderlei Geschlechts dort aufnehmen könne. Die Anstalt soll der direkten Oberaufsicht des Innenministeriums unterstellt werden.«

Der Irrenarzt Esquirol[6] hat in seiner Abhandlung *Des maladies mentales* die vollständige Geschichte des Hauses in Charenton aufgezeichnet. »Die Führung des Hauses«, schreibt er, »wurde mit dem Titel eines Generaldirektors M. de Coulmier anvertraut, einem ehemaligen Prämonstratenser Mönch, Mitglied der Nationalversammlung und der Constituante. M. Gastaldy, ehemaliger Arzt des Irrenhauses in Avignon, ›Haus der Vorsehung‹ genannt, wurde Arzt in Charenton; M. Dumoustier erhielt die Stellung des Ökonom, und M. Deguise wurde als Chirurg eingestellt. Diese Leute wurden am 21. September 1798 in ihr Amt berufen. Laut Artikel 4 des Erlasses vom 15. Juni 1797 war der Direktor von Charenton unmittelbar dem Innenministerium Rechenschaft über die ökonomische Verwaltung schuldig. Eine solche Abrechnung hat es nie gegeben, und es konnte sie auch nicht geben. Laut Artikel 5 desselben Erlasses war die Medizinische Fakultät von Paris verpflichtet, Leitlinien auszuarbeiten, die die verschiedenen Versorgungsdienste in Charenton aufeinander abstimmen sollten. Auch das ist nie geschehen. M. de Coulmier blieb unabhängig, ein absoluter Herrscher, zugleich Oberaufseher der Verwaltung und der medizinischen Versorgung.«[7]

Wie aber war die Umgebung, die Atmosphäre beschaffen, in der der Marquis die letzten elf Jahre seines Lebens zubringen sollte? Um uns davon eine Vorstellung zu machen, können wir jetzt auf ein unveröffentlichtes Dokument von allergrößter Wichtigkeit zurückgreifen. Es handelt sich um die

[6] Neben Pinel einer der bedeutendsten Irrenärzte der Zeit. Er hat erst nach Sades Tod das Hospiz von Charenton umorganisiert und geleitet. Zu Sades Lebzeiten (seit 1811) war er Arzt in der Salpêtrière in Paris, worauf der Kavallerieoffizier Colins im Anhang ausführlich zu sprechen kommen wird.

[7] Esquirol, Des Maladies mentales, 1838 T II, p. 561 ff.

Aufzeichnung eines gewissen Hyppolite de Colins[8], eines ehemaligen Offiziers der Kavallerie, dessen Aufgabe die vertrauliche Unterrichtung des Innenministers war.
Wenn auch diese Aufzeichnungen, die wir im Anschluß an das Tagebuch Sades abdrucken, eher einer bösartigen Inspiration entspringen, sind die von ihm recherchierten dokumentarischen Einzelheiten, sowohl was die Verwaltung der Anstalt, als auch was den Marquis de Sade persönlich betrifft, sehr viel aufregender und exakter als all die zerstreuten Hinweise, die man bis heute publiziert hat. Das Hospiz von Charenton-Saint-Maurice umfaßte, als der Marquis dort im Jahr 1803 einzog, einen imponierenden Komplex von Gebäuden, die die Verwaltung, das Dienstpersonal, die Pensionäre und die Kranken beherbergten. »Es liegt«, schreibt Colins, »in dem Dorf desselben Namens am Ufer der Marne, ungefähr 10 Meilen von Paris entfernt. Es verfügt über einen schönen Eingangshof, hinter dem sich die Gebäude befinden, die der Direktor, die Angestellten und einige Pensionäre bewohnen.« Das Haus rechts, das drei Stockwerke hat, wird im Erdgeschoß von den Geisteskranken männlichen Geschlechtes bewohnt. Es wird in der Mitte von einem Korridor geteilt, von dem auf beiden Seiten Zimmer abgehen.[9] »Die Zimmer sind drei oder vier Meter lang und werden von zwei bis drei Kranken bewohnt. Das Erdgeschoß, das sich einen halben Meter unter dem Erdboden befindet, ist außerordentlich feucht. Dorthin bringt man die Kranken, die die Krankenwärter als unsauber bezeichnen oder die sie bestrafen wollen ... Sie schlafen fast alle auf dem nackten Stroh und viele ohne Decken ... Die Mauern sind dreckig und mit einem Schmutz bepflastert, der dort seit Jahren an der Wand klebt ... die Latrinen verströmen ihre Dünste. Hinter dem Männerhaus befindet sich noch ein anderes Gebäude, das Männerbad genannt, wo man den Kranken Duschen verabreicht, d. h. einen harten Wasserstrahl, der mit beträchtlichem Volumen und aus beträchtlicher Höhe auf den Schädel des Kranken fällt, was bei diesem einen gewaltigen Schock auslöst, ihm die Atmung nimmt und dazu dienen soll, ihn in einen Erschöpfungszustand zu versetzen.« Der Vollständigkeit halber wollen wir hinzufügen, daß man dort fast stän-

8 Archives de la Seine, 3 AZ 212, vgl. Anhang.
9 In diesem Gebäude wohnte Monsieur de Sade im zweiten Stock.

dig, scheint es, das *Sturzbad* anwandte, das nichts anderes war als die Folter in der Badewanne, die späterhin von den nazistischen Verbrechern perfektioniert wurde. Esquirol, der doch so zurückhaltend in seinem Urteil ist, bezeichnet sie zu Recht als: *Schreckensbad.*

»Links neben dem Eingang war das Frauenhaus, gleichfalls unsauber und feucht ... In einer Ecke des Gebäudes lagen 7 oder 8 Einzelkammern für die Wahnsinnigen ...« Zu dem Komplex gehört auch ein Krankenhaus für die Eingeborenen des Bezirkes Charenton. Die Kranken hatten es dort jedoch sehr schlecht: »Die Betten sind verwahrlost«, stellte M. de Colins fest, »es fehlt an Wäsche, die Decken bestehen aus Fetzen, Unsauberkeit herrscht überall.«

Diese kurze Inventarbeschreibung[10] wäre unvollständig, wenn wir nicht noch hinzufügten, daß sich in dem Frauenhof eine hydraulische Maschine befand, die von Pferden bewegt wurde, um Wasser in ein großes Reservoir zu pumpen, welches das ganze Haus zu versorgen hatte.

In dem Haus von Charenton-Saint-Maurice lebt eine Gemeinschaft von ungefähr 400 Personen, d. h. 350 Pensionäre und etwa 50 Männer und Frauen als Pflegepersonal für die Kranken und den Küchendienst. Im Jahr 1812 schlüsselt sich das folgendermaßen auf: 170 Männer, die Pension bezahlen, 55 Invaliden und 10 Militärs, die dort vom Kriegsministerium und 15 Männer, die ohne gesetzliches Verfahren von dem Innenministerium hier einquartiert worden waren. Dazu kamen 95 Frauen, die Pension bezahlten und 13 Frauen, die hier auf Kosten des Innenministeriums lebten.

Im *Tagebuch* finden sich vielerlei Anspielungen auf M. de Coulmier, den Direktor des Hospizes. Seine Beziehung zu M. de Sade war nicht nur von Freundschaft geprägt, nicht immer nur von Vertrauen oder reiner Höflichkeit. Aber man muß auch in Betracht ziehen, daß Coulmiers Verhältnis zu dem sehr unbeweglichen Innenminister außerordentlich schwierig war. Seit 1805 hatte er mit dem Oberarzt Royer-Collard, der die Gegenwart des berüchtigten Autors der *Juliette* im Hospiz nicht dulden wollte, einen offenen Kampf auszufechten. Wenn man noch die Verleumdungen und zahllosen Intrigen hinzuzählt, die diese kleine abgeschlossene Ge-

[10] die in der deutschen Ausgabe noch um Passagen gekürzt wurde, die der interessierte Leser im Anhang finden kann.

meinde zum Gären brachte, wird man begreifen, warum M. Coulmier nicht immer heiterer Laune sein konnte. In Wahrheit stimmen alle Zeugnisse dahingehend überein, daß M. de Coulmier ein wohltätiger, zuweilen sich freilich auch autoritär gebärdender, im Grunde aber dem Haus und seinen Pensionären sehr gewogener Mann war.

Er war klein und ziemlich häßlich, wenn man dem Zeugnis von Hippolyte de Colins glauben will, was freilich sein Prestige in den Augen des heutigen Beobachters kaum mindern wird.

»Zunächst muß man von einem Mann, dessen vornehmliche Aufgabe darin besteht, andere Menschen durch Reden zu besänftigen«, behauptet forsch der ehemalige Offizier der Kavallerie, »erwarten, daß sein Äußeres jedenfalls nicht lächerlich sei.«[11]

Aus den Worten Colins spricht ein besessener Haß, das ist wahr, aber ein hellsichtiger, der mit seinem harten Licht die letzten Jahre des Greises von Charenton durchdringt. Man weiß, welchen Platz die musikalischen und dramatischen Aktivitäten in dem Leben des Hospizes von Charenton einnahmen und daß Monsieur de Sade sich hier hervortat, indem er der künstlerische Berater des Direktors wurde. In Wahrheit waren die Initiative von M. Coulmier und seines gutwilligen Kollaborateurs weit davon entfernt, eine allgemeine Zustimmung zu finden. Als der erste Moment der Überraschung vorüber war, wurden kritische Stimmen laut, und der weise Esquirol selbst neigt dazu, die Aufführungen als geniale Schurkereien zu betrachten, die dazu bestimmt waren, sämtliche Schelme aus Paris anzulocken. Was Hyppolite de Colins betrifft, so denunziert er sie mit grausamer Virulenz:

»Man hat hier ein einzigartiges Mittel zur Heilung des Wahnsinns erfunden, dessen Scharlatanerie bereits die ungeheuerlichsten Gerüchte erzeugt hat: Im Hospiz von Charenton spielt man einmal im Monat Komödien, Opern, Dramen. Das Schauspiel besteht gewöhnlich aus zwei Stücken. Manchmal gibt es auch ein Ballett oder ein Feuerwerk zu Ehren des Direktors, für das man die Verwandten der Kranken 6 Francs bezahlen läßt. Um zu diesem Schauspiel immer mehr

[11] Zur Fortsetzung des Portraits vgl. Anhang.

Leute anzulocken, hat man es nicht unterlassen, bei allen Gelegenheiten zu wiederholen, daß es die Wahnsinnigen selber sind, die die Stücke spielen, und daß diejenigen unter ihnen, die fähig sind, derartige Dinge aufzunehmen, in den Genuß kommen, als Zuschauer dem Schauspiel beiwohnen zu dürfen . . .«[12]

Magdeleine Leclerc war offenbar das letzte Abenteuer des Monsieur de Sade. Dem Tagebuch zufolge ist sie am 19. Dezember 1796 geboren, da es den 19. Dezember 1814 als ihren achtzehnten Geburtstag bezeichnet. Eine sehr diskrete Anmerkung am Rande des Manuskriptes berechtigt zu der Annahme, daß der alte Pensionär in Charenton am 9. Januar 1808 zum ersten Mal auf sie aufmerksam wurde, zu einer Zeit, als Mme Quesnet, seine Geliebte, krank war. Das kleine Mädchen war damals also erst zwölf Jahre alt. Dank der extravaganten *Chiffremanie* des Marquis kann man mit einiger Wahrscheinlichkeit den 15. November 1812 als den Tag bezeichnen, an dem das junge Mädchen ihn zum 1. Mal in seinem Zimmer besuchte. Und etwa den 15. Mai 1813 als den Beginn intimer Beziehungen. Mit einer Partnerin von sechzehn Jahren trat der Marquis damals in sein 74. und letztes Lebensjahr.
Die Mutter von Magdeleine Leclerc arbeitete, scheint es, im Hospiz, unter der Aufsicht von Madame Santeuil, einer Art Verwalterin, und war mit subalternen Verrichtungen beschäftigt. Sie begünstigte, daran kann man nicht zweifeln, das Verhältnis ihrer Tochter mit dem Greis: eine nicht einmal mehr als zweideutig zu bezeichnende Kupplerin, die freilich den hartgesottenen Libertin nicht in Erstaunen versetzen konnte, war er doch so oft auf ähnlichen Wegen zu anderen »Objekten der Wollust« gelangt.
Magdeleine Leclerc, die noch eine Schwester hatte, war wahrscheinlich Lehrling bei einer Schneiderin oder Wäscherin. Es ist offensichtlich, daß sie, ohne große Forderungen zu stellen, Geld für ihre heimlichen Besuche und kleinen Spiele mit dem Greis bekam. Diese geringfügigen Verdienste schlossen eine gewisse Treue nicht aus, und, um alles zu sagen, auch nicht eine gewisse Zuneigung zu der Person ihres ausgefallenen Liebhabers, so erstaunlich das auch klingen mag.

[12] Fortsetzung des Berichts im Anhang.

Der Greis seinerseits war sehr eifersüchtig auf seine junge Freundin und zögerte nicht, ihr zu untersagen, Bälle zu besuchen, auszugehen oder ein Bad aufzusuchen. Als Gegengabe, da der Teufel nun einmal alt geworden war, hatte er sich zartfühlend in einen aufmerksamen Pädagogen verwandelt und brachte dem jungen Mädchen die Grundkenntnisse des Lesens, Schreibens und Gesanges bei.
So also sah die allerletzte Eroberung des unverbesserlichen Marquis aus: sie trafen sich zum letzten Mal am Sonntag, den 27. November 1814. Das junge Mädchen versprach einen neuen Besuch für den folgenden Sonntag oder Montag, den 4. Dezember. Bekanntlich ist Monsieur de Sade am 2. Dezember gegen 22 Uhr gestorben.
Diese Verbindung, die kaum noch die Heimlichkeit suchte, provozierte, scheint es, einige Gewitter von Seiten Madame Quesnet, die im Juli 1804 zu ihrem alten Liebhaber ins Hospiz von Charenton-Saint-Maurice gezogen war und seither dort wohnte. Gleichwohl ist es nahezu sicher, daß sie sich gemeinsam auf einen Haushalt zu dritt vorbereiteten für den Tag, an dem Monsieur de Sade seine Freiheit wieder erlangen würde, woran er keine Minute zweifelte, selbst nicht einmal auf seinem Totenbett. Sie woben an einem grotesken Traum, den das Verschwinden des Hauptinteressenten bald zerreißen sollte.

Es gibt keinen großen Mann, dessen Mythos nicht von *seinem Kammerdiener* oder der Indiskretion vernichtet werden könnte. Die Figur des »göttlichen Marquis« bleibt, trotz der gründlichen Arbeiten von Gilbert Lely, für uns Zeitgenossen in einen künstlichen und verdächtigen Nebel gehüllt, der alle Züge verwirrt und deformiert. Der Mensch wird hinter seiner Legende vergrößert, die die harte und traurige Realität des Alltags maskiert.
Die aufgedeckte Intimität stellt die wahren Dimensionen wieder her, die die eines gemeinsamen Elends und die der Mittelmäßigkeit waren: Geld, Lügen, Zänkereien, kindische Illusionen, und das alles zubereitet mit einem erbärmlich überzogenen Erotismus in dem kleinen begrenzten Universum von Charenton, fahl und stickig, und schließlich der Tod, grausam gegenwärtig in seiner Nacktheit.
Wo sind die Schatten des feurigen Edelmannes vom Place des

Victoires geblieben, des kühnen Libertins der Rue Saint-Ferreol-le-Vieux, des Schloßherren von La Coste, des berauschten Gefangenen von Vincennes und der Bastille, des Bürgers der Section des Piques? Im Hospiz von Charenton-Saint-Maurice, unter der Herrschaft der kontrollierten Freiheit, dämpft der herannahende Tod die Farben und verstümmelt die Gefühle. Er tritt plötzlich und brutal auf, erstarrt in der Kompresse, die man dem Kranken am Abend des 30. November 1814 anlegt. In wenigen Stunden wird Monsieur de Sade seinen sterblichen Lauf vollenden und in die Ewigkeit eingehen, allein wie alle Menschen, doch mit dem pomphaften Gepränge seiner verfluchten Träume und den ewig brennenden Gedanken an seine Abenteuer aufgehoben für eine wohlwollende Nachwelt.

Georges Daumas

PS. Wir möchten den Hinweis nicht versäumen, daß das Tagebuch von dem Grafen Xavier de Sade in den Familienarchiven und die Anmerkungen über Charenton von Mme Nicole Felkay, einer Konservatorin der Seine-Archive, wieder aufgefunden wurden. Wir möchten ihnen hiermit auf das allerlebhafteste danken für die Übermittlung dieser wichtigen Dokumente, die den zweiten Band der Biographie des *»Marquis de Sade«* von Gilbert Lely vervollständigen.

Erstes Heft

5. Juni 1807 bis 26. August 1808

Tagebuch

(Fortsetzung meiner beschlagnahmten Tagebücher)

Das Jahr 1807

Am 5. gegen zwei Uhr betrat Mr. de Coul: mein Zimmer, gefolgt von drei Polizisten, von denen einer, Generalinspektor Vera, mir den Befehl des Präfekten vorlas, alle meine Papiere zu beschlagnahmen; was auch ohne jede Prüfung geschah. Als ich ihnen vor Augen führte, daß ich einige Schriftstücke nicht aus der Hand geben konnte, Zahlungsbestätigungen zum Beispiel, antworteten sie, sie hätten keine Zeit, hier Stück für Stück zu prüfen, sie würden mir das, was ich brauchte, zurückschicken. Während sie mein Zimmer durchsuchten, suchten sie ebenfalls bei Md. und nahmen ihr ebenfalls wichtige Papiere fort; sie fanden die Manuskripte, die ich in der Bastille verfaßt und gerettet hatte und nahmen alles mit. Anfangs schlug der Chef einen rücksichtslosen Ton mir gegenüber an; später wurde er ein wenig sanfter und versicherte mir, daß dieses Vorgehen keine nachteiligen Folgen für mich haben würde. Sie verstauten alles in einem Fiaker und fuhren davon.[1]

Diese Aktion fand gerade 6 Jahre und 3 Monate nach meiner Verhaftung statt, 4 Jahre und 6 Wochen nach meinem Eintritt in Charenton, insgesamt 4 Jahre und 39 Tage.[2] Meine

[1] Tatsächlich war es der 5. Juni 1807 (vgl. Akte 8 F7 6294 des National-Archivs), als die Polizei im Zimmer des Marquis all diese Manuskripte beschlagnahmen ließ. Wenn man den Polizisten glauben soll, dann war der Marquis auch zu jener Zeit noch dabei, »Romane, die noch scheußlicher waren als die *Juliette*« zu verfassen. Man will bei ihm mehrere Manuskripte, »deren Lektüre empörend« gewesen sei, »eine Folge von unbeschreibbaren Obszönitäten, Blasphemien und Schurkereien«, gefunden haben. Die Anspielung zielt, meint Gilbert Lely, auf das Manuskript der *Journées de Florbelle,* das etwa aus acht Heften bestand, die der Autor nie wiedergesehen hat und die 1815 auf Weisung des Polizeipräfekten Delavau und auf Bitten seines Sohnes Donatien-Claude-Armand de Sade, der dem Autodafé als Zeuge beiwohnte, verbrannt wurden.

[2] Der Marquis de Sade hat während seiner Haftzeit im Geiste ständig eine minutiöse Rechnung der Tage seiner Gefangenschaft geführt. Er merkte sich unzählige Anhaltspunkte, die er immer wieder neu zu präzisieren

arme Tochter[3] war sehr bestürzt über diesen Schlag, und das machte mir umso größeren Kummer, als ich keine teurere Freundin auf der Welt besitze.
Nach dieser Geschichte kam Mr. de C. und blieb eine Stunde, um uns zu trösten. Ich habe mich über seinen Besuch sehr gefreut; es war der Tag, an dem ich meinen neuen Schreibtisch bekam. Dieser Vorfall fand 3 Jahre und 1 Monat und 5 Tage nach dem vorhergehenden statt.[4]
Am 6. abends ging ich zu Mr. de C., der mich über die möglichen Folgen dieses Abenteuers keineswegs beruhigen konnte, und der mir versicherte, daß diese Leute ihm schreckliche Dinge über die beschlagnahmten Manuskripte erzählt hätten.
Am 7. und 8. sah ich Mr. de C. und war ganz zufrieden mit ihm.
Am 9. schrieb ich einen wohlüberlegten Brief, in dem ich das zur Sprache brachte, was wir gemeinsam beschlossen hatten; Md. mußte nach Paris gehen: sie ist dagewesen.
Am 10. übergab ich Mr. de Coulm. den Rechtfertigungsbrief bezüglich der beschlagnahmten Papiere; er fährt am 11. nach Paris.
Am 12. kam C. zurück und beruhigte mich; am selben Tag machte Desfossés seinen 3. Besuch (soviel ich mich erinnere); wir haben ihm nichts erzählt.

suchte. Diese Beschäftigung war für ihn eine Art, die Zeit zu bewältigen. Durch extravagante und kindische Kombinationen von Zahlen und Signalen errechnete er sei es das wahrscheinliche Datum seiner Entlassung, seien es Daten von Ereignissen, die in der Zukunft eintreten sollten. Hier mag es genügen, daran zu erinnern, daß der Marquis am 6. März 1801 bei seinem Verleger Nicolas Massé arretiert worden war, so daß die erwähnte Durchsuchung gerade 6 Jahre und 3 Monate später stattfand. Von Bicêtre nach Charenton in die Irrenanstalt Saint-Maurice wurde der Marquis am 27. April 1803 überführt. Die Durchsuchung des 5. Juni 1807 fand also 4 Jahre und 39 Tage nach seiner Ankunft in Charenton statt.

[3] Im Manuskript kann man unter dem Wort »Tochter« noch das durchgestrichene Wort »Freundin« lesen. Bekanntlich wurde Mme Quesnet, genannt Sensible, in frommer Lüge in der Anstalt von Charenton-Saint-Maurice als die natürliche Tochter des Marquis ausgegeben.

[4] Die Durchsuchung vom 5. Juni 1807 fand drei Jahre und einen Monat und fünf Tage nach derjenigen statt, die am 1. Mai 1804 durchgeführt wurde: der Polizeipräfekt hatte damals eine totale Durchsuchung der Papiere des Marquis angeordnet und ihm überdies drohen lassen, daß, wenn er sich weiterhin aufsässig zeigte, man ihn nach Bicêtre zurückbringen müsse, was für den Gefangenen eine fürchterliche Vorstellung gewesen sein mußte.

Am Sonntag, den 14. gab Allard mir seine Rechnung für den Schreibtisch,[5] die sich auf 99 Francs belief.
Am 14. kam François zum 2. Mal und brachte mir keineswegs das, was er mir versprochen hatte.
Am Sonntag, den 15. fährt Md. nach Paris, am 16. abends läßt sie mir bestellen, daß sie vielleicht erst am 18. zurückkommt.
Am 18. kommt Md. von Pekin zurück und bringt dem Moses Zucker für seine Fabeln mit. Es wird die 4 signalisiert, dann die 3 (prüfe: was das heißt). Am selben Abend spricht F... mit Moses[6] und gibt ihm nicht so viel Zucker, er verwendet vielmehr Essig und ganz unangebrachte Gewürze und sagt schließlich, daß die Milch nicht umschlagen wird, und daß er Groseille gesehen hat, die versprochen hat, die Dinge voranzutreiben: er behauptete Moses gegenüber, daß die drei letzten Fabeln in Meudon gemacht wurden, was falsch ist, daß er die Absicht gehabt habe, die Fabeln zu verkaufen, was ebenso falsch wie absurd ist, und daß infolgedessen Moses ein *Gauner, ein Schelm, ein Unglückseliger* sei, – Gewürze, ebenso köstlich wie hübsch erfunden. F... sagte auch zu Moses, daß man ihm gesagt habe, er solle etwas mehr achtgeben hinsichtlich der Zitronen, die an Moses verkauft werden; er sagte weiter, man habe Md. de l'Orme verdächtigt, sich in diese Händel eingemischt zu haben, was wahrhaft eine verleumderische und verabscheuenswerte Verdächtigung ist. Schließlich besteht ein großer Unterschied zwischen der Version von Md. de l'Orme und der von M.F.
Am selben Tage aß ein Herumtreiber im Haus und erzählte, daß man ihm erzählt habe, le Chéri interessiere sich außerordentlich für Moses.
Am 19. unterschrieb ich den Brief aus Arles und war sehr zu-

[5] Den erwähnten Schreibtisch hat der Marquis bis zuletzt benutzt. Er erscheint unter Nr. 25 in der Verkaufsliste des Nachlasses vom 22. Januar 1815, einem unveröffentlichten Dokument: »Ein Schreibtisch aus Eichenholz mit 8 Schubladen wurde mit fünfzehn Francs veranschlagt und mit einem Franc verkauft.« Die Verwaltung des Hospizes von Charenton-Saint-Maurice hat ihn erworben. Der aus den Händen des Tischlers Allard hervorgegangene Schreibtisch hatte 99 Francs gekostet. Eine Randbemerkung bestätigt : »Heute bezahlt«.

[6] Eine ungewöhnlich dunkle Passage. Moses, das ist offenbar der Marquis selber. Was die »Fabeln« betrifft, so handelt es sich wahrscheinlich um geheime Bücher oder vertrauliche Briefe.

frieden mit F...; ich übergab ihm eine zweite erklärende Fabel.
Am 25. erhielten wir 1500 Francs von Aubert.
Am 26. traf er Varennes[7], als dieser das Frühstück für mich holen wollte und verbot es ihm unter dem Vorwand, daß es störe. Ich laufe zu ihm, die Sache läßt sich wieder einrenken. Und doch war es ganz offensichtlich eine Fr..., da er sehr wohl weiß, daß Varennes es mir schon seit langem bringt. Er fragt, warum ich nicht auf meinem Zimmer esse.
Am 30. änderte er die Zeit der Proben und macht dadurch alles zunichte, was ich angeordnet hatte.

Juli

Am 1. und 2. wurde entgegen meinen eigenen Wünschen stark erwogen, ob man mir statt Varennes Pémat zum Diener geben sollte. Auf allen Gesichtern bemerkte ich eine Veränderung, Kälte, auf dem Gesicht des Chefs und derer, die mit mir zu tun haben. L. erzählte mir viele Dinge, die mich davon überzeugen konnten, bis zu welchem Grade all jene Vorfälle mich ins Verderben gestürzt hatten.
Am 3. brachte mir eine Botin von Mr. Olivier 300 Francs. Man wollte sie mich nicht sprechen lassen und schickte sie zurück. Md. mußte hinter ihr her laufen. Als ich mich bei ihm über dieses Vorgehen beschwerte, sagte er mir, daß man ihm von Seiten der Polizei bezüglich meiner Korrespondenz Vorwürfe gemacht habe, woraus ich schloß, daß man diese Frau für etwas anderes gehalten hatte. Er sagte mir auch, daß der Erzbischof einen schauderhaften Brief bekommen habe mit Anklagen gegen Md. und mich und gegen verschiedene andere Personen des Hauses, daß es ein anonymer, in Druckbuchstaben geschriebener Brief gewesen sei, daß man einen Priester verdächtigte, der hier gewesen war, namens Poincot.
Am 4. schien alles besser zu gehen, und der c.r.é[8] hat mich sehr beruhigt.

[7] Ein Hausangestellter, den man Monsieur de Sade zur Verfügung gestellt hatte. Das »er« bezieht sich auf Monsieur Coulmier.

[8] Wahrscheinlich der Pfarrer (le curé) von Charenton, der das Hospiz betreute.

Md. fährt am 6. nach Paris und soll am 9. zurückkommen. Der Tischler kommt, um meinen Schreibtisch am 7. zu bringen; man hat ihm gesagt, daß, wenn er mit mir sprechen will, er um eine Erlaubnis bei Dumoustier nachkommen muß, und man läßt ihn nicht zu mir, ehe er nicht mit dem besagten Dumoustier gesprochen hat.[9]
Md. kam am 9. abends mit recht günstigen Fabeln zurück. Am selben Tag äußerte C. recht schlechte Nachrichten in seinen Verhandlungen mit Moses.
Am 11. kamen Desfosses und Robert überraschend zum Essen. Der Küche wurde nicht gestattet, ihnen etwas Besonderes vorzusetzen; beide verabschiedeten sich nach dem Essen auf eine ebenso unhöfliche wie ungewöhnliche Art.
Am 11. erfuhr ich den Tod von Md. Bouchard.
Am 18. um 9 hat die Uhr 26 mal geschlagen.
Am 19. kamen drei Personen, eine Mutter und ihre beiden Töchter, um mit uns zu essen, sie überraschten uns, und da ist schon wieder die 19 und die 3.
Am 20. wird die 24 signalisiert.
Am 21. droht man noch einmal, mir Varennes fortzunehmen.
Am 29. las ich der Gesellschaft (Md. Santeuil war anwesend) mein Stück vor, das ich für den Geburtstag von M. de Coulmier verfaßt hatte; abends kam mir die Idee ⌀[10] zum 116,4. Mal im Jahr.
Am 31. fuhr Md. nach Paris.

August

Am 2. signalisiert man oft die 2, ich bekomme 2 Zeitungen geschickt, es kommen 2 Leute aus Mazan . . .
Am 3. benachrichtigt Md. Populus Madame, sie könne ihre Papiere wieder abholen; mir wurde gesagt, ich würde meine in einiger Zeit auch wieder bekommen, aber nicht vor dem Fest.
Am 3. fährt Md. nach Paris, vor allem, um ihre Papiere zu holen.

[9] Herr Dumoustier war, wie Esquirol schreibt, der Ökonom.
[10] Dieses Zeichen ⌀ hat eine erotische Bedeutung. Es taucht später in eindeutigem Zusammenhang noch mehrmals auf.

Am 7. kommt Md. zurück, man hat ihr ihre Fabeln zurückgegeben und gesagt, Moses könne seine noch nicht gleich wiederhaben, eine Frage der Zeit.
Am 9. kommt Cat. mit dem Mädchen, das er heiraten soll und übergibt seine 7. Zahlung.
Am nächsten Tag kommen Md.P. und ihre Tochter zum Essen, die 2 wurde heftig signalisiert.
Am 11. kamen die 2 Provenzalen zu uns zum Essen und brachten 3 Flaschen Wein mit.
Am 18. besuchten mich die 3 Provenzalen zum 3. Mal; einer von ihnen fuhr wieder nach Haus und nahm meine Rechnung für die Provence mit und versicherte mir, er würde alles unternehmen, damit ich zu meinem Geld käme.
Am 21. waren es 3 Wochen, seit ich an furchtbarer Schlaflosigkeit litt, in der Nacht vom 20. auf den 21. dachte ich darüber nach, daß mir meine Theaterstücke schon immer Unglück gebracht hatten.
Die Stücke von Hesdin wurden durch den Tod einer Großmutter abgebrochen, die ich sehr geliebt und die mich aufgezogen hatte.
Die Stücke, die ich in der Familie des Marechal von Segur geplant hatte, wurden durch die Affaire von Arcueil abgebrochen.
Die von Mazan durch die Affaire von Aix.
Desgleichen das Stück, das ich in Versailles aufführte, wenn auch aus anderen Gründen.[11]
Während der Aufführung eines Stückes in Charenton machte man eine furchtbare Haussuchung bei mir etc.
Am 25. abends hatte Md. einen heftigen Krampfanfall; Th.: und ich wachten die ganze Nacht bei ihr.
Am 29. brachte Savine zwei Männer mit, von denen einer sich erbot, mir in all meinen Geschäften behilflich zu sein und mich bittet, Savine eine Vollmacht zu geben. Ich habe es nicht getan.

[11] Bei der Aufführung von *Oxtiern* am 13. Dezember 1799 im »Théâtre de la Société Dramatique« von Versailles spielte Sade selbst die Hauptrolle. Er hat bekanntlich seine recht belanglosen Theaterstücke für wichtiger als seine Romane gehalten. Darum mußte ihn das 1813 von dem Chefarzt und Feind Coulmiers erwirkte Verbot, in Charenton Stücke aufzuführen, umso nachhaltiger treffen.

VII^{ber}[12]

Am 20. und am 23. schreibt Prosper zurück.
Der 23. ist der Tag der Frau Langot, die ihren Mann hier unterbringen will.
Am 17. kam Savine, der, wie er sagte, etwas für 2 Objekte gefunden hat.
Am 23. erhielt ich einen Brief von Aubert, der mir 300 Francs in 2 Sendungen ankündigte. (Also mußte der Brief, dessen Datum ich mir nicht gemerkt hatte, in den ersten 8 Tagen des Oktober angekommen sein, denn er schrieb mir am 11. zurück.)

VIII^{ber}

Am 2. besuchte Mr. de C. Md. Q: um ihr zu sagen, wir sollten das Stück, das wir seit einem Monat übten, und das ich für ihn verfaßt hatte, nicht mehr weiterspielen. Das machte schlechte Stimmung auf beiden Seiten. (Ich wollte das Werk zerreißen.) Man schickte Leon hinaus, um die Aufführung der Chausseurs abzubrechen, während meine Couplets, für die ich gebeten wurde einen neuen Rahmen zu finden, gesungen werden sollten. Am selben Abend schrieb mir mein ältester Sohn, er werde am 3. kommen.
Am 3. sollte gespielt werden: also fand die Farce vom 2. am 3. statt.
Er kam tatsächlich. Es war der Geburtstag von M. de Coulmier, aber er blieb nicht während des ganzen Schauspieles dabei (das Jahr zuvor hat er es genauso gemacht).
Am 5. kam die Langot, aber M. de C., der von mir unterrichtet worden war, schickte sie auf meine Bitte hin wieder fort. Sie war gekommen, um eine Stelle für ihren Mann zu suchen.
M.C. hat sich in dieser Sache mir gegenüber äußerst ehrenhaft benommen.
Am 12. gibt er mir 200 Francs in Verrechnung gegen das Geld, das er für mich verwahrt hat, und unterzeichnet am

[12] Sade schreibt: Mois de 7bre und meint Sept(ember). Um den Zeichencharakter dieser verkürzten Schreibart wiederzugeben, wurde hier die lateinische Schreibung herangezogen.

16. eine Gutschrift: ein Viertel des Holzes für meinen Winter.
Am 12. abends besucht er uns bei Md. Quesnet. Moses hatte darum gebeten, spazieren gehen zu dürfen, er hatte es ihm abgeschlagen. (Es war der Tag, an dem er die Farce Louvigni hatte aufführen lassen.)
Am 16. kam überraschend noch einmal mein Ältester. Er berichtete, daß man meinen Wünschen nicht entsprechen wolle, er würde vielleicht, sagte er, für 2 Monate nach Deutschland gehen. Er aß mit uns.
Md. Quesnet war seit dem 14. in Paris.
Am 17. kam Md. krank aus Paris zurück, ihre Schwerhörigkeit machte ihr zu schaffen. Mit ihr kam eine Dame von Mr. Vau: die am nächsten Morgen wieder abfährt. Sie hatte nichts von dem erreicht, worum ich sie gebeten hatte. In der Nacht vom 24. auf den 25. träumte ich, daß man eine Durchsuchung bei mir anstellte und alle meine Bücher durcheinander warf.
Am 27. erhielt ich einen Brief von meinem jüngeren Sohn; er hatte 6 Monate nichts von sich hören lassen.
Am Samstag, den 31. kam die Frau von Robin: ich bat sie um neue Lieferungen, sie sagte, sie würde darüber mit ihrem Mann sprechen und mir schreiben.

IX*ber*

Am 3. bat mich Md. um 6 Francs für die Lotterie.
Am 5. kommt der neue Krämer, er stammt aus Troiyes.
Am 8. schickte Lenormand[13] seine 10. Zahlung und einen Scheck über 200 Francs, die ich am 15. Varennes auszahlen muß.
Am 11. frühmorgens Alex: er spricht von lib. nach Aussagen der Po.:
Am 12. schreibt der Älteste unter dem 10., er käme am selben Tag, am 12. zum Essen: er kam in der Tat. Den ganzen Tag über wurde die Ziffer 1 signalisiert. Es war der 3. Besuch meines Ältesten nach seiner Rückkehr. Man brachte mir den 1. Band der Verbrechen der Liebe. Er lieh mir den 1. Band der

[13] Sades Pächter in Versailles.

Geschichte von Frankreich. Er hatte am 10. geschrieben. Wir legten 1 Gedeck mehr auf. Abends berichtete man mir, daß C. mehrere Dinge gegen Moses unternommen und gesagt hat. Md. nahm ihre 1. Musikstunde, die Po blieb 1 Tag länger fort. Mein Sohn erzählte von seinem 1. Band. Er sagte, in den Zeitungen begänne man von mir zu sprechen, darum sei es notwendig, mich an einen entfernter gelegenen Ort zu bringen. Er sagte, daß Md. de Talaru krank sei, und daß er nach Echaufour[14] fahren würde. Dieses Mal gab er zu verstehen, daß es die Familie sei, die alles bewirkt hat.
Am 14. kommen Vergne und einer seiner Freunde mich zu besuchen, Vergne erzählt, daß die Affaire Sabin gut voranschreitet, und daß Asselin seine Anklagen erneuern will. Sie signalisieren die 2.
Am selben Abend schickt Courtois 300 Francs. Morgens sehe ich 2 Männer, ich bekomme 300 Francs (abends). Vergne signalisiert die 7, und es ist das 1. Mal, daß ich diesen Mann sehe.
Am Freitag, den 20. kommt der Jüngste, er bat um eine Vollmacht über meine Einkünfte von Lenormand, um Asselin zu bezahlen. Ich gab ihm 200 Francs, die er von den fälligen Zahlungen Lenormands im Laufe des Jahres abheben kann. Auf unserem Spaziergang fragte er mich, wo *mein* Friedhof sei.
Am 30. äußerte C. sehr unangenehme und harte Dinge bezüglich des Holzvorrats.

*X^ber^*

Statt am 2., ihrem üblichen Tag, wiederzukommen, kam Md. P. erst am 4. und sagte, man würde mir die Fabeln nur zurückgeben, falls die Familie es verlangt. Am 5. fährt sie wieder fort. Sie sagte, daß man mit den fa: von Moses noch r machen würde[15], der nur aus Rücksicht auf M.F. hier sei,

[14] Schloß in der Nähe von Paris, wo Sade als Jungverheirateter 1763/64 wegen »ungesetzlicher Exzesse« Hausarrest hatte und wo die von ihm meistgehaßte Frau, seine Schwiegermutter, lebte. Sie hat 1775 den »lettre de cachet« für die Sicherungshaft erwirkt; ob sie indes auch bei der Internierung in Charenton die Hände im Spiel gehabt hat, wie Sade im nächsten Satz vermutet, ist zumindest unbewiesen.

[15] Wahrscheinlich »rien des fables«: nichts mit den Fabeln.

denn sonst wäre er in G.M. Mit einem Wort, sie scheint sehr erregt und außer Atem; während der ganzen Zeit steht das Thermometer von M.F. auf Regen.
Die P. kommt am 10. zurück und sagt, daß sie nicht dableiben kann. Am selben Tag, am 10., erfahre ich, daß Massé[16] das Buch *Meine Verfolgung in 7 Jahren* herausgebracht hat.
Am 13. große Gesellschaft bei dem Konzert, unter ihnen der Doktor Gal. Md. singt bei dieser Gelegenheit 3 Couplets von mir.
Am 16. fährt Md. nach Paris und kommt am 19. zurück.
Am 17. besucht mich der Pfarrer.
Am 21. schreibt die Pop., daß sie nicht zu uns zurückkommen kann.
Am 26. schickt Lenormand 144 Francs statt der 150, und die 3 Louis für Madame.
Am 29. verlegt man die Frau, die das Zimmer über uns hatte. Man belegt es mit einer anderen, die alte erhält das Zimmer daneben.

Reflexion

Wenn man bei der Berechnung meiner Haftzeit die 16 Monate vor Ausspruch des Urteils unberücksichtigt läßt, dauerte die erste Periode meiner Haftzeit nicht länger als

. . . . . .	11 Jahre 10 Monate
Es verbleiben also, um 20 Jahre vollzumachen	8 Jahre 2 Monate
	20 Jahre

Ich hatte also, als ich nach Pélagie kam, 8 Jahre und 2 Monate vor mir, was die 28 der Präfektur schon angezeigt hatte. In Charenton ergibt sich eine Dauer von 6 Jahren und 2 Monaten, oder eine Zeit bis zum 2. Monat des 7. Jahres, was die 27 des Datums meines Eintritts am 3. Januar 1808 angezeigt hatte; ich habe also noch 17 Monate vor mir, d. h. bis zum 3. Juni 1809.

[16] Der Verleger von Sades Romanen *Justine* und *Juliette,* bei dem Sade am 6. März 1801 verhaftet wurde.

Die Summe dieser zweiten Haftperiode	8 Jahre	2 Monate
dazu die bereits erledigten	11 Jahre	10 Monate
insgesamt	20 Jahre	

Da ich, ohne die Zeit der Präfektur, am 2. April 1801 begonnen habe, muß es notwendigerweise bis zum 2. Juni 1808[17] dauern. (Das ergibt für heute, den 2. Januar 1808, noch genau 17 Monate. Diese Rechnung ist nur ganz grob, denn sie schließt weder die Gefangenschaft auf der Präfektur noch die während der Revolutionszeit ein.)
Am 29. bat ich ihn, in das Zimmer über mir ziehen zu dürfen, da es frei sei. Er antwortete, daß ich darauf zu spät verfallen sei, denn dieses Zimmer sei bereits einer Dame versprochen, die auch tasächlich am selben Abend noch ankam. (5 Monate später war das Zimmer abermals frei, und wieder bat ich darum, und meine Bitte wurde wiederum abgewiesen.)[18]

Das Jahr 1808

Januar

In der Nacht vom 31. auf den 1. Januar träumte ich, wie ich alle meine Papiere zusammen mit einer großen Summe Taler im Hof wiederfinden würde, ich sah die Taler und die Papiere.
Um 8 Uhr machte ich M. de C. einen Besuch, ich wollte ihn umarmen, da er mir sehr angenehme Dinge gesagt und erlaubt hatte, M. de Guise zu besuchen. (Was ich bis Mai verschob.)
Am selben Tag, am 1. Januar, kam M. de C. um Md. Quesnet zu besuchen, während ich auch dort war. Statt mir die 24 Orangen zu bringen, um die ich gebeten hatte, brachte man mir nur 18 zu 10 Sous. Ich ließ durch Md. M. de C. eine anbieten, der am 1. des Monats nur 3 nahm und 9 zurückließ, was eine wunderbare 13 anzeigt und eine mögliche 9.

[17] Sade war am 2. Juni 1740 geboren.
[18] Später hinzugefügte Anmerkung.

Notiz über meine Holzbestände

Am 3. Januar hatte ich die Hälfte dessen verbrannt, was mir zukommt, und ich hatte am 24. 8. zu heizen begonnen. Die Hälfte hat also für 72 Tage gereicht, wenn die andere Hälfte sich genau so schnell verbraucht, werde ich am 15. März neues Holz brauchen. Das heißt, ich werde 46 Tage ohne Holz sein, oder um diese 46 Tage anzufüllen, brauche ich noch 2 Fuhren oder 4 Viertel, woraus sich ergibt, daß ich dann 20 für den ganzen Winter bekommen haben werde.

Fortsetzung des Tagebuches

Am 7. ließ M. de C. mich holen, um die Vorstellung auf den 17. verschieben zu lassen. Das war aber nur ein alberner Scherz, um mir eine 17 und eine 23 vorzuhalten. Eine absurde Dummheit, die man schon allzu oft wiederholt hatte, umso absurder, da die Vorstellung erst sehr viel später stattfand. Der Almanach beweist, daß es eine 7 und eine 9 war.
Am 12. kam der Doktor mit seinem Dienstmädchen. Das war sein 2. Besuch, es sind 2 Leute, er spricht von 7 oder 8; schon wieder ergibt das die 2 mit der 7, aber dazu fiel mir an jenem Tag nichts ein.
Am 15. kam Prosper mit der Idee ϕϕ. Das war sein 3. Besuch und der 2. seines Dienstmädchens. Die zum ersten Mal ϕ bildet.
Am 20. kam Lenormand; seit 7 Jahren hat er meine Pacht, und ihm verbleiben noch 23 Jahre Nutznießung; was das Resultat der Besprechung anlangt, siehe meine Papiere.
Am 27. schreibt Lenormand, daß er eine Forderung von 500 Francs erhalten habe, und zwar von Després auf Veranlassung der Dame Beaudrais, und daß er *nicht mehr bezahlen kann.*
Der 28. Todestag meines Vaters, ich beschäftige mich mit ihm und gehe nicht ins Bett, ohne um ihn geweint zu haben. Wenn er noch lebte, wie sehr hätte er unter den Dummheiten gelitten, deren Opfer ich bin!!!
Am 29. wollte ich mir meine Gefängnisaufenthalte ins Gedächtnis zurückrufen: ich wurde im Februar 1777 verhaftet und nach Vincennes in die Zelle No. 11 gebracht.

Dort blieb ich	1 Jahr	4 Monate
Im Juni 1778 fuhr ich nach Aix, Aix und meine Flucht ergeben . . .		3 Monate
Am 7. Oktober 1778 kam ich zurück nach Zelle No. 6 in Vincennes und blieb dort wahrscheinlich bis zum VIII^{ber} 1784	6 Jahre	
Im VIII^{ber} 1784 wurde ich von Vincennes zur Bastille[19] gebracht und blieb dort bis zum 3. Juli 1789	4 Jahre	10 Monate
Am 3. Juli 1789 wurde ich von der Bastille nach Charenton gebracht und blieb dort bis zum 3. August 1790[20] .		9 Monate
	13 Jahre	2 Monate

Am 29. ließ C. mich holen, um einem dramaturgischen Komiteé beizuwohnen, dabei ergab sich, daß wir, nachdem wir den laufenden Programmplan abgespielt haben, Claudine und danach den Kesselflicker aufführen würden, dann im April die Folies usw... und außerdem ein Stück, das man je nach Talent der neuen von mir auszubildenden Schauspieler auswählen würde, keinesfalls aber würde man Ambroise spielen, obwohl er mir doch sein Ehrenwort gegeben hatte, was für mich sehr schmerzlich war, weil Md. darüber sehr traurig sein und den ganzen Abend lang weinen würde. All das zeigt, daß ich diese Quälereien nie loswerde, daß ich auf die eine oder andere Weise stets das Opfer bleibe.
Am 30. erfuhr ich die Bedeutung der Verfügung, die Md. Baudrai M. Martin schickte, und die ich sogleich an M. Vergne weiterleitete.
Am 30. abends Ärger mit M.C.
Am 31. schickte Lenormand seine erste Zahlung auf Anleihe.

Februar

Am 6. kam mein Ältester, äußerte sich noch immer besorgt über die Affäre, während er über die von Md. schwieg, er

[19] Irrtum. Er wurde am 29. Februar 1784 in die Bastille gebracht.
[20] Irrtum. Er wurde am 2. April 1790 aus Charenton entlassen.

bleibt bei seiner Vorstellung der 7 Jahre und war erstaunt, daß ich nicht Theater spielte.
(Er kam am 2. Tag der 13. Woche nach seinem letzten Besuch vom 12. IX^{ber}, am 85. Tag also nach seinem 3. Besuch; er ist 85 Tage fortgeblieben. 3 Monate weniger 5 Tage.)
Am 7. abends gab man mir einen Brief von Courtois, der 300 Francs enthielt und eine Vollmacht für den Holzschlag in Saumane.[21]
Am 8. sagte M.C. zu mir, er verzweifele noch nicht an der Möglichkeit, die Freiheit für mich zu erlangen, aber man müsse noch warten. Md. war morgens nach Paris gefahren. Er wollte nicht, daß ich am Tag der Generalprobe eine einzelne Szene des Stückes auf dem Theater probte. Er erzählte mir von einem gewissen Eudes, der bei der Polizei ist und öfter hier war und mich kenne.
Am 11. kam Md. aus Paris zurück, mein Sohn hatte sie schon, wie sie erzählte, bei der Polizei angemeldet, und da er selbst dort bereits vorgesprochen hatte, sei es überflüssig gewesen, daß er sie begleite; sie war also alleine dort gewesen, hatte ihre Vollmacht nicht abgegeben und statt einer Antwort die Auskunft erhalten, daß man den Präfekten sprechen würde, aber daß ich nur die Geschäftspapiere zurückbekommen könne.
Vergne hat sie nicht sprechen können, und alles das beweist zur Genüge, daß man bereits gewisse Vorkehrungen getroffen hat und abwarten will.
Am 13. früh morgens ließ er mich holen, um mir zu sagen, daß man wegen des schlechten Wetters am Montag nicht spielen würde, daß die für Sonntag vorgesehene Generalprobe als Vorstellung gelten solle und ich die Eintrittskarten abbestellen möge; es war genau dieselbe Szene, die sich bereits an seinem Geburtstag abgespielt hatte; er sagte noch, wir würden das Stück dann am 3. März aufführen.
Am 14. sagte M. de C. mir, daß wir die Vorstellung vom 3. März noch wiederholen würden, das heißt 17 Tage nach der ersten, was infolgedessen eine superbe 17 und 23 ergibt.
Am 15. abends machte er mir üble Vorwürfe, obwohl die Vorstellung am Tage vorher recht gut gewesen war und ich

[21] Das einzige erhaltene, wenn auch nicht mehr der Familie gehörende Schloß der Sades in der Provence. Heute dient es einem Immobilienhändler aus Marseille als Sommerhaus.

mir sehr viel Mühe gegeben hatte. Er trug mir auf, Descamps zu sagen, daß er nicht mehr Theater spielen solle; ich habe es ihm gesagt. Am nächsten Morgen, am 16., ging Descamps ärgerlich davon und kam in der Nacht nicht nach Hause. Er ist 103 Tage hier gewesen, er war am 5. IX^{ber} gekommen und am 16. ist er weggelaufen; all diese Ziffern gleichen ihn auf die wunderbarste Weise an Mand. an.
Am 26. kam der ehemalige Schreiber von Robin mich besuchen und erzählte mir von Robins Geschäften.

Fortsetzung des Musikers

Er war gerade 10 Tage und 3 Monate hier, im IX^{ber} gekommen, blieb er genau 103 Tage; nach zwei Tagen, am 17. kam er aber zurück und bleibt 3 Wochen.
Am 18. zeigte ich M. de C. einen Brief aus Arles, in dem man mir Geld für Mai verspricht, er hat sich in dieser Sache sehr ehrenwert benommen.
Am 20. morgens bekomme ich einen Brief, der sich auf die Geschäfte mit der Beaudrai bezieht, von einem Mann namens Trecour, der sich als Nachfolger von de Vergne vorstellt, ich beantworte ihn auf der Stelle.
Am selben Tage kam Chaprot zu mir, um zu berichten, Coul. habe es absolut untersagt, daß Md. Quesnet bei dem Konzert singt und daß er seine Reden mit üblen Vorwürfen begleitet habe.
Am 22. sprach ich mit ihm darüber. Da erbot er sich, ihr die schlechte Nachricht selbst zu überbringen und bat mich, ihm Md. zu schicken. Sie ging am Abend zu ihm, aber er sagte nichts. Am selben Tag kam Diart und fragte mich nach dem Alter von Md. de Sade.
Am 25. schrieb dann Diart, daß ein Herr Trecour tatsächlich der Nachfolger von M. de Vergne geworden war, und daß dieser Herr sich vorgenommen hat, mich am Sonntag, den 28. zu besuchen; daraufhin schrieb ich an diesen Herren, Md. de Quesnet würde am Montag, den 29. bei ihm vorbeikommen.
Am 25. brachte man mir das Drama in drei Akten zurück und sagte mir, daß Picard es nicht gewollt habe, und ich bat ihn darum, es zur Comédie Française zu bringen.

Am 1. schickte ich einen Boten nach Versailles, um meine Monatspacht zu holen, Lenormand rückte sie wütend heraus, weigerte sich aber, die Gutschriften einzulösen, er hat sie mir zurückgeschickt, auch die über 1000 Francs, worüber ich sehr ärgerlich war. Er sagte, daß er nicht mehr bezahlen könne, weil die Pacht gepfändet sei.
Md. geht am 3. nach Paris, um M. Trecour zu besuchen, der Md. am 4. erwartet, und bei dem ein Brief angekommen ist.
Am 3. kommt M: wegen der Fabeln.
Am 4. scheint die Vorstellung von ⌀ ⌀ das v. von 9 Monaten.
Am 5. erwarte ich die Rückkehr von Md., sie kommt zurück und sagte, daß M.Trecour, wie ich es gewünscht hatte, mich am 13. besuchen wird.
Am 9. ließ M. de C. mich unter dem Vorwand herunter bitten, er fahre nach Paris und wolle gerne wissen, ob ich irgendetwas hinsichtlich des Theaters auszurichten hätte; bei ihm war ein großer junger Mann, der mich unaufhörlich musterte. C. sprach sehr höflich auf mich ein und fragte mich, ob ich ihm irgendeinen Auftrag für Paris zu geben habe, und er sagte mir, daß die Aufführung am 17. stattfinden würde. Im allgemeinen ähnelte dieses Gespräch sehr dem großen Besuch von Daigrefeuille, wo man auch über den Bischof sprach und so weiter ... er meinte, die Luft von Charenton bekäme mir außerordentlich gut, woraufhin ich antwortete, die Luft draußen sei doch auch ganz bekömmlich, und er mir wiederum versicherte, er werde nichts unversucht lassen, um mein Schicksal zu erleichtern; und dieser Fremdling schaute mich immerfort an.
Am 11. sprach Mr. Brise mit Md. über ihre Hypotheken; er sagte, daß sich bei Loches zwei Urkunden befänden, von denen er annahm, daß sie beglaubigt seien, denn der Notar habe die Urschriften nicht.
Am 13. besuchte mich wunschgemäß M. Trecour, der Nachfolger von Vergne, zum 1. Mal. Er versprach mir, alles zu tun, um sowohl meine Geschäfte mit Martin als auch den Verkauf zu regeln.
Am 15. *lect' esiepma*[22]

[22] Wahrscheinlich »lecture de ma pièce«: Lesung meines Stückes.

Am 20. morgens erfuhr ich den Tod von Lambert.
Am 21. sagte Md., sie glaube, meine Verhaftung werde mit dem 70. Lebensjahr enden, da man in einem so hohen Alter einen Gefangenen nicht mehr einbehalten dürfe; die Tochter des Schusters kam, um das Geld und die Stiefel zu holen.
Am 23. kam V. mit der Nachricht aus Versailles zurück, daß Lenormand nichts bezahlen wolle und daß die Pfändung der Pacht durch Martin nicht aufgehoben worden sei.
Am 23. lud mich Robert schriftlich zum Essen ein, für Sonnabend, den 26.
Am 24. signalisierte Capron die 15 zu spielen. Am selben Tag sagte Mezange, das Stück von Coul. sei bei der Comédie Française zurückgewiesen worden, er wolle es zu Audinot bringen, vorher war es schon bei Lourris gewesen.
Am 25. wurden viele 2en signalisiert, ich bekam einen Brief von Prosper, der voll davon war usw ...
Am 26. Brief von meinem ältesten Sohn, der bat, am 28. kommen zu dürfen, zuletzt war er am 6. Februar hier, zwischen seinen beiden Besuchen sind 50 Tage vergangen.
Am 28. kam mein Ältester, er signalisierte die 15, da er sich von mir einen Band Voltaire[23] über die Herrschaft Ludwig 15 lieh, er meinte, ich solle mich um ein Zeugnis bemühen, daß ich geheilt sei, dann könne man meiner Entlassung nicht mehr widersprechen; wenn auch, wie er sagte, ihm damit Unrecht geschähe, denn im Hinblick auf eine Heirat habe man ihm gesagt: wenn der Vater in Charenton wegen einer Geisteskrankheit ist, wollen wir den Sohn nicht, aber wenn es nur wegen eines Buches ist, machen wir uns nichts daraus. Er gibt nichts Erfreuliches von sich und versichert mir wie üblich, daß man immer noch über mich schreibt.
Am 31. tauchte der Gesellschafter Robert noch einmal auf. Wir spielten Theater. C. ließ mich hinunter bitten und kündigte mir ein ... an, ich dachte, es handele sich um mich, doch es war nur von einem anderen die Rede. Die 6 wurde signalisiert.

[23] Monsieur de Sade besaß in Charenton eine Bibliothek von 250 Bänden, darunter 89 Bände der Voltaire-Ausgabe von 1785.

Am 3. spiele ich im Konzert eine Szene des Deserteur mit der festen Absicht, nicht mehr zu singen, obwohl ich beim letzten Mal viel Beifall erhalten hatte.
Am 4. sagte mir C., daß dem Arzt[24] meine gereimten Verse mißfallen hätten und er sehr üble Äußerungen und Drohungen in Hinsicht auf das Theaterspielen von sich gegeben habe.
Am 5. wollten Robert und sein Kompagnon mich besuchen, aber ich empfange sie nicht.
Am 6. kam Descamps zum letzten Mal zum Kaffee. Er verläßt uns also am 7.
Am 8. ließ man ihm bestellen, daß man auf ihn warten wolle, er lehnte jedoch ab, und wir erfuhren, daß es auf Anweisung geschah.
Am 9. waren es bereits 3 Tage, seit Chapron die Zeitung nicht mehr brachte, wir hatten ihn eingeladen, am 8. abends zu kommen, doch er hatte abgelehnt und machte den Eindruck, als ob er uns meiden wolle. Am selben Tag morgens brachte mir Thieri seinen Einberufungsbefehl, den er von dem Polizeipräfekten des Departements bekommen hat. Er geht nach Paris.
Am 10. klärt sich alles auf, und es scheint, als ob bei alldem der Meister seine Hand nicht im Spiel gehabt hätte.
Am 13. hatte ich jemanden aus Versailles bei mir, Md. war in Paris; zwischen Mittag und 1 Uhr ließ C. mich holen und bat mich, der Louvigni nichts mehr zu erzählen, er las mir einen Brief von ihr vor, den man abgefangen hatte, in dem diese Schurkin die größten Scheußlichkeiten über mich verbreitet hatte. B . . . *vom VIII*^{ber}.
Am 15. kam Md. aus Paris zurück, ohne in der Sache Martin etwas erreicht zu haben. Normand hatte nichts zuende bringen wollen, ohne daß Md. sich verpflichtete, und wir uns in der Woche einmal zusammen setzen würden. Merkwürdig ist, daß J . . . in seinem letzten Brief Unglück für diesen Tag vorausgesagt hatte; er ist also auf dem laufenden und folglich ein Verräter; dieser Tag wird für nichtig erklärt.
Am 18. erzählte Babeuf uns, er werde nicht, wie M. Coul-

[24] Gemeint ist offenbar der Sade und Coulmier übel gesonnene Chefarzt Royer-Collard.

mier uns erzählt hatte, 6 Monate bleiben, sondern bereits in 8 Tagen fortgehen, was aber falsch ist.

Am 19. erschien Daubac als Abbé, diese Verkleidung verblüffte und verdroß mich; am Morgen hatte ich nach Versailles geschickt, um Antwort von Lenormand zu erhalten und auf dem Rückwege Antwort von Trecour; diese Geschichte zog sich dermaßen in die Länge, daß sie mich verärgerte und unruhig machte. Abends bekam ich einen Brief von Jaillot über die Person, die er geschickt hatte; das hat mich *beruhigt.*

Am 20. schickte Lenormand seine 3. Zahlung über meinen Boten.

Am 22. erhalte ich die Nachicht, daß J.[25] und seine V. am 26. kommen wollen, offenbar um uns eine Szene zu machen.

Am 24. zeigt mir Coulmier einen Brief von B., dem Älteren, der nicht will, daß Moses seinen Sohn sieht.

Am 25. bekomme ich einen Brief von J., der mich über die Gerüchte beruhigt.

Am 26. nach dem Essen fährt Md. nach Paris und wird am 28. zurückkommen.

Am selben Tag einen Brief von Trecour, in dem er mitteilt, daß das geschäftliche Treffen, dessentwegen Md. nach Paris gefahren war, am 27. nicht stattfinden könne, denn Lenormand sei plötzlich krank geworden, was eine Lüge ist.

Notiz über meine Gefangenschaften

Ich wurde in Paris im Hotel Dannemark in der Wohnung meiner Frau am 17. Februar 1777 festgenommen und in den Festungsturm von Vincennes überführt, wo ich bis zum 13. oder 15. Juli 1778 die Zelle Nr. 11 innehatte. Dann brachte man mich nach Aix, wo mein Prozeß vor dem Parlament entschieden werden sollte. Das Urteil wurde aufgehoben, doch es blieb mir untersagt, mich 3 Jahre lang in der Nähe von Marseille aufzuhalten, das heißt, insgesamt hatte das mit meiner Person befaßte Verfahren 6 Jahre gedauert, vom Juli

[25] Dieser Mann, der wechselweise J., Jail. oder Jailloit abgekürzt wird, scheint Monsieur de Sade von Zeit zu Zeit mit »seiner Jungfrau« (v. Vierge, auch p. abgekürzt) besucht zu haben.

1772 bis Juli 1778; und neun Jahre, wenn man die 3 Jahre Exil von Marseille dazurechnet. Am 13. Juli fuhren wir von Aix in Richtung Vincennes. Am 15., als wir in Valence waren, floh ich und wurde 6 Wochen später, das heißt am 25. August, in La Coste[26] wieder festgenommen. Ich hatte mich dort ungeschickter Weise versteckt, aber da ich kein Geld hatte, war mir gar nichts anderes übriggeblieben. Ich wurde in den Festungsturm von Vincennes zurückgebracht und zwar am 7. VII^{ber} 1778 und in der Zelle Nr. 6 eingeschlossen. Fortan blieb ich Gefangener, sei es in der Bastille, sei es in Charenton, bis zum 3. April 1790. Diese erste

Gefangenschaft dauerte . . .	13 Jahre 45 Tage
Am 6. März 1801 wurde ich nach 11 Jahren Freiheit wieder inhaftiert. Diese zweite Gefangenschaft, teils in der Präfektur, teils in Pelagie, B ... und Charenton hat bis heute, den 7. Mai 1808, gedauert. Das sind . . .	7 Jahre 62 Tage
Heute, am 7. Mai 1808, beläuft sich die Summe meiner Gefangenschaftsjahre auf	20 Jahre 3 Mon. 17 Tage

Ich habe in meinem Tagebuch nie von meinen Vorstellungen und Gedanken gesprochen, aber der Eifer, mit dem man, scheint es, sich darin gefällt, die 23 und die 17 bei allen Episoden meiner verschiedenen Gefangenschaften hervortreten zu lassen, bringt mich auf die Idee, daß am 7. Mai 1808 wiederum eine schöne 23 und 17 zustandekommt, weswegen ich natürlicherweise einige Hoffnung mit diesem Datum verbinde, um so mehr, als ich im Mai geheiratet habe und diese Ziffern die meines damaligen Alters und des Datums jenes traurigsten Tages meines Lebens sind, so daß man zu Recht mit diesen Ziffern meine Ketten beschmutzt hat; denn diese Daten sind es ja, die sie geschmiedet haben. Und doch habe ich mich, wie schon so oft, getäuscht.

[26] In der Nähe von Apt gelegenes, heute verfallenes Schloß der Sades, wo der Marquis, wenn er sich in der Provence aufhielt, auch wohnte: 1765 mit seiner Mätresse, der Beauvoisin, 1769 ohne Familie, als spendabler Hausherr, Organisator von Bällen und Komödien, 1771 mit seiner Frau und der geliebten Schwägerin. 1797, als er mit Madam Quesnet eine Reise durch die Provence machte, war La Coste bereits verkauft.

Fortsetzung des Tagebuchs

Am 27. wird die 2 signalisiert.
Am selben Tag kommt M. Mezange mich besuchen und erzählt nur von Toten.
Am 28. kommt Md. aus Paris zurück mit einem mir unbekannten Fräulein; mein Sohn kommt auch zum Essen und signalisiert sehr heftig die 9 und die 7, wir sprechen von Toten und Niederkünften, wir besuchen mit meinem Sohn M. de C.; er bringt den Band über Ludwig 15 zurück.
Am 29. wird immerzu die Vorstellung Tod signalisiert.

Mai 1808

Da Lenormand am Sonntag, dem 1. des Monats, seine Pacht nicht bezahlt hat, habe ich jemanden nach Versailles geschickt.
Am 2. brachte mir der Bote die 4. Monatspacht ohne Brief; bei J. in Versailles wird von Türen gesprochen.
Am 4. kamen Milli Henriette und eine junge Dame ihrer Bekanntschaft überraschend zum Essen, wenig später kam auch Asselin und seine Frau, sie bleiben jedoch nicht zum Essen. Sie wollten mir sagen, daß Despres das Recht auf 50–60 Francs Unkosten habe, und daß er seine Ansprüche aufrecht erhalten will, sie machten ihre langweiligen Witze.
Am 5. aß M. Roi, der alte Hausherr, zum ersten Mal mit uns.
Am 7. sagte man mir, man wisse ganz genau, daß jeden Abend zwischen 9 und 10 jemand in mein Zimmer hinaufkäme.
Am 8. gab mir M. de Coul: einen Einakter zur Prüfung, ich hatte den Eindruck, als ob das Stück für seinen Geburtstag verfaßt worden sei.[27]
Am 9. wird zum ersten Mal Claudine geprobt und die anderen vorgesehenen Stücke. Am 10. morgens sagt man mir, daß

[27] Außer den üblichen Aufführungen wurde in Charenton jährlich zum Geburtstag des Direktors Coulmier ein Stück gespielt, das oftmals Monsieur de Sade zum Autor hatte, z. B. *Les fêtes de l'amitié*, neuerdings auch gedruckt in Sade, *Théâtre*, Bd. IV, S. 387 ff. (Pauvert 1970).

man abgesehen von der Rolle von Md. Quesnet die beiden anderen Frauenrollen getauscht habe, was einen guten Überraschungseffekt erzielt, wir hatten noch andere ähnliche Ideen im Laufe des Tages.

Am 11. nichts.

Am 12. bekomme ich von Trecour einen Brief, datiert vom 10., der auch noch einen von Lenormand vom 1. enthält, was lauter mutwillige Verzögerungen ergab, über deren Motiv ich mich jedoch nicht täuschen lasse; ich schrieb auf der Stelle an alle Geschäftsleute, um ihnen die Urkunden von Md. Quesnet zurückzuschicken, die diese Leute, wie sie sagten, benötigen, was nur albernes Geschwätz ist.

Am 14. morgens denke ich darüber nach, daß man sich, abgesehen von dem verabscheuungswürdigen und absurden Ziffernsystem, das die platten Dummköpfe gegen mich in Anwendung bringen, obendrein noch über mich lustig macht, mich als ein Objekt behandelt, über das man ungestraft lachen kann, ein sehr unangenehmes Verhalten, das meine Kinder niemals hätten dulden dürfen; im Grunde aber ist das nur ein unerheblicher Triumph der Dummheit über den Geist, und da sie nichts anderes haben, sollte man sie ihnen lassen.

Am 14. bekomme ich ein Paket von Courtois, das seine Rechnungen enthält und einen Wechsel über 600 Francs auf 20 Tage Sicht; C. honoriert ihn mir und sagt, daß es sich um ein Versehen handeln müsse.

Am 15. morgens ein Zahlungsbefehl von Robin über die Summe von 1000 Francs; dabei handelt es sich um ein Schriftstück, das an Finot, den Notar in Charenton gegangen ist, der es an den alten Unteroffizier der Gendarmerie in Versailles, Rue de Noailles, M. Leroux, weitergeleitet hat, an den ich sogleich schreibe.

Am 17. gehen Moses und Md. auf Besuch zu D. de V. . .

Am 18. morgens bekomme ich einen Brief des Doktors, der mir seine Jungfrau für den 21. ansagt; ich schreibe auf der Stelle, um das zu verhindern, und schreibe meinem ältesten Sohn, mich am 21. zu besuchen, für wann man mir seinen Besuch in Aussicht gestellt hatte.

Am 20. abends bekomme ich einen Brief von Trecourt, der das Treffen mit Lenormand auf den 21 um 3 Uhr festlegt und Md. einlädt, sich dorthin zu begeben; an diesem Tag

fährt sie tatsächlich nach Paris. Bemerke, daß auf der anderen Seite Jail: an jenem Tag unbedingt seine V ... schicken wollte, alles das war also vorher abgestimmt worden.
Am 21. fährt Md. um 11 Uhr nach Paris; am selben Tag zieht die Frau um, die über mir wohnt. Ich bitte um ihr Zimmer, aber man verweigert es mir; die Frau von J. kommt nicht.
Mein ältester Sohn kommt, ich bitte darum, mit ihm auf der Insel spazieren gehen zu dürfen. C. macht alle erdenklichen Schwierigkeiten und hält meinem Sohn die üblichen Vorträge über mich; man kann nicht dümmer und taktloser sein als er. Er sagt, der Kaiser habe meine ewige Gefangenschaft verordnet und zwar nur darum, weil ich um meine Entlassung gebeten habe.[28] Am Ende gibt er mir doch Erlaubnis, zur Insel zu gehen, erklärt aber meinem Sohn, daß er für mich haften müsse. Mein Sohn erzählt mir dann, daß die Gerüchte über das Buch sich allmählich legen, daß es sich aber immer noch verkauft. 300 Francs, sagt er, was eine wunderbare 13 und 9 ergibt.
Am 23. kam Md. aus Paris zurück, sie bringt das Unentbehrlichste von L. L. und die 600 Francs. Mit Lenormand konnte sie noch nicht zu Ende kommen, da die Papiere nicht angekommen waren. Ich erfahre heute morgen, daß C. wiederum vor allen Leuten sehr schlecht über Moses geredet hat.
Am 25., als wir bemerkten, daß M. de C. ein merkwürdiges Benehmen uns gegenüber an den Tag legte, ging Md. unter dem Vorwand hinunter, ihre Pension bezahlen zu wollen, und erfuhr dort von ihm, auf der Polizei hätte man sich erzählt, daß ich zu den Stücken für seinen Geburtstag verleumderische Verse hinzugedichtet hätte, was falsch ist. Er gab außerdem zu verstehen, daß es noch eine Durchsuchung geben würde; und da er im Hause so übel über mich geredet hatte, muß ich mich gewiß noch auf unangenehmere Dinge gefaßt machen. Er sagte, man wolle ein Verzeichnis der beschlagnahmten Papiere aufstellen, und ich solle nicht aus dem Haus gehen und ihn bis dahin auch um nichts bitten. Er lehnte jeden Zimmerwechsel ab. Ich habe ihm zu all dem am 26. morgens geschrieben. Man erzählte sich, daß Leon an je-

[28] Sade hatte am 17. Juni 1808 einen Brief mit der Bitte um Entlassung an Napoleon geschrieben; nicht eher. Vgl. Sade, *A. W.* Bd. III, S. 1124.

nem Morgen versucht hatte, zu fliehen; in Alfort holte man ihn jedoch wieder ein. Md. und mich haben diese Vorfälle sehr beunruhigt; es war offensichtlich, daß C. seine Haltung mir gegenüber änderte.
Am 31. kam überraschend mein jüngster Sohn und sagte mir, er käme, um mich um mein Einverständnis für seine Heirat mit Mll de S. d'Aig: zu bitten: ich war mit diesem Arrangement außerordentlich zufrieden, wir sprachen davon, sogleich zum Notar zu gehen und zu unterschreiben. C. weigerte sich[29], mich gehen zu lassen, so daß der Notar selber kam und ihm sagte, wie unmöglich es sei, mich in einer derartigen Angelegenheit nicht zu ihm kommen zu lassen. Schließlich gab C. sein Einverständnis unter der Voraussetzung, daß es abends um halb 9 geschehe. Während wir die Heiratsurkunde redigierten (sic!), kam per Express ein Brief meines Ältesten, in dem er mich für den nächsten Morgen um eine Stunde Gehör bat. Ich sagte zu; und wir fuhren fort, die Urkunde aufzusetzen, als plötzlich mein Ältester selbst auftauchte. Ich ging mit ihm hinaus, um ihn alleine zu sprechen, wo er mir erzählte, man wolle mir nur eine Falle stellen, und diese Ehe, von der sein Bruder sprach, würde nicht eher eingegangen werden, ehe man mich nicht von hier fortgeholt hätte, um mich in ein furchtbares Gefängnis zu bringen, z. B. in den Festungsturm von Ham oder nach Mont St. Michel. Ich ging wieder hinein und sagte sogleich meinem jüngeren Sohn, daß ich nicht unterschreiben wolle, und daß er am nächsten Morgen wiederkommen möge. Er ging fort, und der Älteste versicherte mir, ehe auch er ging, er wolle darüber wachen, daß mir nichts geschehe.

Juni 1808

Am 1.: der Jüngere kam zurück, um mich dazu zu bringen. zu unterschreiben. Ich gab ihm meine Bedingungen zu lesen,

[29] Wie gerechtfertigt diese Weigerung gewesen war, zeigt das Memorandum, das Coulmiers Nachfolger Roulhac de Maupas im Oktober 1814 an das Innenministerium schrieb, worin er Coulmier in einer ähnlichen Angelegenheit der Nachlässigkeit zieh (vgl. Gilbert Lely, *Vie du Marquis de Sade*, Paris 1957, Bd. II, S. 617).

die ich hier anhefte. Beim Fortgehen sagte er, er werde alles mit seinen neuen Eltern besprechen und machte sich Notizen. Unterdes schimpfte er außerordentlich über die Bösartigkeit und die Lügen seines Bruders; er versprach mir, mich zu benachrichtigen, sobald er etwas wisse. Der Ältere hatte ebenfalls geäußert, daß er sich verheiraten wolle.
Am 2. morgens wurde ich davon in Kenntnis gesetzt, daß ich vom Haus keinen Zucker und keinen Kaffee mehr bekommen würde.
Am 2. brachte mir der Friseur seinen Schuldschein und bat mich, ihm einen neuen auszustellen.
Am 1. kam die Zeitung nicht.
Am 2. kam der Älteste zurück und bestätigte mir all seine Befürchtungen, er reise gleich nach Echafour weiter, wie er sagte, und hatte es eilig, weil er dort vor seinem Bruder ankommen wollte. Md. erhielt aus Chartres am 2. ihre Papiere.
Seit dem 1. des Monats hatte die Szene beim Notar sich übel auf das Befinden von Md. Qu. ausgewirkt; seit diesem Tag hatte sie Fieber. Am nächsten Morgen ging es ihr zwar besser, aber am dritten Tag kam das Fieber mit einem Ohnmachtsanfall und Erbrechen zurück. Der Chirurg[30] glaubte, daß dieses Fieber nur eine vorübergehende Erscheinung sei, er verordnete ihr eine Diät und einen Kräutertee aus 4 verschiedenen Blüten mit Honig, denn sie hustete sehr stark. Am 4. ging es ihr ein bißchen besser, war aber ohne Appetit.
Am 4. erhielt ich einen Brief von meinem Ältesten. Am selben Tag bekam Md. neues Fieber und sehr starken Husten, sie nahm noch immer die Diät; und abends bekam sie starke Kopfschmerzen. In der Frühe hat sie sich erbrochen, die Nacht war indessen ruhig. Am selben Tag signalisiert Varen: seit dem frühen Morgen die 8.
Am 5. bekam Md. wieder von ein bis 5 Uhr Fieber und hatte geringe Schweißausbrüche; abends beschwerte sie sich über starke Kopfschmerzen, aber die Nacht war, wie fast alle Nächte, ziemlich ruhig.
Am 6. morgens zog sich die Amerikanerin zurück, und Milli Lépinai, die am Abend zuvor gekommen war, pflegte sie. Der Fieberanfall, der sie für gewöhnlich um ein Uhr befällt,

[30] M. Deguise, der im Gegensatz zu dem Chefarzt, Dr. Royer-Collard, de Sade wohlgesonnen war (vgl. Lely, a.a.O., S. 602).

kam dieses Mal erst um Viertel nach drei, seine Symptome waren Schwäche. Sie hatte keinen Schweißausbruch mehr und weniger Kopfschmerzen; die durch das Fieber hervorgerufenen Hustenanfälle waren weniger hart, die Kranke trank so viel wie immer und hatte am Morgen nur eine Bouillon zu sich genommen; die Nacht war ruhig.

Am 7. nahm sie Hipécacouana in ihrem Manna zu sich; das Fieber begann um 4 Uhr und dauerte bis 11; der Fieberanfall war sehr heftig, aber gegen Abend ließen die Kopfschmerzen nach, die Kranke nahm eine Arznei, deren Wirkung von keinerlei üblen Symptomen begleitet war, die Nacht so ruhig wie üblich.

Am 8. morgens früh 2 Briefe, einer von Md. Monchinat, der andere von meinem Sohn, der mir seinen Besuch für den nächsten Tag, den 9., ankündigt.

Das Fieber setzte diesmal zwei Stunden später ein, am Tag vorher hatte es um vier Uhr begonnen, am 8. begann es erst um sechs, die Symptome waren etwa dieselben, aber die Kranke sagte, daß sie weniger gelitten habe und daß die Schmerzen sich jetzt auf ihre Schenkel verlagert hätten, abends äußerte sie etwas wirre Vorstellungen. Die Nacht war gut, da das Fieber sich gegen Mitternacht gelegt hatte. Am nächsten Tag sagte der Chirurg zu mir, er hoffe, daß es nicht mehr lange dauern werde und daß, obwohl es ein entzündliches Fieber sei, keinerlei Gefahr bestünde.

Am 9. setzte der Anfall um die selbe Zeit ein wie am Tag vorher, war aber weniger heftig, und die Kranke litt weniger, sie folgte immer noch derselben Diät: den Arzt fand sie besser; das Fieber legte sich gegen Mitternacht.

Am selben Tag kam mein Ältester, um mich zu besuchen und ging auch zu Md. Er hatte es sehr eilig, unsere Geschäfte zu beenden und sagte, er glaube, wir könnten unseren Vertrag in Paris unterzeichnen. Am Abend erhielt ich 2 Briefe aus Arles und eine Ankündigung über 1300 Francs.

Am 10. kam der Anfall noch später und blieb nur bis halb acht, die Krise glich der vom Vortag, und das Fieber hörte erst gegen Morgen auf, wodurch dieser Anfall in gewisser Weise länger war als die vorherigen. Doch sie schlief ein und schien ruhig, war aber gegen Morgen furchtbar schwach.

Erinnerungen

Ich darf nicht vergessen, daß meine liebe Freundin in den ersten acht Tagen ihrer Krankheit sehr harte und traurige Dinge gesagt hat, über die ich, sobald ich allein war, Tränen vergießen mußte; eines Tages sagte sie, um sich für meine Sorge zu bedanken: *Wollen Sie denn unbedingt, daß ich lebe?* Ein anderes Mal: *Sie werden mich nicht mehr lange behalten,* Worte, die umso schrecklicher sind, als sie mit meinem Traum von vor 12 oder 13 Monaten übereinstimmen. An einem anderen Tag sagte sie mir, indem sie mir in die Augen sah: *Ich habe schon immer gewußt, daß Sie mich begraben werden* (oh, nein, denn ich werde Dir folgen).

Fortsetzung des Tagebuchs

Am 11. setzte das Fieber nicht ein, aber gegen neun Uhr machte es sich doch bemerkbar, es blieb die ganze Nacht, und die Kranke war sehr unruhig, dennoch ließ sich eine fühlbare Besserung beobachten.

Am selben Tag erhielt ich morgens einen Brief für Melle Finance und ...

Am 12. war sie tagsüber ruhig, sehr schwach, aber ohne Fieber, die Kranke hatte vom 11. auf den 12. Fieber gehabt, aber gegen sechs Uhr morgens war es verschwunden; abends um elf Uhr war sie immer noch fieberfrei, doch zwischen neun und elf Uhr hatte sie leichten Schüttelfrost. Die Nacht vom 12. auf den 13. war ein wenig unruhig.

Am 13. Schwäche ohne Fieber, die Nacht vom 13. auf den 14. ruhig; am 14. wurde die Behandlung geändert. Der Arzt verordnete ihr eine Limonade mit einer Creme aus Weinstein; außerdem nur noch 3 statt 4 Einläufe, Fortführung der Hühnerbrühe und etwas Vermicella in Bouillon.

Am 14. sagte die Kranke, daß sie wieder etwas Fieber in der Nacht gehabt habe. An diesem Tag verordnete man ihr eine Limonade mit Weinsteincreme. Die Kranke blieb schwach und nachdenklich während des ganzen 14.; die Einläufe, deren Wirkung erstaunlich war, wurden fortgesetzt.

Am 14. kam abends ein Offizier aus Breslau, der ihr ein Kleid von L. L. brachte, sie reagierte fast gar nicht, so erschöpft war sie. Die Nacht vom 14. auf den 15. war schlecht, die Kranke bekam noch einmal Fieber, wenn auch weniger stark, sie war beunruhigt und wollte nicht aufhören, sich Sorgen zu machen; während der Nacht hatte sie viel gehustet, was ich auf die Weinsteincreme zurückführte, die ich deswegen absetzte; die Nacht vom 15. auf den 16. war gut, und die Kranke verspürte nur einen leichten Temperaturanstieg während der Nacht.

Am 15. war sie einen Moment nach draußen gegangen und hatte 2 Suppen zu sich genommen. In der Nacht vom 15. auf den 16. hatte die Kranke immer noch etwas Fieber und war sehr unruhig.

Am 16. abends erhielt ich einen Brief von Jaillot.

Die Nacht vom 16. auf den 17. war ebenfalls unruhig, die Kranke hatte immer noch etwas Fieber.

Die Nacht vom 17. auf den 18. war gut. Sie spürte nur noch geringes Unwohlsein.

Die vom 19. auf den 20. war sehr unruhig, das Fieber dauerte sechs Stunden. Der Tag des 19. war nicht gut, die Kranke verbrachte ihn in einer furchtbaren Niedergeschlagenheit; am 18. besuchte sie M. Vautrain und am 19. die Schwester von Mlle Flore, die ihr den Tod ihrer Schwester mitteilte: sie weinte, und ich glaube, diese beiden Besuche haben sie sehr aufgeregt.

Die Nacht vom 19. auf den 20. war gut gewesen.

Mein Ältester kam am 20. morgens und sagte, daß sein jüngerer Bruder die Vorladung für mich erwirkt hätte. Er erzählte weiter, daß er selber auch eine Heirat in Aussicht habe, und zwar durch Vermittlung von Md. de Sauran et de Talaru[31], ein Mädchen mit 5000 Pfund Rente; er würde sich in meinem Sinne für die Rückgabe meiner Papiere einsetzen.

Am selben Tag, am 20., kamen die Küster, um mir zwei Stükke gesegneten Brotes[32] zu reichen, Varennes begleitete sie und

[31] Madame Delphine de Sauran et de Talaru, eine Nichte des Marquis, hat sich entschiedener als seine Söhne für den alten Mann in Charenton eingesetzt. Ihrer Petition vom März 1809 an den Polizeiminister Fouché ist es zu danken, daß der Marquis nicht in die Festung Ham verlegt wurde (vgl. Lely, Bd. II, a.a.O., S. 601).

[32] Monsieur de Sade wollte oder konnte sich diesen Bräuchen offenbar nicht entziehen. Drei Jahre früher, am 14. April 1805, war er sogar selbst mit dem Klingelbeutel in der Kirche von Charenton herumgegangen.

gab auf meinen Wunsch, oder vielmehr er sagte mir, ich müsse ihnen 30 Sous geben. An diesem selben Tag, am 20. wurde viel von Toten gesprochen.
Die Nacht vom 20. auf den 21. war gut, obwohl sie tagsüber mit den Papieren von Diart, die am 20. ankamen, belästigt worden war.
Am 21. kam mein ältester Sohn zurück und sagte mir, daß er mit B. S. auf der Polizei sehr zufrieden sei, und daß man ihm einen Teil meiner Papiere zurückgeben werde.
Am 22. mußte die Kranke wieder ihre Medizin nehmen, den ganzen Tag über und die Nacht vorher war es ihr gut gegangen, aber die letzte Nacht war weniger gut als die vorangegangenen gewesen. Die Medizin tat Wunder. Am 22. ging es ihr sehr gut, aber in der Nacht vom 23. auf den 24. bekam sie wieder starkes Fieber, das mit Schüttelfrost einherging, wie bei den ersten Anfällen. Der 24. war ruhig, aber die Kranke war derart schwach, daß sie sich den ganzen Nachmittag über schlecht fühlte. Dennoch war die Nacht vom 24. auf den 25. gut, und sie nahm ihre Medizin am 25. morgens; Md. Laine sorgt für sie, denn ihre Pflegerin mußte für zwei Tage fort.
Der 25. war ganz leidlich, aber das Fieber kam in der Nacht vom 25. auf den 26. zurück, und der Arzt schien jetzt entschlossen, es mit Chinin herunterzuschlagen. Am 25. gewann ich 61 Francs und 10 Sous in der Lotterie.
Der Tag des 26. ging gut vorüber, trotz großer Schwäche machte die Kranke einen Spaziergang durch den Garten; die Nacht war gut gewesen, aber eine Art von Hitzebläschen war aufgetreten.
Am 27. früh kam mein Bote aus Versailles zurück, ohne mir die Monatspacht zu bringen; man hatte ihm gesagt, er möge am nächsten Sonntag wiederkommen.
Am 27. machte er Thierri eine Szene und hinderte ihn, nach Charenton zu gehen.
Am selben Tag abends kam M. de Coul: um Md. Quesnet zu besuchen; in der Nacht vom 27. auf den 28. gab es noch einmal einen Fieberanfall; am 28. nahm die Kranke drei Kügelchen Chinin und spuckte sie 2 Stunden später wieder aus, sie war den ganzen Tag über sehr schwach, abends nahm sie noch einmal welche mit Wasser ein und erbrach sie eine halbe Stunde später.

An diesem Tag war die Th: in Paris und besuchte jemanden, der sich mit ihr über meine Angelegenheiten absolut in meinem Sinn unterhalten hatte: siehe meine Notiz über die Summe meiner Verhaftungen.
Die Nacht vom 28. auf den 29. war gut, und morgens nahm die Kranke etwas Chinin im Klistier und etwas Farbstoff in einem Getränk. Md. Populus kam am 28. abends und versprach uns, zu bleiben.
Die Nacht vom 29. auf den 30. war fieberfrei, und es war der Tag
Am 30. geht es der Kranken gut. Robert und der Pfarrer kommen sie besuchen. Daligre und Dumon kommen ebenfalls.
Die Nacht vom 30. auf den 1. verlief sehr gut, und am 1. Juli morgens nahm die Kranke Chinin.

Der Monat Juli

Am 1. wurde nach den Vorschlägen, die ich am Abend zuvor Mr. de C. unterbreitet hatte, alles, was dem Theaterspiel hinderlich war, fortgeschafft, sie haben den Schlüssel bei mir geholt, um den Raum zu verschließen, und brachten ihn mir sogleich zurück.
Am 2. kam M. Roi auf meine Bitten, aber an einem Tag, den er selber vorgeschlagen hatte, zu uns zum Essen und versprach mir bei den Verhandlungen mit meinen Gläubigern zu helfen. In Paris hat man dasselbe Gewitter zu spüren bekommen. Zwei Fieberanfälle waren nicht schlimm geworden, und die Rekonvaleszentin machte Fortschritte, Chinin wurde weitergegeben, die übrigen Verordnungen aber fallengelassen.
Am 2. erwartete ich die p: von Jai: er hatte sie mir noch für den 2. oder 3. angedroht, am 2. aber kam sie nicht.
Am 3. schickte ich ein zweites Mal nach Versailles, doch der Bote kam zurück, ohne irgendetwas mitzubringen. Zwei Briefe, der eine per Express, der andere mit der gewöhnlichen Post enthielten die Nachricht, daß wegen der gepfändeten Pacht nicht gezahlt werden könne, und einer der Briefe kündigte Lenormand für Ende der Woche an.
Am 4. abends kam mir die Idee des ϕ zum 82. Mal.

Am selben Tag wurde die 19 den ganzen Tag signalisiert.

Am 5. kam mein ältester Sohn und schlug mir vor, auf der Stelle unsere Geschäfte zu beenden, wir verschoben es jedoch auf den nächsten Tag; er versprach dann zu kommen und meine Papiere mitzubringen, über seinen Bruder hatte er seine Meinung nicht geändert.

Am Abend besuchte M.d.C. Md. zum 3. Mal.

Am 6. erwarteten wir Md. St. Aubin[33], die versprochen hatte, zu kommen; sie kam, war sehr liebenswürdig und ging hinterher zu M.d.C.

Am 7. schrieb mein Sohn, er könne nicht kommen, mache jedoch nur eine kurze Reise und brächte bei seiner Rückkehr die Papiere mit. Der junge Freund von L. L. kam am 6. zum 3. Mal.

Am 8. erhielt mein ältester Sohn zwei Briefe, die sich immer noch auf die Zinsaffäre bezogen. Am Abend hatte ich ein Gespräch mit C., über das ich sehr froh war.

Am 9. wartete ich auf Lenormand, Diart und M. Roi; sie kamen, Diart machte Miene, meinen Vorschlägen zuzustimmen, aber er verlangte 5 Tage Frist zum Überlegen und vertagte unser Gespräch mit den beiden Herren auf den 15.; was Lenormand betraf, so wollte er die Monatspacht nicht bezahlen, solange ich nicht mit Diart ins reine gekommen wäre, und er versprach auch, am 15. zurückzukommen. Langweilige Witze von M. du Roi. Am Abend sah ich überraschend die poterie.

Am 10. morgens ein kurzweiliger Witz von Alexander und ein langweiliger von Populus.

Am selben Tage verabschiedete sich Leveque; Md. führte eine alberne Farce auf, indem sie eine Flasche Wein zerschlug.

Duart schrieb, daß er sich mit mir nicht einigen wolle. M. de Savine geht am 11. Juli 1808 weg.

Am 12. kommen 4 Frauen, um Md. zu besuchen, aber ich sehe sie nicht.

Am Abend erfahren wir, daß Despres in die Bibliothek versetzt worden ist.

Am 13. beauftrage ich Fleurot, alle meine Gläubiger zu besuchen und sich mit ihnen zu einigen.

[33] Bekannte Pariser Schauspielerin, die in Charenton mitgewirkt und der der Marquis einen Vierzeiler gewidmet hat. (vgl. Lely, a.a.O., S. 605/06).

Am 14. kommt mein Sohn, wie er versprochen hatte, es hatte den Anschein, als ob sich eine noch günstigere Einigung erreichen ließe, er versprach mir für bald die Papiere, wir gingen gemeinsam spazieren.
Am 16. Entlassung von Maniard, große Aufregung, um einen Neuen zu finden, üble Reden von C. in dieser Sache; ich sage ihm, daß ich meine Verlegung verlangen werde.
Am 17. schickte ich ihm das Geld für Maniard in einem Brief, er schickte es unverschämterweise mit einer Bemerkung zurück, die so dumm und einfältig ist wie er selbst; er hält es für richtig, mir entweder Maniard oder niemanden zur Verfügung zu stellen. Am 17. kommen Robert und einer seiner Freunde.
Am 18. erhalte ich einen Brief von meinem Sohn, die Papiere betreffend.
Am 20. kommt mein Sohn, um einen Tag für die Rückgabe der Papiere auszumachen, er sagt, daß er den Freitag gewählt hätte, d. h. in drei Tagen, aber auf die Argumente von Md. P. hin entschied er sich, mit ihr am Donnerstag, den 21. dorthin zu gehen, er sagte auch, daß er am Donnerstag, den 28. zu mir zum Essen kommen werde.
Am 26. abends bat mich M. C. herunterzukommen, um mir einen Brief des Präfekten vorzulesen, der die Geschichte mit dem Kommissar[34] sehr übel fand, und es für möglich hielt, daß es sich da um Leute handelt, die es darauf anlegten, mich zu entführen, und er es ab sofort definitiv verbieten würde, mich weiter ausgehen zu lassen, und ich keinen Fuß mehr vor das Hospiz setzen solle.
Am 27. kam ein junges Mädchen von 13 Jahren[35] mit M. Lepinai und den ganzen Tag über signalisierte man *Betrüger*.
Am Abend eine Szene mit C. wegen der Theaterprobe.
Am 28. kam mein Ältester. Immer noch dasselbe.
Am 30. wurde J: von seiner V: bedroht, sie kam nicht.
Am 31. schenkte Md. St. Aubin mir 2 weiße Truthähne, die sie mir persönlich überreichte.

[34] Gemeint ist ein Brief des Präfekten Dubourg vom 23. Juli 1808, in dem er Coulmier vorwirft, daß er Monsieur de Sade mit einem unausgewiesenen und ihm unbekannten Kommissar zu einem Notar habe gehen lassen (vgl. Lely, a.a.O., S. 594).

[35] vermutlich die spätere Geliebte Magdeleine Leclerc.

August 1808

Am 1. haben sie Leon eingesperrt, am selben Tag kommt Md. aus Paris zurück.
Am 2. kommt mein Ältester und sagt, daß mein Name noch immer auf der Liste[36] stände, und man mich daher als verbannt betrachte. Er entwarf die Grundlinien des Vertrages, um mit mir zu Ende zu kommen. Die P. kommt aus Paris zurück und sagt, daß man hinsichtlich einer Überführung nichts zu befürchten brauche, und daß man mir meine Papiere in *15 Tagen* zurückgeben würde.
In der Nacht vom 2. auf den 3. wurde in dem Zimmer über mir viel Lärm gemacht.
Am 3. kam auf meinen Wunsch der Jüngste und fragte mich, ob ich seinen Ehevertrag unterzeichnen würde. Ich sagte ja und tat es; wir vertrugen uns wieder, und er versprach mir, bald fertig zu werden; er bat mich um 2 Monate Frist, versprach mir auch, wegen der Bibliothek unterdes bei Normand vorbeigehen zu wollen.
Kaum war er fort, da kam der Älteste, er hatte seinen Pachtvertrag fertig und zeigte ihn mir; ich bat ihn, mir einige Tage Zeit zum Überlegen zu lassen. Er erklärte sich nur widerwillig einverstanden, es wäre ihm lieber gewesen, wenn ich sogleich unterschrieben hätte; es schien mir so, als ob die beiden am nächsten Tag nach Echafour fahren würden.
Am 6. kam der Jüngste zurück, es klappte alles wunderbar; kaum war er da, so kam auch M. Trecour. Das war sein 2. Besuch; mein Sohn fuhr gleich nachmittags wieder fort, und wir haben viel Geschäftliches mit M. Trecour besprochen. Es wurde die *26* signalisiert.
Der Älteste kam am 10. und machte eine 17, er kam wegen der Antwort bezüglich des Pachtvertrages, ich gab ihn ihm mit meinen Einschränkungen zurück, er nahm ihn an sich und versprach mir, am 15. zurückzukommen, um sich zu ver-

[36] Gemeint ist die Emigrantenliste, auf die Sade irrtümlicherweise während der Revolution geraten war. Daher bedurften die Kinder – nach Aussagen des Obersten Richters, den die geschiedene Madame de Sade mit ihrem Sohn am 21. Juni 1808 aufgesucht hatte – bei Abschluß von Heiratsverträgen nicht der Unterschrift des Vaters (vgl. Lely, a.a.O., S. 593).

abschieden, er wollte zurück zur Armee und hatte die Absicht, so lange fernzubleiben, bis er sich mit mir geeinigt habe.
Am 13. feierten wir sehr vergnügt den Geburtstag von Md: Q: alle Leute zeigten sich von ihrer freundlichsten Seite.
Am 15. ließ M. de C. mir sagen, daß die Aufführung, die für den 18. geplant war, auf den 23. verschoben werden würde.
An diesem Tag fühlte sich Md. wieder schlechter, ein starker Durchfall kündigte sich an.
Am 16 kommt Md. de Vion, eine Nichte von M. C.
Am 18. abends erhalte ich 300 Francs von Courtois.
Am 20. erwartete ich Md. de Soran, die nicht kam; am Abend bat ich M. de C. um die Erlaubnis, am nächsten Tag mit Md. nach Nogent fahren zu können, er wollte es auf keinen Fall; er gab zu, daß meine Verhaftung zwar im Namen des Staates, aber auf Ersuchen der Familie durchgeführt worden sei, und daß er glaubte, die Kinder würden am Ende doch etwas für mich erreichen etc. etc....
Am 25. kam Md. de Soran zum 2. Mal, sie sprach mit mir über die Heirat des Jüngsten[37], sie fand es gut, daß ich meine Zustimmung gegeben hatte und sagte, der Älteste sei ein leichtsinniger Mensch, sie sprach auch von der Zukunft, um die ich mich nicht zu sorgen brauche, die 4000 Francs könnten mir nicht entgehen, und Md. Q. würde man nicht dem Elend überlassen; sie sah zum 2. Mal C., bat ihn um die Insel[38], wurde zurückgewiesen; predigte auf mich ein.

[37] Die Hochzeit fand am 15. September 1808 statt. Der Älteste heiratete nicht. Er wurde am 9. Juni 1809 als Leutnant in einem Hinterhalt auf der Straße nach Otanto von Aufständischen erschossen.

[38] Offenbar handelt es sich um ausgedehnte Spaziergänge auf der »Insel«, die auch die gewandte Nichte nicht für ihn erwirken konnte. Wohl aber hat sie zwei Jahre später beim Innenminister durchgesetzt, daß Monsieur de Sade in der Zeit, in der die Irren nicht draußen sind, so oft spazieren gehen dürfe wie er wolle (vgl. Lely, a.a.O., S. 610).

Viertes Heft

vom 18. Juli bis 30. November 1814

Juli

Am 18. Juli 1814 kam Armand, wie angemeldet, zum 10. Mal zu Besuch: sein Besuch entsprach seinem Brief, in dem er diesen Besuch angekündigt hatte: er sagte, daß Mr. Lacroix im Ministerium nichts mehr zu sagen habe; daß ein Mr. Biset ihm gesagt habe, daß er M. de Sade nicht kenne, daß er sich aber mit seiner Angelegenheit vertraut machen würde, und daß er in zwei oder drei Monaten ihm sagen könne, ob es möglich sei, *frische Luft*[1] für ihn zu verschaffen; er, Armand, würde für 2 oder 3 Monate nach Echafour gehen, jedenfalls nicht mehr als 3 Monate, was gerade der Zeit entsprach, die M. Biset gefordert hatte, und danach werde er etwas unternehmen und, wie er glaube, auch erreichen. Ich war sehr ärgerlich über diese Antwort und ließ ihn fühlen, bis zu welchem Punkt er sich widersprach, nichts aber konnte ihn erschüttern; er beauftragte Md. Quesnet damit, den Direktor aufzusuchen und ihn um frische Luft für mich zu bitten, ihm zu sagen, daß dieser Wunsch dem seinigen, Armands, entspreche, und er sie autorisiert habe, diese Bitte vorzubringen. Ich bat ihn jedenfalls zu versuchen, diese Sommermonate mit denen des Winters gleichstellen zu lassen; d. h. drei Tage im Monat; doch er lehnte mit der allergrößten Härte ab. Es war ein trübseliger Besuch, und er sagte, daß er, wenn er noch in Paris sein werde, mir am Freitag auf Wiedersehen sagen würde; an diesem Tag hat Armand die 2, die 3 und die 9 signalisiert.

Am 19. zeigte sich Coulmier im Haus.

Am selben Tag ging Md. noch einmal zum Direktor und bat ihn um das neue Zimmer und um frische Luft, sie erhielt das Zimmer, aber was die Luft betraf, vertröstete man sie auf die

[1] Gemeint sind Spaziergänge. Seit dem Frühjahr 1813 hatte sich die Situation für Monsieur de Sade in Charenton zunehmend verschlechtert. Seinen und Coulmiers Feinden – zu denen man übrigens auch den im Anhang zu Worte kommenden Colins rechnen muß –, insbesondere aber dem Chefarzt Royer-Collard, war es gelungen, daß am 6. Mai 1813 durch ministeriellen Erlaß das Theaterspielen untersagt wurde. Am 31. Mai 1814 wurde Coulmier abgesetzt und durch den von Royer-Collard vorgeschlagenen Rechtsanwalt Roulhac du Maupas ersetzt, der in einem vielseitigen Memorandum sich beim Innenministerium über die skandalöse Anwesenheit des Marquis de Sade in Charenton beschweren sollte (vgl. Lely, l. c. S. 617–22).

neue Hausordnung, die, so sagte der Direktor, innerhalb von 2 Monaten ausgearbeitet werden würde; das stimmt mit dem überein, was Armand gesagt hatte.
Am 20. fährt Md. mit leichtem Gespann nach Paris.

Magdeleine Leclerc

Am 21. kam Mgl: und machte ihren 57. und ihren 81. im ganzen,[2] ich hatte ihr sagen lassen, daß Annette die Zeitung bringen und gegen die Tür klopfen würde; sie ging hin und Mgl. war sehr erregt, sie beruhigte sich fast nicht wieder, und ganz allgemein blieb sie kühl während des ganzen ϕ, der nur angefangen, nicht fortgesetzt wurde; sie sagte, sie kenne Lefebvre vom Sehen, spräche aber nie mit ihm und versicherte mir, daß sie auch in Zukunft nicht mit ihm sprechen werde. Sie versprach am 23. oder 28. zurückzukommen. Ich brachte sie dazu, den 28. vorzuziehen, weil man dann in Paris sein würde, sie sagte mir, daß sie, wenn sie nicht um 8 Uhr am 23. da sei, erst am 28. käme. Sie bat mich um ein Stück mehr als die 4, die ich ihr in Anrechnung ihres ersten Besuches gab, so daß sie 5 erhielt. Sie sagte, die Santeuil befrage sie und ihre Mutter oft, wohin sie ginge, ganz gleich, ob innerhalb oder außerhalb des Hauses. Sie gab zu, den Schlüssel genommen zu haben und versprach, ihn zurückzubringen, erwähnte aber nicht mehr die Schere, die sie zum Schleifen bringen sollte.
Am selben Tag kam noch ihre Mutter, und ich war sehr zufrieden mit ihr, sie sagte mir, daß die S. sie bezahlt habe, und daß Mgl. dort 19 Tage gearbeitet habe.
Am 21. zieht Md. in ein neues Zimmer.
Am 22. bewies mir Armand durch sein Fernbleiben, daß er an diesem Tag oder am Tage zuvor nach seiner 9. Rückkehr losgefahren war.

Notiz vom Juli

Am 23. August 1812 erhielt Md. 200 Francs von ihrer ersten Zahlung.

[2] Gemeint ist: Sie machte ihren 81. Besuch, ihren 57. auf dem Zimmer von Monsieur de Sade.

Am 26. wird mir die 2 signalisiert.
Am 28. kommt Mgl. und macht ihren 82. Besuch oder ihr 58. Zimmer, sie ist sehr freundlich, hat sogar Vorkehrungen getroffen, um in ein anderes Haus zu ziehen, damit sie stets in meiner Nähe sei, sie sagt, daß alles besser gehen würde als ich glaube und erzählt, daß man die Geschichte mit der Pastete erfahren habe, sie wehrt sich gegen ein Frühstück, bekommt nur ein Stück und sagt, daß sie morgen noch einmal jemanden schicken würde, um zu erfahren, ob ich es bekommen hätte, sagt das aber nach mir; fragt mich nach der 2 oder 3 von Grasville, bringt zwei Paar Strümpfe mit. Sie verabschiedete sich bis zum 6. August.
Am 27. fährt Md. nach Paris, um B. S. und Pal: zu besuchen, sie ist unzufrieden mit dem 1., jedoch zufrieden mit dem zweiten, sie sagt, daß meine Auffassung hinsichtlich meines Verhaltens mit der Auffassung dieser Personen übereinstimme; was Boursier betrifft, so hat er sich nicht bereit erklärt, vor dem 1. des Monats einen Vorschuß zu zahlen. Paquet kommt am gleichen Tag und sagt, man habe das Werk für gut befunden, aber die Umstände etc ... er hat es zu Testu gebracht und wird am Donnerstag, den 4. oder Donnerstag, den 11. Antwort bringen.
Am 29. kommt Coulmiers.
Am 30. holt die Coul:, die am Abend zuvor gekommen sein soll, die beiden Bände etc . . .etc . . .
Am 30. hatte ich meine 4. schlaflose Nacht.
Am 2. kommt Mezange überraschend zum Essen; zunächst wollte er nicht bleiben. Er versprach mir, sich in der Angelegenheit der Le Cl: zu rühren.
Am 2. sieht Quenet Bechet in Paris, der ihr sagt, daß er mich besuchen würde, aber sich vor Januar nicht verpflichten kann.
Am 3. macht die Santeuil mir einen Besuch.
Am 6. kommt Mgl. und macht ihren 83. und ihr 59. Zimmer.
Zunächst geht sie zu der Santeuil, wo sie frühstückt, und kommt erst gegen halb zehn zu mir, sie bleibt nur eineinhalb Stunde, d. h. daß sie um elf Uhr wieder fortgeht; sie ist ganz unbesorgt und hat keine Skrupel und verspricht, am Freitag, den 12. wiederzukommen; sie sagt noch, daß sie Md. zum Tag der Jungfrau einen Blumenstrauß bringen wolle.

Am 9. erscheint Coulmier im Haus.
Am 10. lasse ich Md. Leclerc bitten, mich im Interesse ihrer eigenen Angelegenheiten zu besuchen, sie sagte, daß sie nicht kommen könne.
Am Nachmittag ging ich hinunter, um sie zu treffen. Als ich sah, wie sie eine Frau zum Direktor hineinführte, sagte ich ihr, daß ich hier warten würde, ich wartete wohl eine ganze Stunde auf sie, sie aber verschwand geflissentlich zur anderen Seite; dann ging ich wieder hinunter und fragte nach ihr, man sagte mir, daß sie im Saal sei; sie war also verschwunden, ohne daß ich sie gesehen hatte; ich ließ sie bitten, zu kommen, um sie einen Moment zu sprechen, woraufhin man mir erzählte, sie sei nicht mehr dort, sondern zu Bernard gegangen; ich ging hinunter, aber dort war sie gar nicht aufgetaucht. Schließlich wurde mir klar, daß sie, und zwar aus eigener Initiative, ihren Schabernack mit mir trieb; denn Dumoustier[3] war nicht im Hause.
Madame hatte sich ebenfalls geärgert, woraufhin ich sie bei ihren Kindern abholen lassen mußte; sie und ihre Hausangestellte hatten mich zweimal bei meinem Mittagsschlaf gestört, der Tag war eine Farce. Md. kam zurück, aber ich konnte die Leclerc nicht mehr sprechen und kam mir sehr seltsam vor. Magd. sagte, sie wisse nichts davon, halte es aber für wahrscheinlich, daß ihre Mutter das Haus über die Küchentreppe verlassen habe.
Am 12. kam wie versprochen Magl., ich fühlte mich krank, sie bemerkte es und schien unruhig darüber, sagte, sie sei auch krank, gab sich ganz kühl und sagte, ihre Mutter wolle nicht an die Stellung denken, ehe sie nicht sicher sei, daß ich entlassen würde. Sie versprach mir, am Samstag, den 20. wiederzukommen. Im übrigen war ich ganz zufrieden mit ihr, sie beruhigte mich, meinte, ich solle mich nicht aufregen und versprach, daß sie nicht mit ihren Freundinnen zum Ball gehen würde, wie sie es zunächst vorgehabt hatte. Am Ende machte sie ein paar taktlose Witze, sagte, ihre Mutter würde sich zu nichts verpflichten wollen, solange ich nicht frei wäre; sie erzählte, Varenne würde die Dufour heiraten, ein großes Diner sollte veranstaltet werden etc. . . . etc . . ., blieb nur eine Stunde bei mir. Bernard klopfte zum zweiten Mal,

[3] Ökonom in Charenton.

um wegen seiner Abschrift eine Antwort zu bekommen; er unterbrach uns, was ihm außerordentlich mißfiel.
Mgl. sagte, wenn ihre Mutter nicht wolle, könne sie von sich aus nichts unternehmen, da sie noch nicht in dem Alter sei, ihrem eigenen Willen folgen zu können, aber ihre Mutter würde ja sagen, d. h. daß die Bedingungen für diese Besuche von der Mutter festgelegt würden. Notwendig darüber nachzudenken, wichtig, es noch einmal zu lesen.
Es war erwiesen, daß die Zuneigung von Mgl. von den Weisungen ihrer Mutter abhängig ist, und wenn ihre Mutter die Besuche nicht zulassen wollte, würde sie nicht kommen. Auf der anderen Seite aber wollte diese Mutter, die so stolz behauptete, nichts unternehmen zu wollen, ehe ich wieder in Freiheit lebte, ihre Zustimmung nicht ohne Bedingungen geben, und diese Bedingungen würden um so härter sein, da diese Frau Geld hatte, da sie mich nicht nötig hatte, so daß sie vielleicht *unter Drohungen* Dinge verlangen würde, die ich nicht annehmen könnte, woraus sich dann ergeben würde, daß das Mädchen nicht mehr käme; mit einem Wort, das Eigeninteresse der Mutter zählte mehr als das Interesse, das mir das junge Mädchen entgegenbrachte, und das alles war mein Fehler und wäre niemals geschehen, wenn ich mich nicht so dumm angestellt hätte, wenn ich meine Gefühle besser verborgen hätte.
Mit ihrem vorgetäuschten Desinteresse will Mgl. mir so viel sagen wie: »*Ach, mein Gott, machen Sie nicht so viele Umstände mit mir, Monsieur, bekommen werden Sie mich ohnehin nicht.*« Wenn sich dazu noch die Gewißheit gesellen sollte, daß sie Ihnen nur Blitzbesuche abstattet, haben Sie den sicheren Beweis, daß Sie der Betrogene sind.
Was ihre Gefälligkeiten anlangt, so wird man ihr gesagt haben: sagen Sie zu allem ja, damit Sie sein Vertrauen gewinnen, anderenfalls wird er Sie nicht mehr empfangen wollen, dann wäre unser Plan gescheitert. Mit einem Wort, sie haben dieses Mädchen zu einer jener Spioninnen gemacht, die man in die Nähe eines Verurteilten bringt, um seine Geheimnisse zu erfahren. Prüfen Sie doch ihre Kühle, ihre Sorglosigkeit im Vergnügen und in Gesprächen, Sie werden darin den beständigen Beweis dessen sehen, was ich hier vorbringe; und zwar verstellt sie sich erst seit ihren Besuchen so, denn als Kind war sie aufrichtig.

Am 13. bekomme ich von Armand einen Brief, der 9 Tage unterwegs war; dieser Brief ist lächerlich, eine Farce.
Am 13. traf ich die Lecl:, die mir sagte, daß sie am Mittwoch, den 17. käme.
Am 14. kam Mgl. mit einem Jasmintopf für Md. Quesnet.
Am 16. gab es ein großes Diner für den ganzen Führungsstab, da man – wie erzählt wurde – eine neue Hausordnung aufstellen wolle, dieses Diner hieß es, sollte am Donnerstag, den 18. und am Sonntag, den 21. wiederholt werden.
Am 17. kam die Leclerc auf mein Verlangen und widerlegte auf die natürlichste Weise alles, was ich bisher gedacht habe und aufgeschrieben hatte; sie schien ganz entschlossen, mir ihre Tochter unter den Bedingungen zu überlassen, die ich selbst vorgeschlagen hatte und denen sie nichts hinzufügen wollte; sie sagte, ihre Tochter brauche nicht zum Baden zu gehen, und was die schlechte Gesellschaft betrifft, über die ich mit ihr gescholten habe, so könne sie ihre Tochter nicht daran hindern, mit diesen Mädchen zu arbeiten, aber außerhalb der Arbeit würde sie diese Mädchen nicht frequentieren. Besonders freute ich mich darüber, daß sie ihre Tochter auch zu mir kommen lassen würde, selbst wenn es mir nicht gelingen sollte, für sie eine Stellung zu besorgen; als ich ihr von der Stellung im Theater erzählte, fand sie den Lohn sehr gering und sagte, sie würde lieber warten, bis ich etwas Besseres gefunden hätte, im übrigen sei sie immer noch der Auffassung, daß weder sie noch ihre Tochter sich nach etwas anderem umsehen würden, solange ich hier bleiben müsse.
Am 18. kam Paquet und brachte Md. de Saxe[3a] mit; die Calias kam überraschend zum Essen, so daß wir 6 bei Tisch waren.
Am 19. fährt Md. nach Paris und wird dort auch übernachten, sie will Geld holen. Bevor sie nach Paris abfährt, spricht sie mit mir über Mgl. wie ein Engel; sie scheint zu wünschen, mir nicht im Wege sein zu wollen ...
Am 19. rufe ich Magdl., die ich bei Verlassen der Santeuil erblickt hatte, zu mir, sie kommt einen Augenblick herein, ist aber übler Laune.
Am nächsten Tag, am 20., machte sie mir ihren 85. Besuch im

[3a] Roman, s. Anm. unter dem 10. November 1814.

ganzen, d. h. ihr 61. Zimmer und insgesamt ihren 85. Besuch; sie blieb mehr als zwei Stunden, frühstückte mit mir und war sehr liebenswürdig; sie sagte mir auch, daß sie am nächsten Tag mit ihrer Freundin und einem anderen Mädchen, das mit ihrer Schwester zusammenarbeitet, ausgehen würde, sie zerstreute mein Mißtrauen und alle meine Bedenken und versprach mir, am Freitag, den 26. wiederzukommen.

Md. kommt am 21. aus Paris zurück, sie hat Vaillant besucht, der ihr berichtet hat, daß man sehr viele Dinge gegen mich vorgebracht habe, unter anderem, ich hätte mich seit 14 Tagen als Verführer betätigt, und er hielt es für notwendig, mir ein Zeugnis über meine guten Sitten und einwandfreie Lebensführung zu besorgen, um diesen Verdacht niederzuschlagen. Im übrigen habe man bei der Polizei meine Eingabe an Mr. Denon weitergegeben, der meinen Sohn über alles unterrichten solle, was Md. zu der Annahme hinriß, daß ich hier herauskommen werde, und sie sich infolgedessen arrangieren würden, sie sagte, daß das Schreiben[4] vom 17. gewesen sei.

Was Boursier betraf, so brachte er mir nur 153 Francs und versprach, den Rest am 2. VII^{ber} zu bringen, d. h. innerhalb von 13 Tagen oder 2 Wochen, was eine 227 ergibt, die so oft in dem Zahlensystem vorkommt. Er hatte auch die Frage nach der Pension von Madame auf dasselbe Datum verschoben. Md. sagte mir, er glaube ganz fest, daß ich hier nicht bleiben würde, möglicherweise aber woanders hingeschickt werden könnte.

Am 24. läßt die Mutter Leclerc ihren Besuch für den 25. um ein Uhr anmelden. Md. Leclerc kam, und da sie es sehr eilig hatte, versprach sie mir, am nächsten Morgen wieder zu kommen; ein abgebrochenes Gespräch.

Ich warte auf Mgl. am 26. morgens; sie kam, war aber sehr kalt; sie blieb 2 Stunden, entschuldigte sich für ihre Kühle und sagte, daß sie sich nicht wohl fühle; sie versprach mir, am Freitag, den 2. VII^{ber} wiederzukommen und wollte an diesem Tag kein Frühstück.

Am 26. August 1814 erhielten Guerignon und Bernard das

[4] Möglicherweise handelt es sich um den Bericht, den der Nachfolger von Coulmier, M. Roulhac du Maupas, verfaßt hat, um eine Versetzung des Marquis zu erreichen (veröffentlicht bei Lely, a.a.O., S. 617–622, datiert auf den 7. September).

Verbot, mit mir zu sprechen und mir meine Zeitung vorzulesen: ich fürchte, das ist auf die letzten Besuche von Mgl. zurückzuführen, und daß sie deshalb auch so kühl war.
Ich warte auf Md. Lec... sie kommt und sagt mir, Stanislav habe gesehen, wie Mgl. bei mir eingetreten sei und sich eingeschlossen habe, und sie wüßte nicht, wohin das noch führen solle, schien mir dabei aber nicht unfreundlich und versprach mir, mich wissen zu lassen, was sich daraus ergäbe. Ich ging zu der Santeuil, mit der ich nur über die Geschichte der Zeitung sprach: sie sagte mir, daß alles noch besser werden würde, als ich glaubte, daß sie sich informieren wolle und mir Nachricht geben würde.
Am selben Tag ging Md. zum Direktor[5], der ihr sehr streng erschien und der sagte, daß er sehr harte Befehle in bezug auf meine Person erhalten habe. Dennoch gab er bereitwillig die Erlaubnis, daß Guerignon bis auf weiteres mir vorlesen dürfe und erlaubte Bernard noch am selben Morgen, mit der Kopie fortzufahren. Ich glaubte vorhersagen zu können, daß alles wieder wie in der Vergangenheit laufen würde, d. h. der Form halber wird man ein wenig hart auftrumpfen, nur um ein komödiantisches Signal von sich zu geben, das nicht viel beinhaltet und folgenlos bleiben wird; die Zukunft wird es erweisen.
Am 27. erfuhr ich, daß Dubuisson und Dumoustier bei den Kopisten das Exemplar des Tour misterieuse[6] beschlagnahmt hatten, das ich ihnen zur Reinschrift gegeben hatte.
Am 28. tauchte Cueno auf und sagte, daß er am Dienstag oder Freitag kommen wolle.
Am 29. fährt Md. für die Festtage nach Paris, sie verspricht mir, Boursier wegen der 6 Louis zu besuchen.
Am selben Tag kann Guerignon nicht mehr kommen, um mir die Zeitung vorzulesen und all das sagt mir neuen Kummer voraus.
Am 30. kommt Md. aus Paris zurück und brachte mir die 3 Louis. Die 2 Bände der Ganges[7] hat sie Boursier gegeben. Sie

[5] seit 31. Mai 1814 Roulhac du Maupas.

[6] Singspiel in konventioneller Manier. Der Direktor Roulhac du Maupas berichtet darüber in seinem bereits mehrfach erwähnten Memorandum (Lely, a.a.O., S. 617–622).
Text des Singspiels in Sade, Théâtre, a.a.O., B. III.

[7] Der Roman *La marquise de Gange* war ohne Nennung des Autors 1813 gedruckt worden; verfaßt wahrscheinlich zwischen 1807 und 1812.

war auch bei Vaillant gewesen, der seinerseits einen anderen Herrn gesprochen hatte, der sich viel gemäßigter als der vorherige gab, aber die alberne und dumme Frage stellte, ob ich denn immer noch wahnsinnig sei, denn ich müsse es gewesen sein, als ich jenes Buch[8] verfaßt hätte, was man mir zuschreibt; er hat ihr erzählt, daß 3 Kommissare kommen würden, um Informationen über mich und mein Verhalten einzuholen, er mir daher empfehle, mich bis dahin gut aufzuführen. Da sich indes hier ein Widerspruch ergibt, fürchte ich, daß alles nur eine Farce ist.

VII^ber 1814

Am 1. des Monats sagte Md. zu mir, daß man ihr erzählt habe, die endgültige Hausordnung würde in 14 Tagen in Kraft treten.
Am 2. kam Mgl. und machte ihren 80. im ganzen und ihr 64. Zimmer; man konnte gleich sehen, daß sie krank gewesen war, sie fühlte sich noch schlecht, man hatte ihr die H. ihrer V. abgeschnitten. Es wurde an die Tür geklopft, das störte uns. Es tat ihr weh. Kurz danach sprach sie davon, fortzugehen und versprach mir, am Freitag, den 9. wiederzukommen; sie war nicht länger als eine knappe eine und eine halbe Stunde geblieben; zum ersten Mal wollte sie Schokolade. Bemerkenswert ist, daß sie die Santeuil sehr viel lieber als Madame mag.
Am 2. kam Dumoustier und gab mir den »Tour misterieuse« zurück und empfahl mir, ganz leise, auf jede Kommunikation mit den Patienten zu verzichten, da man mir sonst die Erlaubnis für meine Spaziergänge entziehen könnte; ich antwortete ihm, daß das ohnehin meine Absicht sei und ich kein Freund von Drohungen bin.
Am 7. ißt Coulmiers im Haus und besucht uns.
Am 9. macht Mgl. ihren 89 insgesamt. 9 Pfirsiche zeigten mir ihre Abwesenheit für 9 Tage an, sie benahm sich sehr gut, blieb zwei und eine halbe Stunde und versprach mir, uns an dem Tag unseres Festes noch einmal zu besuchen, sowie ihren

[8] Boursier spielt auf die Bände der *Justine* und *Juliette* an, die 1801 bei dem Verleger Massé beschlagnahmt wurden und Anlaß für die Verhaftung im Jahre 1801 waren.

üblichen Besuch am 17.; sie sagte, daß sie mir Strümpfe aus Kaninchenfell an meinem Namenstag schenken wollte.
Am 17. kam Mgl. und machte ihren 89. Besuch insgesamt, sie sagte, wenn es nicht gerade mein Ausgehtag sei oder ich die Erlaubnis erhalten würde, wüßte sie keine Möglichkeit mehr, wie wir uns treffen sollten, im übrigen war sie sehr liebenswürdig, und ich war noch nie so zufrieden mit ihr. Sie nahm den Vorhang der C:s mit und war sehr zuvorkommend, feurig etc. . . Sie fragte, ob Helene[9] nicht die Tochter von Moses sei, beklagte sich über eine Äußerung über den Vater Deslande und brachte mich auf die Idee eines Extra-Zimmers für unsere Mahlzeiten.
Md. fuhr am 16. fort, um Geld zu holen, sie brachte es mir mit und sagte, Boursier sei für 8–10 Tage aufs Land gegangen, die beiden Angestellten hätten sie bezahlt; was Vaillant betrifft, so habe Armand eine Aufforderung erhalten, sich bei der Polizei zu melden, um über sie auszusagen: vor 10 Tagen habe er das getan und weiß nicht, was daraus geworden ist.
Am 19. taucht Varenne wieder auf, er war 13 Tage fort gewesen.
Am 23. kam Md. Lec., die wir am 21. erwartet hatten, und ich war sehr froh über ihr Kommen.
Am 25. der 90. von Mgl.: sie kam zum Frühstück, aber sie fühlte sich ganz krank, sie bat um 3 Stücke, versprach mir sehr viel für die Zukunft und strafte all das Lügen, was man mir über sie erzählt hatte, sie versprach am 2. VIII^ber wiederzukommen und sagte, daß sie die Tanzbälle sehr vermisse. Ich glaubte, aufrichtigen Schmerz bei ihr zu erkennen, und doch ist es ebenso richtig, daß alle Zeichen dieses Besuches ihren letzten ankündigten. Sie machte mir große Versprechungen von Ergebenheit und Treue, sie versprach, niemals mit irgendjemand auszugehen, der mir nicht gefallen oder der mir bedenklich erscheinen könnte. Sie schien eine Untersuchung von meinen Papieren zu befürchten, etc. . . .
Notiz für mich. Die Zeitungen vom 15. beginnen am 28. VII^ber 1813.
Am 29. früh bringt Helene Moses die besten Nachrichten und sagt, daß sie sie aus besten Quellen habe. Paquet kam vorbei

[9] Vermutlich Madame Quesnet, die Monsieur de Sade in Charenton als seine Tochter ausgab.

und konnte mir nichts Günstiges über meine Werke mitteilen; als ich mit ihm spazieren ging, begegneten wir Md. Lc. . . die sehr kühl war, fast unverschämt. Sie billigte das Verhalten ihrer Tochter in jeder Beziehung und dankte mir nicht einmal für meine Geschenke zu ihrem Namenstag. Ich stellte ihr Paquet vor und erzählte ihr, daß ich ihn jetzt in der Stellung beschäftigen würde; sie nahm das alles sehr kühl auf. Wie mir berichtet wurde, hat Mgl. alle Bälle besucht und viel getanzt.
Am 30. VII^ber wurde ich gebeten, die Vollmacht bezüglich des Holzverkaufs in Saumane[10] zu unterschreiben, der 800 Francs bringen sollte.

Oktober 1814

Am 2. zu der Zeit, als ich Mgl. erwartete, schickte sie mir die Coulange mit einem Brief, der besagte, daß sie erst am kommenden Sonntag kommen könne, sie hatte mir ein Paar schöne warme Socken mitgeschickt. Ich antwortete ein wenig verärgert.
Am 5. fuhr Md. mit leichtem Gespann nach Paris, um dort einen Brief von M. Rose[11] aus Lille abzuholen.
Am selben Tag las Md. de Santeuil mir zum 1. Mal aus der Zeitung vor.
Am 5. VIII^ber ließ Md. die Vollmacht für Mr. Roze abgehen.
Am 9. machte Mgl. ihren 91. insgesamt, sie war sehr lieb und sagte sehr vernünftige Dinge und brachte mich dazu, mir über ihr Verhalten keine Sorgen mehr zu machen. Sie versicherte mir, daß sie mich niemals verlassen wollte, selbst wenn ihre Mutter nicht mehr in diesem Hause arbeiten würde, würde sie das nicht hindern, zu mir zu kommen; sie bat mich, nicht so viel für sie auszugeben und sagte, früher hätte ich doch sehr viel weniger ausgegeben, und dabei habe sie doch bemerkt, wie schwer es mir abginge, wieviel schwerer

[10] Vgl. Anm. zum 7. Februar 1808.
[11] Notar, der die Interessen von Monsieur de Sade in Saumane vertritt.

müsse es mir da heute abgehen. Dann sagte sie, daß sie mir zum Neujahrstag noch ein Paar Strümpfe aus Kaninchenfell schenken wolle und daß, wenn wir erst zusammenwohnten, sie viel mehr für mich tun könne. Sie erwähnte auch, wie schlecht sie zu essen bekäme, da man nur 3 Francs und etwas pro Woche für das Kostgeld bezahle; und sehr vernünftig führte sie weiter aus, daß sie jetzt noch keine guten Dinge essen wolle, die ihr später fehlen könnten. Ich gab ihr eine Stunde Unterricht im Schreiben und Lesen, und sie versprach mir, sich damit an den langen Abenden zu beschäftigen. Im übrigen schienen mir ihre Fortschritte nicht übel. Sie sagte, daß sie in 8 oder 10 Tagen de Guise[12] zu Rate ziehen wolle, wenn es ihr weiterhin so schlecht gehen würde.

Am 10. kam Mezange überraschenderweise und signalisierte das Wort *schlechte Nachrichten.*

Am 13. signalisierte Md. sehr heftig Wechsel und Überraschung.

Am 14. setzte Md. Annette, mit der sie sich am Abend vorher zerstritten hatte, vor die Tür; sie war am 14. oder 15. zu uns gekommen, so daß sie nur 1 Jahr geblieben ist.

Am 15. kam das neue Mädchen und versprach, am nächsten Tag wiederzukommen.

Der Direktor schrieb an Armand und ließ die Adresse bei Md. überprüfen.

Am 16. schickte Mgl:, die mir ihren Besuch versprochen hatte, die Coulange mit einem Brief, in dem es hieß, daß sie in 8 Tagen kommen werde, d. h. am *23.* Die Coulange hatte mir gesagt, Mag. könne nicht kommen, weil sie bei der Blenie arbeiten müsse, was falsch ist, sie war mit ihrer Mutter spazieren gegangen.

Am 17. fuhr Md. nach Paris und sollte erst am nächsten Tag wiederkommen. Merkwürdige Äußerungen machte sie beim Abschied, lächerliche Äußerungen. Sie nahm den Tour misterieuse und die Jumelles[13] mit, um ein Theater dafür zu interessieren.

[12] Deguise: Name des sogenannten Chirurgen, neben Royer-Collard der zweite Arzt in Charenton. Er hat Madame Quesnet behandelt, doch als Monsieur de Sade Mitte November schwer krank wurde, war er offenbar nicht im Haus.

[13] Komödie, wahrscheinlich schon vor der Revolution entstanden; veröffentlicht in Théâtre, a.a.O., Bd. I, S. 286 ff.

Md. kam am 18. zum Abendessen aus Paris zurück, sie hatte zwei Stücke plazieren können, eines beim Odeon und das andere bei Feseau; sie hatte Vaillant getroffen, der ihr erzählt hat, daß die Polizei meiner Familie geschrieben und sie gebeten habe, mich aus dem Hospiz herauszunehmen, sie habe aber nicht gewollt, und es sei M. Cole, der Polizei-Sekretär, gewesen, der dieses geschrieben habe, und man habe ihm geantwortet, daß die Familie es nicht wolle. Übrigens brachte sie mit der Monatsrente auch das Holz und sagte, daß Boursier am Ende des Monats vorbeikommen werde.
Am selben Tag ließ Md. Leclerc die am Freitag, den 21. kommen sollte, sagen, daß sie erst am 24. käme.
Am 20. verläßt Mlle. de Montfort das Haus, um zu heiraten.
Am 23. wartete ich auf sie (Magdeleine) zur gewohnten Stunde. Um 10 Uhr erschien die Coulange bei mir, um mir zu sagen, daß sie erst um 11 Uhr oder um die Mittagszeit käme; sie kam um viertel nach 12 und blieb 2 Stunden, immer noch kühl, und als ich ihr Vorwürfe machte, sagte sie mir, daß alles nur am Hause läge und sie sich draußen ganz anders benehmen werde. Sie versprach, mir treu zu bleiben, versicherte mir ihre Zuneigung und ihre Verläßlichkeit. Sie hatte ihre Regel. Sie gab so gute Gründe an, um mir die Möglichkeit eines Frühstückes auszureden, daß ich nachgab. Bei alledem kamen ganz taktlose Witze aus ihr heraus, indem sie mir zu verstehen gab, daß die Hausordnung es mir vielleicht verbieten würde, hinauszugehen, und daß man sie selbst vielleicht einschließen werde und ich mich sehr in acht nehmen müsse. Sie nahm 10 Francs für eine neue Weste, die sie anfertigen wollte, und für zwei Paar Strümpfe. Trotz allem kam ein Moment lang die Idee des ⌀ auf, und sie versprach es mir für den nächsten Sonntag. Sie machte so treffende Bemerkungen über Maitressen und Liebhaber, die mit den empfangenen Gunstbeweisen in der Öffentlichkeit prahlen und fügte hinzu, daß sie in dieser Richtung niemals eine Indiskretion begangen habe.
Am 24. wartete ich auf die Mutter, die zu kommen versprochen hatte, aber nicht kam. Doch es war nicht ihr Fehler. Am selben Tag wurde bei Md. Quesnet gestohlen, man verdächtigte die beiden Hausmädchen.
Am 26. hatte mir die Mutter ihren Besuch ankündigen lassen,

sie kam um ein Uhr und versprach mir mit aufrichtiger Miene, daß unsere Pläne sich nicht geändert hätten; sie fragte mich, wie ich es denn machen wollte, und ich erklärte es ihr. Was M... betrifft, so wollte sie wissen, ob ich mit ihrer Tochter darüber gesprochen hatte, ich bejahte. Gut, sagte sie, warum sollte ich dann nicht einwilligen? Sie äußerte den lebhaftesten Wunsch, ihre Tochter glücklich zu sehen und sagte mir, ihr wäre es lieber, wenn diese mir ganz wie üblich dienen würde und nicht auf die andere Weise. Ich sagte ihr alles, was man dazu sagen kann und war am Ende ganz zufrieden. Sie sagte mir, sie glaube, Varenne sei eher dumm als raffiniert gewesen usw.... Es werde davon geredet, daß die neue Hausregel bereits vorliege.
Am 30. kam Mgl. wie sie es versprochen hatte und machte ihren 93., sie blieb zwei Stunden, sie war um 8 Uhr gekommen und ging um 10; sie war sehr liebenswürdig und versprach, sich ungeheuer viel um mich zu kümmern, wenn wir zusammen wären. Sie trank, schrieb und sang. Sie sagte, sie bekäme jetzt besser zu essen und sei sehr glücklich mit ihrer Mutter. Abends nähme sie jetzt immer Kölnisch Wasser und Zucker gegen ihre Leibschmerzen, was ihr sehr gut täte, sie schien sich wunderbar zu fühlen, sie brachte mir ein Paar Strümpfe etc...

Am 3. gebe ich die Hoffnung für den 1. IX^{ber} auf und neige eher dem Datum 31. X^{ber} 1814 zu. Es wurde davon geredet, daß die Einzelheiten für die Hausordnung noch ausstünden und man erst innerhalb der nächsten 7 Tage von seinem Schicksal unterrichtet werden würde, und diese besagte Hausordnung erst am 8. oder 9. IX^{ber} in Kraft treten würde.

IX^{ber}

Was im Oktober aufhört, muß im nächsten Monat von vorn begonnen werden.
Am 5. abends ging Md. zum Direktor, dem es sehr wichtig war, daß ich meinen Sohn in einem Brief um die Zahlung der rückständigen Pension[14] bäte; er lehnte es glatt ab, daß Don-

[14] Die Schulden gegenüber dem Hospiz von Charenton, die sich auf 7534 Pfund beliefen, hat der Sohn nie bezahlt (vgl. Lely, a.a.O., S. 660).

ge[15] mir die Zeitung vorliest, und am nächsten Tag bat ich ihn schriftlich, Donge doch wenigstens die Abschrift meines Manuskripts fertigstellen zu lassen. Im übrigen war Md. mit dem, was er ihr über mich sagte, zufrieden, anscheinend geht alles gut bis auf die Verweigerung des Vorlesens.
Am 5. wurde das Zimmer von Montfort hergerichtet, was großen Lärm machte. Md. ersah aus dem Brief, den Armand dem Direktor geschrieben hatte, daß der besagte Armand am Ende des Jahres zu kommen versprach.
Am 6. machte Mg. ihren 94., sie kam um 9 Uhr und war wohl gelaunt, zeigte sich sogar geistvoll, gab aber zu verstehen, daß bei aller Ergebenheit, die sie mir geschworen hatte, es zwei Wünsche gäbe, die sie mir nicht erfüllen würde, und ich begriff, daß sie im allgemeinen nur das tut, was sie selber will. Sie blieb weiterhin inaktiv und sorglos, selbst kühl während der Sitzung; ich kann ihr nur ein Stück geben, womit sie sich begnügte und in dieser Beziehung sehr taktvolle Dinge äußerte, sie brachte mir ein Paar Strümpfe mit.
Am 8. sagt Rivet uns auf Wiedersehen und verläßt das Haus.
Am 10. sprach ich abends mit dem Direktor und war sehr zufrieden. Am selben Tag brachte mir Paquet auf meinen Wunsch Isabelle[16] für Korrekturen, er sagte, daß er Md. de Saxe[17] bei Pigoreau hinterlegt habe, dem ich außerordentlich mißtraue, während ich auf Mgl. wartete, kam Madame.
Am 13., während ich auf Mgl. wartete, kam überraschend Madame, sie blieb eine viertel Stunde, dann wartete ich weiter auf Mgl.
Am 13. gab der Direktor ein großes Essen, zu dem wir nicht geladen wurden. Am selben Tag kam die erwartete Mgl. nicht, und Md. machte eine Szene, weil sie glaubte, daß Mgl. gekommen sei.
Am 14. ließ Mgl: bestellen, sie käme am Sonntag, den 20.
Am 17. wurde mir gesagt, daß eine Kommission kommen

[15] Donge war Leiter des Lotteriebüros in Charenton. Text des Briefes s. Lely, a.a.O., S. 622/23.

[16] *Isabelle de Bavière.* Der historische Roman erschien postum, mit einem Vorwort von G. Lely, Paris 1953.

[17] *Adelaïde de Brunswick.* Gleichfalls ein historischer Roman, der als Erstveröffentlichung in englischer Sprache erschien; übersetzt von einem Universitätsprofessor an der Universität von Kentucky, Washington 1954.

werde. Am selben Tag fuhr Md. nach Paris, um Geld zu holen.
Als sie aus Paris zurückkam, hatte ich einen Streit mit Md. aber ich war im Unrecht. Sie kündigte mir den Besuch der Schwiegermutter für Montag, den 21. an.
Am 20. kam. Mgl. zur Zeit der Messe, wie sie versprochen hatte, sie hielt sich lange beim Frühstück auf und statt um 9 Uhr zu kommen, wie sie versprochen hatte, war sie erst um viertel nach 10 da, sie hatte ihre Regel, war sehr munter in der Unterhaltung, aber unbekümmert, was unser Vergnügen betraf, sprach davon, Gouvernante zu werden, sagte, sie wolle nicht in der Küche oder mit der Köchin essen, gab sich beim Schreiben keine Mühe, was mich verdroß, aber lesen tat sie nicht schlecht.
Ich sagte ihr, was wahr ist, daß es mir seit 14 Tagen nicht sonderlich gut geht, das machte sie betroffen, sie versprach, am Sonntag, den 27. wiederzukommen und wollte Schokolade haben. Sie sagte, daß es 2 Bälle gäbe, einen in St. Catharine und einen anderen in St. Nicolas und fügte hinzu, beide nicht besuchen zu wollen, weil sie wußte, mir damit eine Freude zu machen, ich dankte ihr dafür.
Am 21. machte meine Cousine[18] ihren 8. Besuch; ich war sehr angetan von ihr, sie verstand sehr gut, wie sehr ich litt und sagte zartfühlend, daß, wenn man mir keinen alten Wein verschriebe, sie mir welchen schicken würde, daß die Familie entschlossen sei, für meine Behandlung zusätzliche Aufwendungen zu machen, dann aber gab sie langweilige und taktlose Witze von sich, indem sie sich lange über den Zimmerwechsel ausließ. Sie besuchte den Direktor und berichtete ihm alles, was sie mit mir besprochen hatte, und am nächsten Morgen kam Bleni[19] und verordnete mir die Behandlung, die ich seither beibehalten habe und weiter verfolgen werde. Die Cousine sprach mehrmals von *Freiheit.*
Am 21. kam Bleni mich besuchen, er verschrieb mir ein Mittel, zunächst erlaubte er mir, den alten Wein zu trinken, am nächsten Morgen wurden mir jedoch nur 2 Viertel zugestanden und die Verordnungen wurden ständig geändert, Md. beschwert sich für mich.

[18] Madame de Talaru, s. Anm. unter dem 20. Juni 1808.

[19] Vermutlich der Nachfolger von Monsieur Deguise, der Madame Quesnet behandelt hatte.

Md. fährt mit der leichten Post nach Paris, um 78 Francs zu holen.
Am selben Tag, den 26., kommt Md. aus Paris zurück und hat Geld mitgebracht, aber keinen Wein, sie sagte, Boursier warte auch auf sein Geld; meine Schmerzen waren immer noch sehr heftig, der Assistenzarzt kam[20], um mir einen Stützverband zu verordnen; an jenem Tag waren es gerade 8 Tage, daß ich dort, vor allem, wenn man es berührte, Schmerzen hatte, auch abends.
Am 27. kam Mgl: und machte ihren 96., sie schien von meinen Schmerzen sehr betroffen, die ich ihr im einzelnen beschrieb; sie war auf keinem Ball gewesen und versprach mir, auch auf keinen zu gehen, sie redete von der Zukunft, sagte, daß sie am 19. des kommenden Monats 18 Jahre alt werde, gab sich wie immer unseren kleinen Spielen hin, versprach, am Sonntag oder nächsten Montag wiederzukommen, dankte mir für alles, was ich für sie tat und gab zu erkennen, daß sie mich nicht betrog und gar nicht darauf aus war, mich zu betrügen. Während ihres Besuches brachte mir Varenne Antwort von Mr. Rose, der Hand ans Werk[21] legen wollte. Mgl: blieb 2 Stunden, die ich sehr genoß.
Mgl: während ihres Besuches, die ganze Libertinage der Bälle von Rousseau.
Madame bestätigte Moses, daß nach allem, was die Schwiegermutter gesagt hatte, man sich vor dem Frühjahr keine Hoffnungen machen sollte, was sich, wie mir scheint, auf den 5. oder 6. März bezieht; insgesamt wären das dann 14 Jahre und 11 Jahre und 5 oder 6 Tage, eine Ziffer, die mit Kreide auf meine Tür in Pelagie[22] geschrieben war.

[20] Gemeint ist vielleicht Dr. Ramon, der damals noch Assistenzarzt, später Chefarzt von Charenton war. Seine Erinnerungen an Monsieur de Sade wurden 1953 von Lely im Anhang zu den »cahiers personnels« publiziert; deutsch auszugsweise in Sade, *A. W.*, a.a.O., Bd. III, S. 1133–1137.

[21] Gemeint ist der Holzschlag im Gehölz von Saumane (vgl. Eintragung unter dem 30. September), auf dessen Erlös der Marquis ungeduldig wartete. Noch am 11. November hatte er einen Brief an seinen Pächter in Saumane geschrieben (vgl. Sade *A. W.*, Bd. III, S. 1138). Monsieur Rose war Notar in Isle-sur-la-Sorgue.

[22] Gefängnis meist politischer Häftlinge, wo Sade vom 7.–14. März 1801 inhaftiert war.

Am 30 IXber 1814 legte man mir zum ersten Mal einen Lederverband um.[23]

[23] Auf Grund der Aufzeichnungen des Doktors Ramon, der von einer »lauten und mühsamen« Atmung des Kranken sprach, glaubte man schließen zu dürfen, daß M. de Sade an einem Lungenödem und in seiner letzten Phase an einer Lungenblutung gestorben ist. M. de Roulhac du Maupas jedenfalls schrieb dem Generaldirektor der Polizei, »ein adynamisches und krebsartiges Fieber« habe den Tod herbeigeführt. Mit Recht hat man bereits darauf hingewiesen, wie schwer eine derartige Terminologie im Lichte der modernen Medizin zu interpretieren ist. Gewiß ist nur, daß die letzten Sätze des Tagebuches darauf hinweisen, daß M. de Sade vor allem am Unterleib und an den Hoden Schmerzen hatte. Ob es sich nun aber um Krebs, um einen Leistenbruch oder um eine Darmverschließung gehandelt hat, wird nur ein Spezialist entscheiden können. Bislang läßt sich jedenfalls nicht mit Sicherheit sagen, an welcher Krankheit Monsieur de Sade gestorben ist.

Anhang

Notizen
über das zur Behandlung der Geistesverirrungen eingerichtete Hospiz in Charenton bei Paris

von
H. de Colins
Kavallerie-Offizier a. D.

Protokoll, oder richtiger Anklageschrift, die ich erst 1857 oder 1858 zu Gesicht bekam – sie wurde in den Papieren von Hypolite Royer Collard gefunden und stützt sich auf Mitteilungen von. . . . .[1]

[1] Vermerk von anderer Hand, zwei sorgfältig ausradierte, vollkommen unleserliche Zeilen.

Vorbemerkung

Im Jahr 1810 schickte mich der Verwaltungsrat des Regimentes, dem zu dienen ich die Ehre hatte, auf die Königliche Schule der Tierärzte von Alfort, um den dort stattfindenden Lehrgängen in der Pferdeheilkunde zu folgen. Als ich nach meiner Ankunft in der Schule feststellen mußte, daß mein schlechter Gesundheitszustand es mir nicht mehr erlauben würde, meinem Fürst und meinem Land weiterhin als Militär zu dienen, versuchte ich, die 18 Monate meines Aufenthaltes dort zu nutzen, um mir all die Kenntnisse wieder ins Gedächtnis zurückzurufen, die ich während der sieben Jahre Feldlager vergessen haben konnte, und um überdies neue Erkenntnisse der Naturwissenschaften zu erwerben, denn ich wollte mich auf eine Laufbahn in der Verwaltung vorbereiten. Meine Aufmerksamkeit richtete sich am intensivsten auf die Landwirtschaft und auf die detaillierten Fragen der öffentlichen Einrichtungen. Ich begann mich mit diesen Dingen bereits zu beschäftigen, während ich noch den Lehrgängen in der Pferdeheilkunst folgte. Meine Neigung für die Landwirtschaft wurde durch recht schmeichelhafte Erfolge ermutigt. Im Jahre 1811 empfing ich aus den Händen seiner Exzellenz des Innenministers den 1. Preis des Wettbewerbes für landwirtschaftliche Ökonomie in Alfort. Im Jahre 1812 verlieh man mir mein Diplom als Landwirtschaftsrat, und da ich allen übrigen Bewerbern überlegen war, wurde mir die Ehre zuteil, vom mündlichen Examen befreit zu werden.

Es gab zwar keine Schule, die mich hätte über die Verwaltung der öffentlichen Einrichtungen belehren können, aber ich glaubte, mich in jenen Dingen fortbilden zu sollen, die ich während meiner Reisen als Militär begonnen hatte, d. h. diese öffentlichen Einrichtungen zu besuchen, ihre Verwaltung im Inneren als auch ihre Beziehungen zur Außenwelt zu studieren und über meine Beobachtungen sorgfältig Tagebuch zu führen. In der näheren Umgebung meines Wohnortes gab es drei öffentliche Einrichtungen, die Tierärztliche Schule, die Pferdeschule und das Haus in Charenton.

Zunächst unterzog ich die beiden erstgenannten einer aufmerksamen Prüfung; ich sah dort Gutes, Schlechtes, aber in jedem Fall gute Absichten, Eifer, Exaktheit, und es schien mir erwiesen, daß mit Unterstützung einer wohlwollenden Regierung diese Anstalten die öffentlichen Aufgaben, an die man bei ihrer Errichtung gedacht hatte, nicht verfehlen konnten zu erfüllen. Da es keinerlei Schwierigkeiten gegeben hatte, sie in all ihren Einzelheiten zu studieren, glaubte ich, daß es mir auch nicht schwerfallen würde, in die dritte Anstalt einzudringen, die so geeignet ist, die Aufmerksamkeit des Beobachters auf sich zu ziehen und von der ich schon so vorteilhaft in allen möglichen Teilen Europas hatte sprechen hören. Doch in dieser Hinsicht wurde ich merkwürdig enttäuscht. Tausend Einwände wurden vorgeschützt, um mir den Eintritt in das Haus zu verweigern, und man mahnte mich vor allem zur Rücksichtnahme gegenüber den Kranken, auf die der Anblick eines Fremden, wie man mir sagte, sich unheilvoll auswirken müsse. Ein so überzeugendes Argument, das ich anfangs für begründet hielt, verbot es mir zu insistieren, und ich opferte jedenfalls vorübergehend meine Neugier dem, was ich für das Wohl der Patienten hielt.

Dennoch kamen mir bald Äußerungen zu Ohren, die lebhafter denn je mein Verlangen schürten, dieses Haus kennenzulernen. Man erzählte darüber so viel Gutes und zugleich so viel Übles, daß ich mich schließlich entschloß, alles wissen zu wollen; und für einen festen Willen, gestärkt durch die Liebe für das öffentliche Wohl, kann es kein Hindernis geben. Es gelang mir also, wenn auch nicht ohne Schwierigkeiten, das Innere des Hauses zu betreten. Ich besuchte alle Stationen, auch die verborgensten. Ich sah alles mit eigenen Augen, nichts konnte sich meinen Notizen entziehen. Die Zusammenfassung dieser Notizen lege ich heute der Öffentlichkeit vor. Ich habe noch nie etwas für die Öffentlichkeit geschrieben, und wenn ich es in diesem Augenblick tue, so nur, um dem Wohl der Menschheit zu dienen. Viele Leute haben versucht, mich davon abzubringen, die einen sagten: warum nehmen Sie Anteil an einer Einrichtung, die Ihnen ganz fremd ist? Sie werden sich mit Ihrem Vorgehen nur Feinde machen, die Ihnen heimlich schaden und Sie vielleicht ins Verderben stürzen werden. Die anderen versicherten mir, meine Stimme sei zu schwach und nichts als eine Stimme in der Wüste; weitere schließlich schlugen einen ironischen Ton an und beschuldigten mich, den Don Quichote spielen zu wollen, den Wiedergutmacher allen Unrechtes, und hielten für Eitelkeit, was doch nur das Ergebnis meiner Sorgen und meiner Liebe zum öffentlichen Wohl waren. Was die ersten sagten, hat mich nicht eingeschüchtert, ich habe zu viel Vertrauen zu meinem Jahrhundert und zu meiner Umgebung, um den zweiten glauben zu mögen, die letzten verachte ich.

Stärker beeindruckt haben mich die Einwände eines sehr schätzenswerten Mannes, dem ich meine Notizen zum Lesen gegeben hatte. Er hat mich darauf aufmerksam gemacht, daß mein Stil oft bitter ist und zuweilen ironisch, während doch meine Eigenschaft als Beobachter mir jede Bitterkeit hätte verbieten müssen. Diese Überlegungen sind richtig, aber um sie auszuführen, hätte ich alles noch einmal schreiben müssen, dazu war aber keine Zeit.

Ich möchte jedoch sagen, daß ich keine einzige Zeile geschrieben habe, ohne mir zu sagen, wenn du überzeugen willst, bleib ruhig, unparteiisch, veröffentliche nicht das, was nicht ganz sicher ist und was du nicht beweisen kannst, laß in deiner Feder tausend Dinge schlafen, die du keine Befugnisse hast zu enthüllen, sondern die das rächende Auge der Themis das alleinige Recht hat zu entdecken. Aber manchmal trägt einen die Empörung davon, die Phantasie entflammt sich, das Herz revoltiert, der unerschrockene Soldat durchdringt den Schleier der Mäßigung, mit dem jeder Schriftsteller sich dämpfen muß und äußert seine Wahrheit im Zorn.

Wenn ich am Anfang dieses Artikels von mir gesprochen habe, so nur, um den unparteiischen Leser davon zu überzeugen, wie fremd ich allem bin, das das Hospiz von Charenton anlangt. Militär seit 10 Jahren, habe ich niemals eine Beziehung zu dieser Anstalt gehabt und habe keinerlei Absicht, sie in Zukunft zu haben, da ich in diesem Moment den Vorzug genieße, die Verwaltung eines ehrwürdigen und vornehmen Magistrates zu studieren, und das 200 Meilen von der Hauptstadt entfernt.

Paris, den 6. Juni 1812
signiert: Hippolyte de Colins[2]
Rue de Bondy, No. 32.

[2] Der bereits erwähnte damalige Assistenzarzt in Charenton, Dr. Ramon, äußert sich zur Person und Absicht von Colins wie folgt: »Im

Jahr 1812 oder 13 tauchte in Charenton ein Offizier der Kavallerie auf, an dessen Regiment ich mich nicht mehr erinnern kann. Er kam von der Schule in Alfort, wo er die Pferdeheilkunst erlernen wollte und befreundete sich in Charenton mit einem Mann, der seit Errichtung des Hauses dort Ehrenämter innegehabt hatte. Diese beiden Männer schmiedeten ein Komplott, um einen Umsturz herbeizuführen. Der erstere, der freien Zugang zu allen Einrichtungen hatte, beobachtete mit Scharfsinn, aber möglicherweise auch nicht ohne Gehässigkeit, die verschiedenen Zweige der Verwaltung: die finanzielle Lage, die Wirtschaftlichkeit und alles was dazu gehört, Moral usw. Mit Hilfe von Dokumenten, die ihm der letztere verschaffte, hat er ein umfangreiches und sehr detailliertes Memorandum entworfen, welches, da man es nicht abfangen konnte, zur Kenntnis des Innenministers gelangt ist.« (Sade, cahiers personnels, hg. von G. Lely, Correa 1953.)

Das Hospiz von Charenton

Das zur Heilung der Geistesverirrungen errichtete Hospiz von Charenton besaß in Frankreich und besitzt auch heute noch im Ausland einen glänzenden Ruf.
Ich habe es als Beobachter besucht und mit derselben Aufmerksamkeit studiert wie einige andere Irrenhäuser in Europa, die ich auf meinen Reisen als Militär zu besuchen die Gelegenheit hatte. Doch nach Charenton kam ich mit jener Art von günstigem Vorurteil, das ein guter Ruf zuwege bringt; und wer auch immer mir damals gesagt hätte, diese Einrichtung sei nur mittelmäßig, wäre in meinen Augen ein Verleumder gewesen. Ich weiß, es gibt auch heute noch eine große Zahl von Personen, die immer noch so denken, wie ich damals dachte. Nach einer konsequenten Prüfung aber muß ich sagen, daß diese Einrichtung schlecht ist, sowohl was die Heilung, die Menschlichkeit, die Sitten als auch die Gesetze betrifft. Viele Beweise werde ich vorführen müssen, um nicht für einen Verleumder gehalten zu werden! Man wird eindeutige und exakte Beweise von mir verlangen! Ich werde mir alle Mühe geben, damit der Leser dieser Notizen am Ende ebenso überzeugt sein kann, wie ich es bin, und ich glaube, es wird mir gelingen.
Um lange Diskussionen zu vermeiden, die möglicherweise nicht die notwendige Überzeugungskraft haben mögen, da sie aus meiner Feder hervorgehen, werde ich mich oftmals des »Traité de l'aliénation mentale« (Abhandlungen über die Geistesverirrungen) von Monsieur Pinel bedienen. Zunächst werde ich immer sagen, was ich in Charenton gesehen habe; ich werde zustimmen oder verurteilen, je nachdem, ob mir die Dinge gut oder schlecht erscheinen, schließlich werde ich meine Urteile durch Anmerkungen stützen, die ich dem genannten Werk entnommen habe, und im Wortlaut im Anschluß an diese Notizen zitiere. Ich kann nicht umhin, hier den Wunsch zu äußern, daß jedermann, der aus Freude oder Pflichtbewußtsein zur Erleichterung der Menschheit in diesem Teil der Verwaltung der öffentlichen Einrichtungen beitragen möchte, diese wahrhaftig philosophischen Abhandlungen sorgfältig lesen möge. Ich bin überzeugt, das allein würde schon genügen, um die Mißstände zu beseitigen.

Es ist schwierig, Dinge überzeugend zu beschreiben, die zuweilen ineinandergreifen und durch unendlich viele Knoten miteinander verschlungen sind. Nach einiger Überlegung schien es mir nützlich, zunächst einen Blick auf die Gebäude zu werfen, über ihre Brauchbarkeit und ihre Verteilung zu sprechen, sodann über den Pflegedienst, über den medizinischen Dienst und am Ende über die Verwaltung und die ökonomische Situation zu berichten.

Die Gebäude

Eine Irrenanstalt kann ihrer Aufgabe nicht gerecht werden, sagt Monsieur Pinel, wenn ihre baulichen Gegebenheiten es nicht zulassen, die verschiedenen Arten von Irren voneinander zu trennen. Dieser Grundsatz kann nicht mehr bezweifelt werden, und wenn man das Werk, aus dem ich soeben zitierte, gelesen hat, ist man vollkommen von seiner Richtigkeit überzeugt, schließlich bekräftigen ihn die Erfahrungen der Anstalten von London, Amsterdam und Paris. Es braucht folglich nicht Wunder zu nehmen, wenn ich die Prüfung eines Krankenhauses, das zur Heilung von Irren bestimmt ist, mit einer Überprüfung der Gebäude beginne.
Das Hospiz von Charenton liegt ungefähr 2 Meilen von Paris in dem Dorf, das denselben Namen trägt, am Ufer der Marne. Ein schöner Vorhof führt zu dem Teil des Gebäudes, den ich Nr. 1 nennen möchte und der von dem Direktor, den Angestellten und einigen freien Pensionären bewohnt wird. Seine Fassade geht nach Süden. Rechts von diesem Gebäude und etwas weiter vorgerückt befindet sich ein weiteres Gebäude, Nr. 2, das mit dem ersten verbunden ist und das der Unterkunft der Irren dient. Es besteht aus vier Etagen, einschließlich des Erdgeschosses. Alle vier Geschosse werden durch einen Korridor in je zwei Reihen von Kammern unterteilt; diese Kammern sind ungefähr drei mal vier Meter groß und beherbergen einen, zwei oder drei Kranke; einige Kammern des Erdgeschosses sind einen halben Meter unter dem Boden und deshalb außerordentlich feucht.
In dieses Erdgeschoß verweist man meist die Kranken, die

die Wärter als unsauber bezeichnen oder die bestraft werden sollen. Dort liegen sie fast alle nur auf Stroh, einige von ihnen ohne Decken. Viele bekommen dort einen Rheumatismus, manche unheilbaren Durchfall, andere angeschwollene Hände, Arme oder Beine. In der 2. und 3. Etage sind die Kranken auf dieselbe Weise verteilt, und wenn ihre Kammern auch weniger feucht sein mögen, sind sie doch nicht weniger ungesund, was die dort herrschende Unsauberkeit anlangt. Die Wände sind dreckig und mit Auswürfen tapeziert, die dort schon seit Jahren kleben. Die durch die Ausdünstungen der Kranken verpestete Luft wird lediglich durch ungenügenden Durchzug erneuert. Zu dieser fauligen Luft kommt noch der Geruch der Toiletten, die fast alle von den Korridoren zu erreichen sind und dort bei der geringsten Witterungsänderung einen unerträglichen Gestank verbreiten. Ich möchte dem Zustand der vierten Etage Gerechtigkeit widerfahren lassen; der dort mit der Sauberkeit beauftragte Krankenwärter weiß seiner Aufgabe weit besser Herr zu werden. Jeder seiner Korridore hat einen kleinen Hof, der als Auslauf dienen soll, aber dessen sich die Kranken im Sommer kaum bedienen können, weil die zu kleinen Höfe von hohen, die Sonne reflektierenden Mauern umgeben sind, und weil es dort keinen einzigen Schatten spendenden Baum gibt.

Ein dritter Korridor führt zu einer größeren, ebenfalls schattenlosen Wandelhalle, wo man 1803 das Gebäude Nr. 3 errichtet hat, dessen Fassade ebenfalls nach Süden geht. Dieses Gebäude ist in Form einer Galerie errichtet, es hat ein Erdgeschoß und eine erste Etage. Seine Lage ist gesund, aber es hat an seiner Rückfront eine Mauer, die ihrerseits eine Terrasse stützt, so daß das ganze Erdgeschoß unter dem Erdboden liegt; dorthin fließen infolgedessen alle Abwässer. Die Kammern sind dort derart von Feuchtigkeit befallen, daß die hintere Wand fast gänzlich mit einem grünen Moos bedeckt ist und an mehreren Stellen Pilze wachsen; die Unsauberkeit des Erdgeschosses ist ungeheuerlich. In diesen Kammern ist keinerlei Durchzug möglich, da sie nur nach vorne hin geöffnet sind. Die erste Etage ist gesünder, da sie über dem Erdboden gelegen und auch sehr viel besser gepflegt ist. Diese erst kürzlich errichtete Galerie ist so unsolide gebaut worden, daß kein Jahr vergeht, ohne daß nicht ein Teil der Decke abplatzt und auf die Köpfe der Kranken herunterfällt. Hinter

dem Gebäude Nr. 2 befindet sich das Gebäude Nr. 4, das den Männern als Badehaus dient. Es ist für seinen Zweck ganz vernünftig gebaut, hat aber dennoch viele wesentliche Fehler. Will man dem Kranken eine Dusche verabreichen, so muß man ihn aus dem Bad herausholen; zudem ist diese Dusche, die nur ein leichter, den Kopf sanft berieselnder Wasserstrahl sein sollte, ein heftiger Wasserfall, der mit einer beträchtlichen Masse Flüssigkeit von hoch oben herunterkommt. Dieses Verfahren löst bei dem Patienten heftige Erschütterungen aus, unterbricht die Atmung und dient meist nur dazu, ihn vollkommen zu erschöpfen. Man sollte also ein horizontales Rohr installieren, welches das Wasser oberhalb aller Badewannen entlangführt und sich mit einem Hahn öffnen läßt, so daß man die Dusche verabreichen kann, ohne den Kranken aus der Badewanne herausholen zu müssen. So habe ich es in der Salpêtrière[3] gesehen, wo die Irren oft aus eigenem Antrieb nach einer Dusche verlangen. In dem Badehaus steht außerdem noch eine Dampfmaschine, gleichsam ein dem Scharlatanismus geweihter Altar, der zu nichts nutze ist; und ein riesengroßes Wasserbecken, das man Sturzbad nennt, ein der Barbarei gewidmetes Monument, von dem später noch zu sprechen sein wird, und von dem man unglücklicherweise nur allzu oft Gebrauch macht.
Das Gebäude Nr. 5 liegt im linken Flügel von Nr. 1 und ist den geisteskranken Frauen reserviert. So wie Nr. 2 ist es der Länge nach durch einen Korridor unterteilt. Unsauberkeit herrscht hier nahezu überall, und an einem Ende ist der Flur dunkel und feucht. Das Ende dieses Korridors führt auf einen großen, teils kahlen Hof hinaus, in dessen Hintergrund man im Januar 1809 und 1810 ein Gebäude in Form einer Galerie errichtet hat. Die Galerie, deren Fassade sich zum Süden wendet, besteht aus einem Erdgeschoß und einer ersten Etage. Das Erdgeschoß ist ebenso ungepflegt wie das von Nr. 3: keinerlei Belüftung, die Kammern haben einen schadhaften Fußboden und können nur gescheuert werden, wenn man sie mit Wasser vollaufen läßt, jede Säuberung endet in

[3] Salpetersiederei – unter Ludwig XIII. in Paris errichtetes Armenhaus für altersschwache und geisteskranke Frauen. Zur Zeit der Abfassung dieses Berichtes war der im Vorwort von Daumas erwähnte Esquirol dort Arzt, auf dessen offenbar vorbildliche Leitung Colins im Laufe seiner Ausführungen immer wieder zurückkommt.

einer Überschwemmung. Die erste Etage hingegen ist einigermaßen gepflegt und sauber.
Die Galerie, deren Fassade zum Norden geht (Nr. 7) wurde auf dem Platz eines alten Gebäudes errichtet, das man vor 6 Jahren, wie es heißt für 40 000 Francs ausgebessert und teilweise umgebaut hatte, um es hinterher wieder abzureißen und dann eine der ungesundesten Behausungen zu errichten, unsauberer als vielleicht sämtliche Gefängnisse des Staates. Diese Galerie liegt am Fuße eines kleinen Abhanges, den der Hof bildet, mehr als eineinhalb Meter unterhalb des anderen Gebäudes und am tiefsten Punkt des gesamten Geländes, auf dem der Komplex errichtet ist. Alles Wasser von oben und alles Wasser aus den Regenrinnen läuft in die Galerie hinein, als hätte man die Absicht gehabt, diejenigen, die diese schrecklichen Zellen bewohnen, zu verpesten; überdies ist das Pflaster vor der Galerie derart beschaffen, daß alle Wasser vom Abhang dorthin geschwemmt werden und von dort nicht wieder abfließen können. Frische Luft bekommen die Kranken nur so viel, wie durch die offene Tür und durch ein kleines Loch hereinkommt, das man oberhalb der zum Norden gelegenen Türen gebohrt hat. Ohne Glas und ohne Vorhang dient es nur dazu, die Kranken im Winter frieren zu lassen. Hier herrscht eine noch viel größere Unsauberkeit als in den übrigen Kammern; glücklicherweise hat man dieses Gebäude ganz unsolide gebaut; es ist aus Holz und Gips und wird voraussichtlich nicht mehr lange standhalten.
Am Ende des Hofes liegt links ein kleines von 7 bis 8 Zellen umgebenes Gebäude, das für die tobsüchtigen Frauen bestimmt ist; und rechts liegt Gebäude Nr. 8, das Badehaus der Frauen. Die ganze Anlage gleicht der des Männerbadehauses; es bietet dieselben Unannehmlichkeiten und zusätzlich die, am äußersten Ende der Anstalt zu liegen, so daß die Frauen, um dorthin zu gelangen, sämtliche Galerien des großen Hofes und einen Teil des Hofes selbst überqueren müssen. Bei jedem Unwetter, ob es nun regnet, schneit oder stürmt, müssen die Kranken diesen langen Weg zurücklegen, und zwar unmittelbar nach Verlassen des heißen Bades.
Das Gebäude Nr. 9, das vor sechs Jahren gebaut wurde und gleich am Eingang gegenüber Nr. 2 steht, ist zu dem Zweck errichtet worden, die Irren aufzunehmen, die von gewöhnlichen Krankheiten befallen sind. Über dieses Krankenhaus

brauche ich nichts zu sagen, da es niemals zu seiner Bestimmung gelangt ist. Statt den Zweck zu erfüllen, für den man vorgegeben hat, es zu bauen, wurde es in einen Ballsaal verwandelt, die Konsequenz ist, daß die Irren, die von irgendeiner nicht mit ihrem Geistezustand zusammenhängenden Krankheit befallen sind, in ihren Kammern sich selbst überlassen bleiben.
Im rechten Winkel zu Nr. 9 steht schließlich noch das Gebäude Nr. 10, das nach dem Gründungsstatut des Hauses als Hospital für die Einwohner des Kantons dienen sollte, sie werden dort auch tatsächlich aufgenommen, und der ihnen gewidmete Saal sieht ganz ordentlich aus. Die Wahrheit aber zwingt mich zu sagen, daß die Betten nichts taugen, daß es an Wäsche fehlt, daß die Decken in Fetzen sind und daß alles übrige vor Unsauberkeit starrt.
In dem Hof, der sich an Nr. 2 anschließt, steht eine hydraulische Maschine, von Pferden angetrieben, die das Wasser für das ganze Haus in ein großes Becken pumpt. Diese Maschine fördert mehr Wasser, als notwendig wäre, um es über alle Teile der Einrichtung zu verteilen und über alle Höfe, so wie es in der Salpêtrière geschieht. Aber in Charenton nutzt man diesen Vorteil nicht, nirgends wird den Irren Wasser zur Verfügung gestellt. Dabei fehlt es ihnen nicht nur an Wasser zum Waschen, sondern als Folge der Nachlässigkeit der Pfleger oft auch an Trinkwasser.
Nördlich schließt fast unmittelbar an dieses Gebäude ein ausgedehntes Amphitheater mit mehr als 30 Stufen an. Von der obersten Stufe hat man eine Aussicht, die wegen ihrer Weite und Vielfalt bewundernswert ist. Dem Auge bietet sich eine Landschaft von mehreren Meilen Ausdehnung, die von einer Kette von Hügeln gebildet wird, welche auf der einen Seite zur Marne, auf der anderen zur Seine abfallen. Dieses weite eingefriedete Gelände könnte den Irren sehr dienlich sein, ist aber schlecht gepflegt und schattenlos, nicht ein Spalier berankt die unzähligen Mauern, mit Ausnahme jener Pflanzen, die noch aus den Zeiten der Mönche stammen, von denen freilich tagtäglich welche eingehen und nicht ersetzt werden.
Jetzt wollen wir einen Blick auf das Ganze der Einrichtungen werfen. Was die für die Männer bestimmten Gebäude betrifft, so wäre es wohl möglich, mit einigen Änderungen eine

Unterteilung, die notwendige Klassifizierung, zu erreichen, ohne die es keine grundlegende Behandlung geben kann. Sei's drum! In Charenton sind die Irren durcheinander gepfercht, ohne jede andere Klassifikation als die des Geschlechtes, und selbst die wird in der Nr. 1 noch nicht einmal beachtet. Die Manischen leben dort mit den Melancholikern, die Idioten mit den Epileptikern, diejenigen, die sich in einer heftigen Phase ihrer Krankheit befinden mit den Genesenden. Welch eine Organisation! Die sogenannten Gefährlichen werden eingesperrt und bis zur Erschöpfung gebracht, manchmal geschlagen. Das ist bequem, aber was ist die Folge? Vor den Augen der Kranken, die gegen Ende ihrer Krankheit hierherkommen, den Genesenden, spielen sich ständig Wahnsinnszenen ab, Gewaltszenen, deren Anschauung möglicherweise einen manischen Anfall provoziert, der sich um so gefährlicher auswirken kann, da er einen Rückfall bedeutet. Melancholiker, die fast alle Neigungen zum Selbstmord haben, die sich nur nach Schatten und Einsamkeit sehnen, sind mit den Tobsüchtigen zusammen und beschließen ihr Leben in ununterbrochener heilloser Manie. Das braucht nicht weiter zu erstaunen und kommt selbst bei Menschen vor, deren moralische Kräfte noch nicht so geschwächt sind wie die dieser Unglücklichen, die in ihrem Wahn nur noch von einer einzigen Sache reden können und noch genug Verstand bewahrt haben, um den Schrecken ihrer Situation zu erkennen. Allein diese Mängel, die fehlende Klassifizierung, machen für sich allein schon die Behandlung der Geisteskranken unmöglich.

In den Gebäuden der Frauen fehlt es ebenfalls an einer Klassifizierung. Hier aber ließe sich diesem Übel dank der Neubauten mit großen Unkosten abhelfen; denn diese Konstruktionen haben das Übel nur verschlimmert, indem sie alle Möglichkeiten beseitigt haben, die man für eine Trennung der Kranken hätte ausnützen können.

Wenn ich dem Leser sage, daß man in 6 Jahren bei dieser Einrichtung rund 150 000 Francs für fehlgeplante Bauten ausgegeben hat, wird er mich gewiß fragen, wie das in einem Jahrhundert möglich ist, in dem man so viel Sorgfalt auf die öffentlichen Einrichtungen verwendet und wo man so sehr darauf bedacht ist, zugleich solide und nützlich zu bauen? Ich kann ihm darauf nur antworten, daß das zwar auf die von der Regierung überwachten Bauten zutrifft, die hier indes bezüglich der Aufteilung nie um Rat gefragt wurde. Man hat einfach gebaut, ohne jede Autorisierung, ohne Architekt und unter der Leitung eines Dorfmaurers, der, um die Wahrheit zu sagen, damit ein Vermögen gemacht hat. Man muß außerdem hinzufügen, daß nicht alle 150 000 Francs für neue Bauten verwendet wurden, sondern ein Teil dieser Summe gebraucht wurde, um ein Treibhaus für die Blumen des Direktors zu errichten, vielleicht auch zu dem Zweck, die Gemüter der Wahnsinnigen mit ausgesuchten Pflanzen aus den heißen Zonen zu heilen.

Der Pflegedienst

Es ist sehr schwierig, ein genaues Bild vom Pflegedienst im Hospiz von Charenton zu zeichnen; will man sich davon eine Vorstellung machen, braucht man nur an einen Ausländer zu denken, der zur Zeit der Anarchie unser trauriges Vaterland bereist, um die Gesetze unseres Landes zu beschreiben usw... Das ist ungefähr die Situation, in der ich mich befinde, aber glücklicherweise in einem viel kleineren Rahmen. Ich werde dennoch den Versuch machen, dieses Knäuel zu entwirren und möchte damit beginnen, unabhängig von Charenton zu beschreiben, wie der Pflegedienst in einem solchen Haus, wie die natürliche Autorität, wie das Zentrum, wie die verschiedenen Zweige beschaffen sein sollten, und am Ende werde ich sagen, was man davon in Charenton vorfinden kann.
Die Autorität aller öffentlichen Einrichtungen muß von dem Souverän des Staates ausgehen; er ordnet sie nach ihren verschiedenen Aufgaben und unterstellt sie den jeweiligen Ministern. Die Verwaltung der bürgerlichen Hospize gehört in den Bereich des Innenministeriums, das sie überwacht und seine allgemeinen Richtlinien einem Verwaltungsrat weitergibt, der alljährlich treulich Rechenschaft abzulegen hat. Ich will hier nicht von neuem die Diskussion entfachen, ob in unserem Vaterland ein Verwaltungsrat mehr zuwege bringt, als ein einzelner Mensch. Diese Frage ist seit langem entschie-

den, und alle gut geführten Hospitäler zeugen einstimmig für die Überlegenheit des ersten Modus. Die Ärzte und die Gesundheitsbeamten, der Oberaufseher, der Ökonom usw. werden vom Verwaltungsrat nominiert oder vom Minister zur Nominierung vorgeschlagen. Da das Ziel die Heilung der Kranken ist, wird alles, was die Person der Kranken betrifft, dem Chefarzt unterstellt, der seinerseits der Oberaufsicht des Verwaltungsrates unterstellt ist. Der Essensplan, die Sauberkeit, die Heilmethoden, die Medizinische Disziplin und der Pflegedienst, die Entlassung der Kranken – alles gehört in seinen Bereich. Falls er in irgendeiner Form Mißbrauch treibt, dann ist der Rat da, um ihn zurechtzuweisen oder auch ihn zu stützen, falls er verleumdet wird. Ohne diese hierarchische Ordnung gäbe es nichts als Chaos; jeder Mann würde regieren wollen und Befehle erteilen, und die Kranken würden am Ende das Opfer der Diskussionen sein, die doch um ihretwillen entfacht wurden, genau in diesem Zustand befindet sich das Hospiz von Charenton. Zahlreiche Affären, mit denen der Minister belastet ist, haben es ihm noch nicht erlaubt, sich in Sonderheit dieses Hauses anzunehmen, das, wenn es auch nicht an erster Stelle steht, was seine Wichtigkeit angeht, aber dennoch ein Recht auf die wohlwollende Überwachung der Regierung hat. Diese aber hat es damit bewenden lassen, einen Leiter über die Einkünfte des Hauses zu setzen, einen Chefarzt und einen Chirurgen, ohne ihm einen Verwaltungsrat überzuordnen, nicht einmal einen provisorischen; man hat es nicht für notwendig befunden, Regeln aufzustellen, die zu befolgen wären, noch einen ständigen Oberaufseherposten einzurichten, noch irgendeine Form der Buchführung zu verlangen. Das Ergebnis? Der Leiter verkörpert die unmittelbare Autorität des Ministers, er hat sich unter dem Namen »Direktor« an die Stelle des Verwaltungsrates gesetzt. In diesem Rang kontrolliert er alle Einkünfte, alle zu besetzenden Stellen, baut auf, läßt wieder abreißen, er befiehlt, und alle Angestellten, angefangen vom Chefarzt bis hinunter zum Krankenwärter, gehorchen ihm.

Bislang ergibt das noch kein anderes Übel als die Konzentration der Autorität des Verwaltungsrates in den Händen eines einzigen. Aber das ist noch nicht das Schlimmste. Dieser Leiter hat sich zum Oberaufseher der Kranken gemacht. Er ist

es, der die innere Polizei auf seine Art ersetzt, und zwar ohne jede Konsequenz, da er keine Regeln aufgestellt hat. Er verteilt die Strafen, er allein übt das aus, was er unter moralischer Behandlung versteht, und er betrachtet die medizinische Behandlung als Beiwerk, das gleichfalls seinem Einfluß unterliegt.
Da er sich an die Stelle des Verwaltungsrates gesetzt hat, muß der Arzt ihm wohl oder übel gehorchen; da er sich aber gleichzeitig zum Oberaufseher gemacht hat, die moralische Behandlung beaufsichtigt, die Strafen verhängt, hat er sich damit selbst unter die Autorität des Arztes begeben. Statt jedoch den Anweisungen des Arztes zu folgen, wirkt er ständig der ärztlichen Behandlung entgegen, usurpiert ihm nicht zustehende Funktionen, so daß der Arzt oftmals jeder Hilfe und Autorität gegenüber dem Oberaufseher entbehrt, da dieser kein anderer als der Leiter selbst ist, der zugleich über die Autorität des Verwaltungsrates verfügt. Und das ist immer noch nicht alles. Wenn der Arzt sich bei dem Ökonomen beschweren will, sei es wegen der Unsauberkeit, sei es wegen der Verpflegung, muß er feststellen, daß dieser Ökonom wiederum nur der Rat ist und er als Chefarzt nichts zu ändern vermag.
Nun, da wir eine Vorstellung von der Autorität vermittelt haben, kommen wir zurück zu den Fragen der Krankenpflege und wollen den Abschnitten über den medizinischen Dienst das vorbehalten, was ihn allein betrifft.
Eine unwandelbare, zentrale Autorität, sagt Monsieur Pinel, Respekt und Achtung vor dieser Autorität, die harmonische Übereinstimmung dieser Autorität mit der des aufgeklärten Arztes, dem der Aufseher dennoch unterstellt sein muß, und die strenge Regelmäßigkeit des Pflegedienstes, sind die Grundlagen der moralischen Behandlung der Geisteskranken. Wir wollen rasch noch einen Blick auf die verschiedenen Abteilungen werfen. Wir haben gesagt, der Leiter des Hauses repräsentiert in seiner Eigenschaft als Direktor den Rat, d. h. den obersten Herrn der Anstalt, aber als Oberaufseher, Ökonom usw. ist er zugleich dem Arzt unterstellt. Wir haben zur Genüge dargetan, daß eine totale Anarchie in Charenton herrscht, und daß das Gute, das sich aus einer zentralen Autorität ergeben sollte, sich hier nicht ergibt. Aber wir haben noch nicht gesagt, wie wenig achtenswert diese Autorität ist

und wie wenig sie durch ihre Repräsentanten geachtet wird.

Der Direktor, der sich von der Fülle der sich aus der Vielfalt seiner Funktionen ergebenden Arbeit frei machen will, hat in Wahrheit nur die Autorität für sich behalten, um sich ihrer je nach Bedarf zu bedienen. Die Oberaufsicht hat er auf zwei Aufseher verteilt, einen für die Männer und einen für die Frauen. Damit sind bereits drei Machtbereiche geschaffen, die sich oft gegenseitig stören. Beide Aufseher sind direkt von den Weisungen des Direktors abhängig, d. h. sie tun im Grunde gar nichts, denn ihrerseits haben sie ihre Autorität an unwissende Krankenwärter weitergegeben, die davon einen Gebrauch machen, den ich später noch schildern werde. Man darf sich nicht mit der Feststellung begnügen, daß die Hauptautorität, die direkt auf den Kranken lastet, in den Händen niedriger Söldner liegt.

Was die Achtung und den Respekt anlangt, die der zentralen Autorität entgegengebracht werden sollte, so spreche ich nur ungern darüber, da ich aber nun einmal die Feder für das öffentliche Wohl, für das Interesse der Menschheit in die Hand genommen habe, muß ich hier jede Rücksicht fallen lassen.

Zunächst einmal hat man von jeher von einem Menschen, dessen vornehmliche Aufgabe es ist, auf andere durch seine Überzeugungskraft zu wirken, verlangt, daß sein Äußeres zumindest nicht lächerlich sei. Wenn sogar ein großer Redner wegen einer einzigen falschen Schulterbewegung bereit ist, seine Karriere aufzugeben, dann kann man nicht daran zweifeln, daß das Äußere des Direktors von Charenton, der nicht viel größer als einen Meter ist und obendrein noch alle nur denkbaren körperlichen Mängel aufweist, seiner Aufgabe außerordentlich schadet. Ich weiß, daß ihn für dieses Unglück keine Schuld trifft; aber bei der Bekleidung eines derartigen öffentlichen Amtes ist dies ein äußerst wichtiger Gesichtspunkt. Richtig ist, daß in den Augen von aufgeklärten Menschen dieser Fehler durch große moralische Qualitäten wettgemacht werden kann. Dafür aber bedarf es eines ganz intakten Rufes, gerade darin gründet der Erfolg aller Einflußnahme auf Menschen, die durch Überredung erreicht werden muß. Also gilt es zu überprüfen, ob der Direktor von Charenton sein Bestes tut, um seine physischen Fehler vergessen machen zu lassen.

Das erste, was sich meinen Blicken bietet, ist seine intime Verbindung mit einem Monstrum, das den Abschaum der Öffentlichkeit hervorruft und das von der Regierung zum ewigen Gefängnis verurteilt wurde, um die Gesellschaft von ihm zu befreien. Jedermann weiß, von wem ich jetzt sprechen will, von dem Autor des schändlichen Romans *Justine,* denn nur auf ihn treffen diese Qualifikationen zu. Welche Achtung, frage ich, kann der Beschützer und Freund eines solchen Wesens inspirieren, der bei einer Theateraufführung, auf die ich noch zurückkommen werde, neben ihm stand und sich mit ihm unterhielt, während ein ehrwürdiger Magistrat dem Hospiz einen Besuch abstattete, der ihm über dieses Verhalten die bittersten Vorwürfe machte? Welch Vertrauen mag ein Direktor einzuflößen, der seine Gesellschaft und seine Gunst einem Wesen gewährt, dem ich den Namen Mensch verweigere, ein Direktor, der zustimmt, einen solchen Panegyristen für sich schreiben zu lassen, der auf seinem Theater vor aller Öffentlichkeit ein Stück zu seiner eigenen Lobpreisung von ihm spielen läßt, das voll ist von niedrigsten Schmeicheleien, und in dem man ihn, den Direktor, den Göttern vergleicht? Was sage ich? der ihm erlaubt hat, eine Rolle in einem anderen Stück zu spielen, und welche Rolle? die des Bösewichts, die er mit der ganzen Wahrheit des Verbrechens, die in seinem Herzen haust, wiederzugeben versteht. Ich habe ein ganzes Publikum vor Schrecken erschauern sehen und einen Generaldirektor, der vor Ärger errötete, weil im Saal keinerlei Beifall laut wurde. Ich weiß, daß seit einiger Zeit und vor allem seit dem letzten Besuch des Magistrates, von dem ich gesprochen habe, der Direktor diese Verbindung verleugnet, daß er sich nicht mehr in aller Öffentlichkeit mit jenem zu zeigen wagt. Nichtsdestotrotz weiß das ganze Haus um diese Intimität, und es weiß auch, daß selbst dieses Jahr noch (1812) die Verse, die gesungen wurden, um ihn zu feiern, aus der Feder des Ungeheuers hervorgegangen sind – der würdige Horaz eines solchen Maecenas! Was schließlich die lebhafteste Empörung hervorrief, geschah während der Aufführung des Stückes .... Lobsprüche auf die königliche Familie und insbesondere auf den italienischen König wurden da vorgetragen, und der ganze Saal wußte, daß diese Couplets vom Autor der *Justine* stammten. Soll es denn erlaubt sein, das beleidigen zu lassen, was

Frankreich an Heiligstem besitzt, beleidigen zu lassen von den Lobsprüchen eines solchen Schurken! Um dieses Thema zu verlassen, das mich immer wieder erschauern läßt, möchte ich zum Schluß noch beweisen, daß der Autor der *Justine*, trotz der gegenteiligen Versicherungen des Direktors, frei im Haus herumläuft, über Feder, Tinte und Papier Verfügung hat: ich habe ihn sogar außerhalb des Etablissements spazieren gehen sehen, wenn auch, das ist wahr, nur heimlicherweise. Er lebt dort mit einer Frau, von der er sagt, daß sie seine Tochter wäre. Und in seiner unmittelbaren Nähe befinden sich mehrere Zimmer, die von anderen Frauen und Pensionären bewohnt werden. Weiter unten werde ich noch schildern, warum und in welcher Absicht man ihn mit ihrer Erziehung beauftragt hat.
Mir scheint, hiermit habe ich die Fragen, die die zentrale Autorität betreffen, die Würde und die Achtung, die man ihr schuldet, sattsam beschrieben. Im folgenden soll festgestellt werden, wie einerseits die Zusammenarbeit der oberen Autorität oder des Rates mit dem Arzt, der dem Rat in bezug auf die Verwaltung unterstellt ist, vor sich geht und wie andererseits die Zusammenarbeit des Arztes mit dem Oberaufseher, der dem Arzt unterstellt ist, beschaffen ist. Zunächst läßt sich sagen, daß es eine Hierarchie von Rat, Arzt, Oberaufseher in Charenton nicht geben kann, da der erste und der dritte Grad in einer und derselben Person verkörpert ist. Was die Zusammenarbeit betrifft, so habe ich mich gut informieren und überzeugen können: sie existiert nicht. Der Chefarzt, ein gebildeter Mensch, der zu den größten Köpfen unserer königlichen Universität gehört[4], kennt zweifellos die guten Prinzipien, wünscht sich auch, sie anzuwenden und ist verzweifelt darüber, sie vergewaltigt zu sehen. Man hat mir versichert, daß er sich oft bei dem Direktor des Hauses beschwert habe. Aber dieser Direktor, der zugleich, wie wir schon festgestellt haben, der Rat und der Oberaufseher ist, d. h. der Obere und der Untere, schützt notwendigerweise als Oberer alle Mißbräuche, die er als Unterer verursacht hat, so daß alle Klagen eitel und alle Reklamationen sinnlos sind. Dennoch kann ich nicht umhin, die allzu große Schwäche

[4] Gemeint ist Royer-Collard, der erbitterte Feind des Direktors Coulmier und seines »Theaterdirektors«. In Royer-Collards Nachlaß wurden, wie erwähnt, die Notizen Colins gefunden.

des Arztes zu beklagen. Wenn man wirklich etwas erreichen will, dann darf man es nicht bei leichten Anstrengungen belassen, um es durchzusetzen; und da er keinerlei Gehör bei dem Chef des Hauses finden kann, sollte er sich direkt an den Minister wenden. Da würde man ihn zweifellos anhören, die Mißbräuche würden korrigiert werden und der Menschheit ein großer Dienst erwiesen. Wenn doch dieser Bericht jedenfalls teilweise das Schweigen des Arztes ersetzen und dazu beitragen könnte, das genannte Ziel zu erreichen!
Um die Diskussion zu vollenden und alle Punkte zu berücksichtigen, die Monsieur Pinel als Grundlage der moralischen Behandlung festgelegt hat, muß ich noch über die Regelmäßigkeit des Pflegedienstes sprechen. Unter Pflegedienst verstehe ich die Verfassung des Hospizes in bezug auf Gesundheit und Sauberkeit, die Sorgfalt der Krankenwärter, die Polizei des Hauses, die Beziehungen aller Personen und aller Einrichtungen zu den Kranken und alle Mittel, die man zur Anwendung bringt oder zur Anwendung bringen könnte, um auf die moralische Verfassung der letzteren einzuwirken.
Als ich die Gebäude beschrieb, habe ich bereits von dem Inneren der Kammern gesprochen, den Betten, der Luft, dem Licht, dem Wasser usw. Ich werde mich hier darauf beschränken, einige Einzelheiten über die Kleidung hinzuzufügen, nämlich über die Wäsche, die Nahrung und die moralischen Mittel der Behandlung. Die Kleidung wird von den Verwandten gestellt, aber wenn in einem derartigen Hospiz nicht auch darüber eine freundliche Hand wacht, wird der Kranke immer, und mögen ihm die Verwandten auch noch so viel anschaffen, unsauber aussehen. Die meisten sind in dieser Beziehung mitleidenswürdig. Vor allem fehlt es an Wäsche. Ist es zu glauben, daß in einem Hause mit fast 500 Personen nur 600 Bettlaken zur Verfügung stehen? Man wird darum nicht verwundert sein zu hören, daß ich mit angesehen habe, wie man aus den Kammern dieser Unglücklichen Bettlaken voller Ausscheidungen hervorzog, sie inmitten des Hofes zum Trocknen aufhing, um sie abends wieder in die Betten zu legen, wo sie wiederum für mehrere Wochen liegen blieben. Die meisten Decken sind elende Lumpen, voller widerwärtigen Schmutzes, und noch mehr von der Zeit als von den Kranken abgenutzt.
Nur die Invaliden, deren Pensionen der Staat bezahlt, wer-

den auf Kosten des Hauses eingekleidet, und das sieht man auf den ersten Blick. Manchen fehlt es am Allernotwendigsten; fast alle sind unordentlich, ihr Hemd wird im Sommer alle acht Tage und im Winter alle vierzehn Tage gewechselt. Das Nachtgeschirr und die Gefäße, aus denen die Kranken trinken oder essen, sind ekelhafter kaum vorstellbar; bei ihrem Anblick möchte man behaupten, daß sie, solange sie in Charenton in Gebrauch sind, noch nie gereinigt wurden.
Die Pensionen werden mit sechs bis zwölf Francs, manchmal sogar mit fünfzehn Francs vergütet. Danach sollte man annehmen, daß es verschiedene Klassen der Ernährung gäbe. Nicht im geringsten. Alle erhalten die gleiche Essensqualität, die gleiche Menge von Nahrung, und darum ist es verrückt, wenn die Angehörigen mehr als ein Minimum bezahlen. Wenn sie gerne ihre Kranken mit besonderer Sorgfalt behandelt wissen wollen, dann gibt es das einfache Mittel, den Krankenwärtern zu Weihnachten Geschenke zu machen. Ihrer Machtbefugnis allein untersteht die Verteilung der Nahrung, von ihnen hängt die jeweils bessere oder schlechtere Verfassung der Kranken ab. Wie dem auch sei, der übliche Essensplan sieht folgendermaßen aus: Morgens bekommen die Kranken ein viertel Liter mit Rotwein versetztes Wasser und soviel Brot, wie sie mögen; mittags ihre Suppe und etwas Zusammengekochtes, dazu dieselbe Menge roten Wassers, und für die, die etwas mehr bezahlen, ein wenig Ragout; zum Abendessen Hülsenfrüchte, zweimal in der Woche ein kleines Stück Braten und im Sommer von Zeit zu Zeit Salat. Ich enthalte mich jeder Kritik über eine derartige Diät; ich vermerke nur, daß der vielfältige Gebrauch von Hülsenfrüchten sich sehr schädlich auf eine Krankheit auswirken muß, für die Verstopfungen gefährlich sein können und wo die Nahrung leicht und zart sein sollte, um zu lösen statt zu stopfen.
Die aus dem Werk von Monsieur Pinel zitierten Sätze müssen jedermann davon überzeugen, daß eines der wichtigsten Mittel der moralischen Behandlung darin besteht, das Vertrauen und die Achtung der Irren und vor allem der Melancholiker zu gewinnen: Gespräche, Konsultationen und das Studium ihrer Krankheiten verschaffen einem die Möglichkeit, für jeden von ihnen die für seine Art des Wahnsinns geeignete Arznei zu verschreiben. Aber um dieses Ziel zu erreichen,

muß man sie häufig sehen, mit ihnen reden, muß mit ihnen sozusagen das Leben verbringen. Um so unbegreiflicher scheint das Verhalten des Direktors von Charenton, der zugleich die Pflichten des Oberaufsehers versehen möchte und der glaubt, ein einzigartiges moralisches Mittel zur Behandlung des Wahnsinns erfunden zu haben, das allerbeste, das es auf der Welt gibt, und der dennoch nicht ein einziges Mal im Jahr sich auf den Korridoren der Anstalt sehen läßt und den Kranken, abgesehen von einigen bevorzugten Frauen, nur unter erheblichen Schwierigkeiten Zugang zu einem Gespräch mit ihm gewährt. Ich selbst bin mehrere Male durch diese traurigen Korridore gelaufen, wenn auch nur nach Überwindung von vielen Hindernissen, die man den Fremden in den Weg legt, um ihnen den Zutritt zu verwehren. Was mußte ich da hören? Überall Klagen, Schreie, Flüche gegen das Haus. Dennoch waren sie alle bereit, die Schrecken von Bicêtre und von der Salpêtrière zu beschwören, da sie sich angewöhnt hatten, diese Orte als Schauerhöhlen zu betrachten. Was aber, wenn sie wüßten, daß diese Einrichtungen sehr viel besser geführt werden als das Haus, in dem sie wohnen, und daß die Menschen dort, wiewohl in Armenhäusern lebend, eine sehr viel sorgfältigere und überlegtere Pflege erhalten als die Pensionäre von Charenton?
Richtig ist, daß man hier, um den Mangel an Pflege, Trost und Sauberkeit auszugleichen, ein einzigartiges Heilmittel zur Anwendung bringt, dessen Scharlatanismus eine unglaubliche Berühmtheit erlangt hat: Im Hospiz von Charenton wird einmal im Monat Theater gespielt oder eine Oper aufgeführt. Das Schauspiel besteht üblicherweise aus zwei Stücken, manchmal gehört auch ein Ballett dazu, und zum Geburtstag des Direktors ein Feuerwerk, für das die Verwandten der Kranken sechs Francs zu bezahlen haben. Um Zuschauer für diese Aufführungen zu gewinnen, hat man nicht verfehlt, überall zu wiederholen, zu proklamieren, daß die Irren selber diese Stücke spielen, während die Gesünderen unter ihnen, die fähig sind, dem Stück als Zuschauer folgen zu können, den Vorzug genießen, dabeisein zu dürfen. Außerdem verteilt der Direktor in Paris und in den benachbarten Landgemeinden große Mengen eigenhändig unterschriebener Einladungen, die in der Absicht konzipiert sind, Neugierde zu erwecken. Von allen Seiten strömen die Gäste,

um das Schauspiel zu erleben. Jedermann will dem Außerordentlichen beiwohnen und Zeuge der wunderbaren Wirkungen sein, die diese großartige Entdeckung auf die Irren ausübt. Durch dieses Mittel, so sagen die dem Herrn Direktor nach dem Munde Redenden, bringt man Schritt für Schritt die Wahnsinnigen zur Vernunft zurück, man entfernt aus ihrer Vorstellungswelt alle fixen Ideen, man bringt sie langsam mit dem Geschehen der Außenwelt wieder in Berührung. Und das Publikum, das die Dinge aus der Nähe nicht sehen kann oder nicht sehen will, fällt fast ausnahmslos auf diese Tricks herein. Aber wenn einmal ein unparteiischer Mensch sich die Mühe machen würde, diese Dinge etwas aufmerksam zu beobachten, wird er nicht umhin können, die Falle zu erkennen, die man seinem guten Glauben gestellt hat. Er wird den Irrtum, den man ihn hat glauben machen, erkennen und sich mißbraucht fühlen.
Zunächst einmal ist es eine Lüge zu behaupten, daß es die Irren sind, die in Charenton Theater spielen. Die wirklichen Schauspieler sind: ein ehemaliger Krankenpfleger, der zuletzt Sekretär des Direktors gewesen war, ein Weinhändler aus dem Dorf, ein Oberschreiber des Gerichtsvollziehers aus der Umgebung, Frauen und junge Personen, die in dem Hause wohnen, ohne jemals krank gewesen zu sein, Tänzer und Tänzerinnen aus der Oper und schließlich, wenn es notwendig ist, Leute, die man im Café Touchard auflesen kann, dem Treffpunkt alter arbeitsloser Schauspieler, die man für ihre Zeit und Mühe bezahlt. Kostüme und Dekorationen hat man aus Paris mit großen Unkosten kommen lassen. Es gibt im Haus einen Orchester- und Konzertmeister, wenn auch unter einem anderen Titel, dessen einzige Aufgabe darin besteht, den Schauspielern und Schauspielerinnen Stunden zu geben, und der von den Einkünften des Unternehmens bezahlt wird. Der Direktor des Theaters, der Meister und Lehrer der Schauspieler, früher selbst einer der Hauptdarsteller, ist der Autor der *Justine.* Heute mag man das nicht mehr zugeben, aber die Sache ist, wenn sie auch geheim gehalten wird, darum nicht weniger wahr.
Derart sind die Irren von der aktiven Theaterarbeit ausgeschlossen. Wir wollen jetzt weiter sehen, ob jedenfalls bei den Aufführungen, die man für sie zu machen vorgibt, einige von ihnen zugegen sind. Dreiviertel des Saales ist mit eleganten

Frauen und eingeladenen Fremden gefüllt.[5] Im Hintergrund des Saales, der das restliche Viertel bildet, befindet sich die Loge des Direktors, in der nur privilegierte Gäste zugelassen werden. Rechts und links von dieser Loge sind Stufen in Form eines Amphitheaters aufgebaut, die rechts Sitzplätze für fünfzehn oder zwanzig Frauen bieten und links für zwanzig oder dreißig Männer, die man unter den Genesenden und unter den ruhigen Melancholikern ausgesucht hat. Die Manischen, die Tobsüchtigen, die Idioten, d. h. mehr als Dreiviertel aller Kanken sind notwendigerweise ausgeschlossen, und die geringe Anzahl derer, die vorgezogen werden, verdanken diesen Vorzug allein der Laune oder Grille eines Krankenwärters, denn über den Theaterbesuch der Kranken entscheiden allein die Krankenwärter. Man kann sich leicht vorstellen, zu welchen Eifersüchteleien und Klagen ein derartiges Auswahlverfahren Anlaß gibt.

Zu fragen bleibt, ob ein derartiges Schauspiel tatsächlich der geringen Zahl von Kranken, die dabei sind, Nutzen bringen kann? Die geringste Überlegung genügt, scheint mir, um sich vom Gegenteil zu überzeugen. Ich will hier gar nicht von der burlesken Zusammensetzung der Truppe, der skandalösen Wahl des Theaterdirektors sprechen, von den Schauspielern, von dem Scharlatanismus dieser elenden Erfindung, von den beträchtlichen Summen, die die Aufführungen verschlingen und die viel besser angewandt werden könnten. Ich will das Schauspiel von Charenton allein in bezug auf die moralische Behandlung der Kranken betrachten.

Man stelle sich etwa vierzig Irre vor, zum Teil Melancholiker, zum anderen Teil Rekonvaleszenten, die in einem Amphitheater verteilt sitzen und wie Schauobjekte, wie Kuriositäten den gierigen Blicken eines leichtfertigen Publikums ausgeliefert sind, das immer inkonsequent und zuweilen auch bösartig ist. Wenn man sich nur daran erinnert, wie die Melancholiker, die von einer einzigen Idee besessen sind, alles, was um sie her geschieht, zu dieser Idee in Beziehung setzen, während die Genesenden, die über ein wenig Aufnahmefähigkeit verfügen, sich von den allerleichtesten Eindrücken

[5] Lely publiziert in seiner Biographie eine von Monsieur de Sade aufgestellte und von Coulmier für gut befundene Liste der Zuschauer: Von insgesamt 168 Plätzen gehen 90 an geladene Gäste, 60 an Kranke, der Rest an Hausangestellte (vgl. Lely, a.a.O., S. 604).

erschüttern lassen, dann wird man beginnen, eine Vorstellung davon zu entwickeln, was diese beiden Klassen von Kranken empfinden müssen. Zunächst einmal die Aufmerksamkeit, deren Gegenstand sie werden, die auf sie gerichteten Augen des Publikums, die Fragen, die sie überhören, das mokante Lächeln oder das beleidigende Mitleid einer großen Zahl von Zuschauern, dieses alles muß ihren Stolz verletzen und ihre schwache Vernunft verwirren. Und doch ist das erst das Vorspiel der auf sie zukommenden Erregung. Der Vorhang geht auf, eine Liebesintrige spielt sich vor ihren Augen ab, sämtliche Leidenschaften werden vor ihnen in Aktion gesetzt und mit der ganzen Kraft, deren Schauspieler fähig sind, durchdrungen. Welch ein Heilmittel für Frauen, die zu hysterischen Anfällen neigen! Oder für diejenigen, deren melancholischer Wahnsinn von einer gescheiterten oder betrogenen Liebe herrührt! Welche Wirkungen müssen die gespielten Ausbrüche von tollem Übermut und Fröhlichkeit auf diese Menschen haben, die von einem tiefen Kummer verzehrt werden. Was soll ich zu jenen Dramen sagen, in denen die exaltierten Leidenschaften über jedes Maß hinaus gesteigert werden und so etwas wie Gewaltanstrengungen der Seele hervorbringen, die nur allzu genau den bekannten Neigungen der Melancholiker entsprechen, die von sich aus alles und jedes aufs Äußerste treiben. So beklatschen sie im Grunde das, was wir ihr Delirium zu nennen wagen! Alles, was sie sehen, setzen sie in Beziehung zu ihrer Lieblingsleidenschaft! Es muß ihnen doch so vorkommen, als ob nur die Schauspieler und sie selbst vernünftig seien, während sie das Publikum für geeignet halten, ins Irrenhaus Einzug halten zu sollen. Soll ich hier noch von den lebhaften Eindrücken sprechen, die die Enthüllung von Abenteuern, die Überraschungen, die Theatertricks, die Tänze, die lasziven Szenen auf den Geist dieser Genesenden machen müssen, die Töne einer Musik, die bald sanft verhallt, bald kriegerisch anschwellt und immer wieder Ausdruck von Leidenschaften ist, die die meisten von ihnen selbst erlebt haben? Und was wäre, wenn ich hier Rechnung ablegen würde von all den Rückfällen, all den Gewaltanwandlungen, die durch diese unvorsichtigen Vorstellungen provoziert wurden, wenn ich hier all die ärgerlichen Folgen aufzeichnen würde, zu denen sie Anlaß gaben? Unter einer großen Anzahl von Beispielen nenne

ich eines, das ich nicht umhin kann, zu zitieren. Bei einem Anlaß vor etwa zwei Jahren, dem man besonderen Glanz verleihen wollte, sollte Trenis vor dem Publikum das Menuett der Königin tanzen. Zu dieser Zeit wurde dieser berühmte Kranke in ganz Paris bereits für unheilbar krank gehalten; aber er litt nicht unter Anfällen; gegen Abend hatte er sogar für gewöhnlich einige lichte Momente, und nur am Morgen war er für gewöhnlich gänzlich von seinem Delirium besessen. Um seine Zustimmung zum Tanzen zu erlangen, schmeichelte man den Wahnsinnsvorstellungen, die diesen Irren beherrschten. Er wurde als Prinz begrüßt, bekam einen gestickten Rock und einen Säbel an die Seite. Trenis, der entzückt war, tat alles, um was er gebeten wurde, und tanzte mit einer Grazie und einer Leichtigkeit, die ihm ganz ungewöhnlichen Applaus einbrachten! Aber seine Freude sollte nur kurz sein. Die erlauchte Gesellschaft im Saal war für ihn der ihm allein ergebene Hofstaat gewesen! Die Beifallsstürme, die seine Gegenwart hervorgerufen hatte, betrachtete er als Respektserweisungen und Liebesbeteuerungen seiner Untertanen. Dann aber, als man ihn von seiner eingebildeten Königswürde befreien mußte, als er die Schmuckstücke seiner Würde wieder hergeben sollte, und in die kleine, von ihm vorher bewohnte Zelle zurückkehren mußte, verfiel er in heftigste Wutanfälle. Man sah sich gezwungen, Gewalt anzuwenden, um ihm Säbel und Rock zu entreißen. Seine Wut aber wurde darüber nur noch schrecklicher. Die Krankenpfleger mißhandelten ihn, um ihn zu bezähmen. Lange Zeit später noch hielt er sie darum für revoltierende Untertanen, die es gewagt hatten, Hand an ihren Prinzen zu legen; allein dieser Gedanke brachte ihn außer sich. Seit dieser Episode war sein Erregungszustand erschreckend, der Wahnsinn kam immer häufiger über ihn, und wenn es bei ihm noch eine Hoffnung auf Heilung gegeben haben sollte, so hatte der Erschöpfungszustand, in dem ihn dieser Vorfall zurückließ, sie vollends zunichte gemacht.
Man muß also zugeben, daß dieses Heilmittel ein wahres Gift für eine Irrenanstalt ist, es sei denn, man erfände für jeden Kranken ein Extrastück, denn es müßte ebenso viele verschiedene moralische Behandlungen des Wahnsinnes geben, wie es verschiedene moralische Ursachen gibt, die ihn hervorrufen; diese Ursachen aber sind unzählbar. Nie freilich hat

man sich in Charenton um eine sinnvolle Auswahl bemüht, wie oft hat man allein *Die Verliebten Irren* in diesem Irrenhaus gespielt? ...

Neben dem Schauspiel, das nur einmal im Monat stattfindet, gibt es jede Woche ein Konzert und einen Ball. Was ich über das Schauspiel gesagt habe, läßt sich teilweise auch auf das Konzert anwenden. Doch ist es weniger gefährlich; unter vernünftigen Voraussetzungen, unter Ausschluß fremder Gäste, deren Blicke oft schädlich sind, mag dieses Mittel vielleicht sinnvoll sein.

Der Ball freilich, der jeden Donnerstag stattfindet, bedeutet eine unerhörte Extravaganz. Ein Ball in einem Haus, das der Heilung von Irren gewidmet ist! Das mag richtig sein für Lokale wie *L'Ambigu Comique* oder *La Fille Coupable,* gut für die Bummler auf den Boulevards. In einem Irrenhaus jedoch, wo es darauf ankommt, die Leidenschaften zu besänftigen, die das Übel verursacht haben, fürchtet man sich offenbar nicht, sie durch das Zusammensein, durch die Illusion der Musik, durch Tanz, Berührungen und Bewegungen zu schüren. Frauen, die für nervöse Aufregungen sehr anfällig sind, Hysterikerinnen, Nymphomaninnen, man läßt sie tanzen! In der Tat, es ist kaum zu glauben, und der Zeuge dieses Schauspiels fragt sich am Ende, wer denn die Irren sind, diejenigen, die das erdacht haben oder diejenigen, die es ausführen. Bälle, Schauspiele und Konzerte, zu denen die Patienten nur über die intriganten Machenschaften der Pfleger einen Zugang haben, bieten überdies ständig neuen Anlaß zu Streit, Eifersüchteleien, Tobsuchtsanfällen.

Ich habe gesagt, daß man sie verbieten sollte mit Ausnahme der Konzerte, die besser geleitet werden. Wir wollen prüfen, ob man noch anderes verbieten sollte.

Die Arbeit, sagt Monsieur Pinel, ist von grundlegender Wichtigkeit in einer Einrichtung, die der Behandlung von Irren dient. Und er führt weiter aus, warum er vollkommen davon überzeugt ist, daß eine Einrichtung dieser Art, wenn sie dauerhaft und von ständigem Nutzen sein will, auf der Grundlage der Arbeit ruhen muß. Ich kann diese These nicht mit der großen Begabung des großen Arztes entwickeln, daher verweise ich auf die Zitate im Anhang. Dennoch möchte ich hier anmerken, daß die geographische Lage des Hospizes von Charenton in dieser Hinsicht sehr günstig ist. Das weite, eingefriedete Gelände, das hinter den Gebäuden liegt, könnte den Irren landwirtschaftliche Arbeit verschaffen, die nicht nur geeignet wäre, ihre eigene Gesundheit zu fördern, sondern auch noch dem Haus Nutzen zu bringen. Statt die Patienten bis zum Überdruß mit schwer verdaulichen Hülsenfrüchten zu ernähren, könnte man sie unterweisen, an den zahlreichen nahezu nackten Mauern Spaliere zu pflanzen, die für das Haus ebenso gesunde wie wohlschmeckende Früchte tragen könnten. Statt sich in dem Gelände von den Strahlen der Sonne verbrennen zu lassen, die von dem ausgedörrten und unbebauten Boden reflektiert werden, sollten sie lieber schattenspendende Bäume pflanzen, und statt die übliche Luzerne zu säen, die fast ebenso nützlich ist wie Ananas, wäre es da nicht hundert Mal sinnvoller, das Gelände mit grünem Gemüse zu bepflanzen, das die Kranken bislang entbehren müssen? Damit nicht genug. Eine Schneiderstube sollte man für die Frauen einrichten, so wie in der Salpêtrière, wo man nicht auf den Gedanken kommt, es mit Wahnsinnigen zu tun zu haben, wenn man nicht darauf hingewiesen würde. Werkstätten für die Männer, wo sie sich nach der Natur ihrer Gewohnheiten und ihrer Gaben beschäftigen könnten. Schließlich wäre auch eine von einem Arzt zusammengestellte Bibliothek zu empfehlen, die die Kranken freilich nur mit seiner Erlaubnis betreten dürften und für die man ein Verzeichnis anlegen könnte mit Hinweisen auf die Art von Büchern, die ungefährdet gelesen werden dürfen. Derart würde jeder Kranke, der einer Beschäftigung nachgehen könnte, auch eine bekommen, man würde sie nicht mehr erschöpft und spuckend in den Höfen herumliegen sehen, sie nicht mehr ein Haus verfluchen hören das doch die Aufgabe hat, sie zu heilen. Das schließt nicht aus, daß auch weiterhin eine gewisse Anzahl der Kranken einen Spaziergang machen sollten.

Ich will hier nicht darüber diskutieren, ob ein Spaziergang von ein paar Stunden in der Woche die Arbeit ersetzen kann oder nicht. Ich möchte jetzt nur die in Charenton üblichen Spaziergänge überprüfen. Wiederum liegt die Auswahl der Kranken, denen die Gunst eines Spazierganges zugestanden wird, beim Krankenwärter, in deren Händen die ganze tatsächliche Machtfülle zusammenfließt. Ich muß hier noch einmal wiederholen, daß auch in dieser Beziehung der Arzt in keiner Weise versucht, Einfluß zu nehmen. Es gibt zwei Arten von Spaziergängen. Eine im Garten unter den Augen eines Krankenwärters, die gewiß, eine vernünftige Auswahl der Kranken vorausgesetzt, nur Lob verdient. Daneben gibt es die zweite Art, nämlich frei und ohne Aufsicht auch außerhalb des Geländes herumzulaufen. Diese letzte Art freilich kann große Unannehmlichkeiten zeitigen. Pensionäre, die während des ganzen Tages sich selbst überlassen bleiben, streunen durch Charenton und durch die benachbarten Dörfer, gehen sogar bis Paris, betrinken sich oft und können zu jeder Stunde sich an die beliebigsten Orte der Ausschweifung begeben. Man weiß nicht, wie man eine derartige Freizügigkeit bezeichnen soll, noch mit welchem Nachdruck man sie dem Direktor vorwerfen muß. Um sich eine Vorstellung von dem möglicherweise eintretenden Unglück zu machen, werde ich hier von einem Fall berichten, der den Leser erschrecken wird.

Im Laufe des Jahres 1811 wurde ein junger Russe aus sehr gutem Hause, der kurzen Aufenthalt in Paris nahm, von tiefer Melancholie befallen. Er wurde zunächst der Obhut des Doktors Esquirol anvertraut, dessen Haus unter den besten dieser Art genannt werden kann. Da der junge Mann jedoch unter dem Schutz seiner Gesandtschaft stand und diese das Anwesen von Charenton über alle Maßen hatte loben hören, bat sie um seine Versetzung nach Charenton. Der Direktor hier, der offenbar die Krankheit des jungen Mannes für sehr leicht hielt, erlaubte ihm, allein spazieren zu gehen, und zwar nicht nur im Inneren des Hauses, wo ihm bereits viel Übles begegnen konnte, sondern auch auf dem Lande und sogar in Paris. Tag für Tag unternahm der junge Mann lange Spaziergänge, ging immer öfter nach Paris, verbrachte dort zuweilen die Nacht und kam nach Charenton in einem immer verwirrteren Geisteszustand zurück. Er wurde immer aufgeregter, zeigte eine immer heftiger werdende Neigung zum Selbstmord. Schließlich begann dieser unheilvolle Impuls ihn ganz und gar zu beherrschen, er hatte sich eine Pistole, Pulver, Kugeln gekauft und sich vorgenommen, sie bei der ersten Gelegenheit zu gebrauchen. Diese Gelegenheit ließ nicht auf sich warten. Der Direktor, der eines Tages schlechter Laune war, behandelte ihn streng, deckte ihn mit Vorwürfen ein, drohte ihm, seine Freiheit zu beschränken und gab in der

Tat den Befehl, ihn in den Flügel der ständig delirierenden Irren umzuquartieren. Die Krankenwärter bemächtigten sich des jungen Mannes, aber kaum hatte der mit ihnen den ersten Korridor betreten, da greift er zur Pistole, von der kein Mensch wußte, daß er sie bei sich trug, noch daran gedacht hatte, daß man sie ihm fortnehmen müsse, und schoß sich inmitten der anderen Kranken eine Kugel durch den Kopf. Im letzten Augenblick äußerte er die Bitte, seinen Körper der Gesandtschaft seines Landes zu übergeben. Ich enthalte mich jeder Bemerkung über diesen schauderhaften Vorfall, der Leser wird sich selbst sein Urteil bilden. Ich möchte nur noch ergänzen, daß man die Sorglosigkeit in diesem Haus so weit treibt, die Wahnsinnigen in die Küche gehen zu lassen. Ein Aufseher hat sogar einmal in einem Korridor einen Messerstich bekommen, vor dessen Gewalt ihn nur die Knöpfe seines Anzuges bewahrten. Vor einigen Jahren wurde ein Invalide von einem Wahnsinnigen ermordet, eben an dem Tag, als der Marschall Serrurier ihn besuchen wollte.

Ich möchte immer wieder Monsieur Pinel zitieren, und die Seiten, auf die ich den Leser verweise, sind mit so viel Weisheit und Menschenfreundlichkeit geschrieben, daß es unmöglich ist, ihnen etwas hinzuzufügen. Man muß die Wahnsinnigen mit Sanftmut behandeln, dabei aber doch eine unwandelbare Strenge bewahren. Vor allem bei der Anwendung von Strafen ist die zentrale Autorität von größter Wichtigkeit; vor dem mit noch ein wenig Vernunft begabten Geiste des Wahnsinnigen muß sie als helles Licht erscheinen, sozusagen wie der Geist Gottes den Israeliten in der Wüste, Macht und Gewalt ausstrahlen, Achtung und Respekt inspirieren. Nur im Notfalle wird sie strafen und straft allein zum Wohle dessen, der gesündigt hat, aber mit unbeugsamer Härte. Fern liegen ihr Rachegelüste, Intrigen, Launen und vor allem Spott ... Dabei ist es notwendig, daß so viele wie möglich von der Richtigkeit und Gerechtigkeit der Strafe überzeugt sind, damit diese Strafe allen Nutzen bringen kann. Wir wollen prüfen, wie diese wesentlichen Bedingungen in Charenton erfüllt werden.

In der Salpêtrière gibt es nur selten Strafen, aber wenn es welche gibt, werden sie stets von dem Oberaufseher in Gegenwart des Kranken selbst verordnet und auch von ihm oder jedenfalls in seiner Gegenwart ausgeführt. In Charenton kümmert sich der Oberaufseher niemals darum, da er die Kranken gar nicht zu Gesicht bekommt, und entsprechend verhalten sich die Unteraufseher. Infolgedessen sind es die Krankenpfleger, die mit dieser Macht ausgestattet sind, d. h. mit einer Macht sozusagen über Leben und Tod.

Man soll sich doch nur einmal einen Unglücklichen unter der despotischen Rute von Ignoranten und Barbaren vorstellen, die oftmals diese Strafen als ein Schauspiel für ihre Freunde geben, so wie jener Richter, der seiner Maitresse auch einmal das Vergnügen bieten wollte, ein Todesurteil verkünden zu hören. Nicht genug damit, daß man die Pfleger als autonome Instanz über die Kranken gesetzt hat. Man hält in diesem Haus für die Kranken noch eine Marter bereit, an die man sich in fast allen übrigen europäischen Anstalten dieser Art kaum noch erinnern kann.

Sobald ein Krankenwärter sich geschmäht glaubt oder hört, wie einer das Haus schmäht, was jeden Augenblick passiert, verfügt er über das Recht, sein Opfer ergreifen zu dürfen, um es in eine der feuchten und dunklen Zellen zu sperren, jene Art infektiöses Gefängnis, das ich anfangs beschrieb. Dort bleibt er Tage, Wochen und manchmal Monate eingesperrt. Dort verlieren die Unglücklichen alle Kräfte, Arme und Beine beginnen anzuschwellen, und wenn sie ihrer Erschöpfung nicht erliegen, so muß man doch sehr viel Mühe aufwenden, um sie wieder gesund zu pflegen. Bei anderen Gelegenheiten verordnet der Krankenwärter die Dusche. Da muß man sich einen Sessel vorstellen, der 8 Fuß unter einem Wasserbecken steht das eine Unmenge Wasser faßt, und aus dem waagerecht ein Rohr kommt, ein Leitungsrohr, mit dessen Hilfe man dieses Becken auffüllt. Auf diesen Sessel setzen die Krankenwärter den zitternden Kanken, den sie strafen wollen, ob er schwitzt, transpiriert oder nicht, ob ihm das kalte Wasser schaden oder Nutzen bringen kann, gleichviel, all das kümmert sie wenig. Sie öffnen einen Wasserhahn direkt über seinem Kopf, worauf das Wasser aus dieser Höhe mit der ganzen Gewalt der in dem Becken enthaltenen Menge herunterstürzt und den Kranken 5 oder 6 Minuten lang überschwemmt und betäubt, indes die Henker alle möglichen Beleidigungen, die Ignoranz und Brutalität ersinnen können, über ihn ergießen.

Das ist allerdings noch nicht die schlimmste Marter, denn

das sogenannte Sturzbad ist noch viel abscheulicher. Um sich ein Bild von dieser Züchtigung zu machen, muß man sich ein Becken von 5–6 Fuß Tiefe vorstellen, von 10–12 Fuß Länge und 7–8 Fuß Breite, das man vom Männerbad aus durch einen gewölbten feuchten Korridor erreicht. Sobald sie also die Lust überkommt, diese Strafe zu verabreichen, ergreifen bei dem geringsten Zeichen zwei Krankenwächter den Irren, ziehen ihn aus, verbinden ihm die Augen und führen ihn rückwärts durch das Gewölbe. Nach diesen erschreckenden Vorbereitungen setzt man ihn auf den Rand des Beckens, packt ihn bei den Haaren und hebt ihn brüsk ins kalte Wasser; man hält ihn dort längere oder kürzere Zeit völlig untergetaucht und fügt dieser Marter noch andere, kleinere Scheußlichkeiten hinzu, wie sie dem blinden und barbarischen Zorn der Leute gerade einfallen mögen. Wenn die Prozedur je nach Laune der Wärter lange genug gedauert hat, holt man den Patienten wieder heraus und bringt ihn zur Dusche, wo er 5 oder 6 Minuten auf dem Sessel verbleibt, weil man glaubt, durch diese neuerliche Bestrafung die erste vollenden zu müssen. Und dieses alles geschieht nicht nur ohne jede Autorisation, sondern trotz des ausdrücklichen und mehrfach wiederholten Verbotes des Arztes. Einer der Unglücklichen ist bei dieser barbarischen Behandlung an Asphyxie gestorben, und fast alle kommen dort kränker heraus als sie hineinkamen. Hier wird eine Art Strafgericht abgehalten, denn diese Vorkehrungen erfordern kaltes Blut, oftmals aber geht auch die Zeremonie in einem zornigen Aufbrausen unter und wird durch Schläge abgekürzt. Entschlüpft den Irren in ihrem Delirium eine Beleidigung, so werden die Kranken mitleidlos geschlagen. Einer, den man roh auf die Erde geworfen hatte, brach sich den Oberschenkel und starb acht Tage danach an einem bösartigen Fieber, das eine Folge dieses Unfalls war. Ein anderes Mal besuchte eine Frau ihren Mann und fand ihn mit zerschlagenen Zähnen und blutendem Gesicht. Was würde geschehen, wenn man all diese Mißbräuche bekannt machen und der Öffentlichkeit vorstellen würde?

Um das Kapitel über den Pflegedienst und die physische Behandlung abzuschließen, bleibt noch ein wesentlicher Punkt anzusprechen, nämlich die Kommunikation der Kranken mit der Außenwelt und die Besuchsmöglichkeiten.

In Charenton haben die Insassen keinerlei Kommunikation mit Personen, die sich außerhalb ihres Flures befinden. Ich teile gewiß die Ansicht des Monsieur Pinel, der sagt, daß man die Besuche aufs äußerste beschränken sollte. Häufige Besuche können bestimmt gefährlich werden, aber man darf doch auch nicht in das entgegengesetzte Extrem verfallen und den Vorwand einer heilsamen Doktrin dazu mißbrauchen, die Laster der inneren Organisation zu vertuschen. In der Salpêtrière, auf die Monsieur Pinel sich beruft, sind indiskrete Neugierige keineswegs zugelassen, aber Reisende, die das Haus besuchen wollen und für das Wohl der Menschheit wirken, werden zu jeder Stunde empfangen. Ich habe dort ohne jede Voranmeldung vorgesprochen, und zwar um acht Uhr morgens, einer sehr günstigen Stunde, um das Gute und das Böse zu Gesicht zu bekommen. Als ich meinen Namen nannte, hatte Herr Esquirol die Güte, mir zu gestatten, das ganze Haus mit allen Details zu besichtigen, und ich kann sagen, daß ich abgesehen von einigen allgemeinen Konstruktionsmängeln, die die Verwaltung versucht zu korrigieren, alles in einer würdigen Ordnung gefunden habe und nur Lobenswertes berichten kann. In Charenton hingegen darf kein Fremder das Innere der Gebäude betreten. Gleichwohl ist es mir am Ende doch gelungen – ich hatte es mir ja nun einmal zur Aufgabe gemacht –, die Anstalt in jedem Detail zu überprüfen; freilich nur durch Schliche und Heimlichkeiten. Diese Liebe zum Dunkel ist keineswegs Sache eines Menschen, der der Öffentlichkeit dienen und nur das Gute will; sie gibt vielmehr Anlaß, Mißtrauen zu wecken. – Was die Besuche der Verwandten angeht, so finden diese in dem Aufenthaltsraum und je nach Laune der Krankenwärter statt; der Arzt wird in diesen Fragen nicht konsultiert.

Der medizinische Dienst

Es wäre falsch, in diesem Abschnitt ein vollständiges Bild der in Charenton praktizierten medizinischen Behandlung zu suchen und noch weniger eine tiefschürfende Diskussion über die Art dieser Behandlung. Bei der Lektüre meines

Rapportes wird man bemerkt haben, daß ich kein Mediziner bin und daß meine Äußerungen über die Medizin nicht über die Meinungen eines einfachen Beobachters hinausgehen.
Die Art der medizinischen Behandlung wird in Charenton vom Chefarzt und einem anderen Arzt bestimmt, dem man den merkwürdigen Titel Chirurg[6] gegeben hat.
Der erste hat zwei Besuche in der Woche zu machen, der andere zwei am Tage. Nach einem Erlaß des Innenministers ist der Chefarzt alleine für die Behandlung verantwortlich, der Chirurg dagegen soll sich darauf beschränken, bei seinen Besuchen den Zustand der Kranken zu überprüfen und ihnen die zu befolgende Diät zu verordnen; dabei hat er die Verpflichtung, dem Chefarzt genauestens Rechenschaft abzulegen. Unglücklicherweise werden diese Verfügungen keineswegs ausgeführt, wodurch sehr ernste Mißstände entstehen.
Der Chefarzt, dem jedermann seine guten Absichten und große Kenntnisse zugesteht, hat die Schwachheit, seine Autorität gänzlich von dem Chirurg usurpieren zu lassen. Wenn er bei einem Besuch bestimmte Arzneien oder eine bestimmte Krankenkost vorschreibt, dann kommt am nächsten Tag der Chirurg und wirft alle Vorschriften um und ersetzt sie durch eigene; zuweilen wartet er nicht einmal bis zum nächsten Tag, denn man kann oft beobachten, wie er bei der Chefvisite hinter dem Rücken des Arztes dem Apothekerjungen verbietet, die erlassenen Vorschriften auszuführen und ihm auf der Stelle andere diktiert, ohne daß der Chefarzt, selbst dann, wenn er es bemerkt hätte, entschiedenen Einspruch erhoben hätte. Tag für Tag werden die Kranken geschlagen, in ungesunden Zellen eingesperrt, tötlichen Duschen unterworfen, in das Sturzbad getaucht; und der Arzt besitzt nicht die Kraft, irgendetwas zu ändern. Wird man da nicht am Ende sagen müssen, daß auch derjenige schuldig ist, der das Übel kennt und im Innersten seines Herzens seufzt, nicht aber die notwendige Autorität besitzt, sich durchzusetzen, sei es aus Furcht, sei es aus Schwachheit? Ich weiß freilich nicht, ob der Chefarzt in dieser Hinsicht alles unternommen hat, was

[6] Es handelt sich hier wahrscheinlich um Monsieur Deguise, der im Jahr 1808 Madame Quesnet behandelt hat. Als Monsieur de Sade im Jahre 1814 seiner bedurfte, war er offenbar durch einen gewissen Bleni ersetzt worden.

er unternehmen kann, ob also seine Bemühungen unfruchtbar gewesen sind. Ich erlaube mir nur die Überlegung, die sich zwangsläufig aus dem Gesagten ergibt: Bei derartiger Uneinigkeit zwischen der Autorität, die sich der moralischen Behandlung bemächtigt hat und der medizinischen Autorität einerseits, andererseits zwischen dem Chefarzt und dem Chirurgen, ist es unmöglich, daß es irgendeine einheitliche Linie gibt und infolgedessen auch keinerlei Regelmäßigkeit bei der Behandlung der Kranken in Charenton. Alles wird dem Zufall und der Willkür überlassen; und wenn dies der einzige Fehler, das einzige Laster in der Organisation dieser Anstalt wäre, müßte man sie darum schon als schlecht bezeichnen.

Hier noch einige Einzelheiten, die diese Behauptung stützen. Es gibt in Charenton keine vernünftige Apotheke; die Medikamente werden auf Anforderung des Direktors von einer Apotheke aus Paris geliefert, und die wenigen in Charenton vorrätigen Arzneien, nebst derer, die man dort zubereiten kann, werden ohne Ordnung gehalten. Nicht einmal die unerläßlichsten Vorrichtungen sind vorhanden. Die Apotheke hat keine Wasserversorgung; es muß von weit hergeholt werden; sie verfügt nur über einen einzigen Bronzemörser mit der Kapazität eines Zehntel Liters und über einen zweiten mit einer Kapazität von zehn Litern, schließlich noch einen aus Marmor, der voller Risse ist und einen Liter faßt; bei der Zubereitung der Arzneien, die metallische Säuren und Kreide enthalten, muß man stets darauf gefaßt sein, daß sich Oxyde bilden. Was mir in dieser Apotheke zuerst auffiel, war ein Topf mit Wachssalbe, der ohne zu übertreiben mindestens bis zur Hälfte mit Wasser gefüllt war. Nach all dem wird man wissen wollen, wer denn wohl der ignorante Apotheker ist, der dort so nachlässig arbeitet? Auf diese Frage muß ich eine Antwort geben, die die grundlegende Schwierigkeit in Charenton berührt; der Direktor hat die Apotheke seinem alten Kutscher überlassen, einem Mann, der den Stößel mit weniger Geschicklichkeit als den Bügel handhabt. Dabei fehlt es ihm nicht an Eifer, aber er hat niemals etwas gelernt. Seine ganzen Kenntnisse bestehen darin, ein wenig lesen zu können und zu wissen, wie man ein Pferd verbindet.

Soll ich noch hinzufügen, daß es in diesem Haus weder eine Kartei gibt, noch daß über die Krankenbesuche oder über die verschiedenen Arzneien und die verordnete Diät Buch geführt wird? Soll ich noch sagen, daß man es dem Apothekerjungen überläßt, die verschriebenen Medikamente auf einem einfachen Zettel zu notieren, der in wenigen Tagen zwischen seinen Fingern verloren gehen muß? Wird man mir glauben, wenn ich versichere, daß es keinerlei medizinisches Register über die anfallenden Krankheiten gibt und man dem Oberarzt heftige Vorwürfe machte, als dieser eins anlegen wollte. Schließlich hat man die Bösartigkeit soweit getrieben, ihn daran zu hindern, die Namen der Kranken, ihre Familien, ihre Herkunft, die Umstände ihres Lebens zu erfragen und ihm untersagt, Notizen über die Ursachen und die Entwicklung ihres Zustandes zu sammeln? Es geschieht gewiß das erste Mal, daß man versucht, einen Arzt aller Möglichkeiten zu berauben, seine Kranken kennenzulernen, und man muß nach Charenton kommen, um Zeuge eines solchen Ausmaßes von Unvernunft zu werden.

Verwaltung und Buchführung

Die ganze Verwaltung des Hospizes von Charenton, inbegriffen der Ökonom, der Oberaufseher, der Empfangschef, der Portier und der Zahlmeister, ist in der Person des Direktors verkörpert. Alle Mißstände des Hospizes haben hier ihren Ursprung, denn da keinerlei Teilung der Funktionen besteht, gibt es auch keinerlei Autorität, die unmittelbar die Ausführung überwacht, keinerlei wirkliche Verantwortung bei dem, der sie an sich gerissen hat. Wer kann ihn daran hindern, Fehler zu machen, solange er die Allmacht in Händen hat? Gäbe es in Charenton einen Verwaltungsrat, der von vernünftigen und nicht unmittelbar interessierten Leuten besetzt wäre, denen alle Einzelheiten, die sich auf die Versorgung des Hauses beziehen, vorzutragen wären, und der genug Autorität hätte, um die Mißbräuche abzuschaffen oder sie gar nicht erst entstehen zu lassen, hätte ich dann heute dieselben Vorwürfe zu machen? Aber abgesehen von diesen generellen Mängeln der Verwaltung, auf die man gar nicht genug die Blicke der Behörde lenken kann, gibt es noch andere Liederlichkeiten, die es um so mehr anzuprangern gilt, als sie sich speziell auf die Sicherheit der Menschen und die Ruhe ihrer Familien beziehen. Ich will über die Art des Eintritts in das Hospiz sprechen, die dafür erforderlichen Voraussetzungen, außerdem über die zu erfüllenden Formalitäten, um das Haus zu verlassen.

Irre werden auf zweierlei Weise in das Hospiz von Charenton eingewiesen. Die einen kommen dorthin auf Anordnung des Ratsherrn, des Staatsrates, des Präfekten des Departements Seine, die anderen werden eigenhändig von ihren Verwandten und Freunden eingeliefert, ohne daß irgendeine offizielle Stelle eingeschaltet zu werden braucht. Der Zustand des Irreseins der ersten wird jeweils mit sehr viel Sorgfalt festgestellt, ehe man sie in das Hospiz bringt. Nicht aber verhält es sich so bei den zweiten; für ihre Einweisung genügt das einfache Zeugnis eines Arztes, der oftmals unbekannt ist und möglicherweise von interessierten Verwandten, die sich von einem unbequemen Individuum befreien wollen, gewonnen sein kann. Auf diese Weise kann man einem Menschen für eine Zeitlang und manchmal für immer die Freiheit entziehen, die er noch genießen könnte; und das einem Menschen, der nichts getan hat, um diesen Freiheitsentzug verdient zu haben.

Das ist, wie man zugeben wird, ein fataler Machtmißbrauch. Wie kann man es wagen, Menschen so lange unter Verschluß zu halten? Dazu muß man wissen, daß es zwar leicht ist, in Charenton eingeliefert zu werden, aber sehr schwierig, es wieder zu verlassen. Wenn die Verwandten sich in dieser Hinsicht mit dem Direktor einig sind, gibt es für die unglücklichen Opfer keinen Ausweg aus dieser verdammenswerten Komplizenschaft, die sie zwingt, für den Rest ihrer Tage begraben zu sein. In Wahrheit indes, so schreibt der Erlaß des Ministers ausdrücklich vor, müssen sich alle Kranken, ehe sie in das Hospiz eingewiesen werden, der Prüfung des Chirurgen oder jedenfalls der des Assistenzarztes unterziehen. Der Direktor von Charenton jedoch hat sich immer gegen die Befolgung dieses Erlasses gewehrt. Nur er allein und seine Vertrauten haben sich das Recht herausgenommen, die Kranken aufzunehmen und mit den Verwandten zu sprechen. Alle anderen sind für ihn profane Menschen, denen keinerlei Einsicht in seine Geheimnisse zukommt.

Über die Buchführung brauche ich nicht viel zu sagen, denn sie existiert nicht im Hospiz von Charenton. Es gibt keinerlei Registereintragungen, die den Verbrauch pro Tag festhalten, keinerlei Kontrolle über die Zuläufe und Abgänge der Pensionäre, keinerlei Schriftstück, das alle Einnahmen aufführt, keinerlei Art von Autorisation oder Formalität für außergewöhnliche Ausgaben, beispielsweise für den Bau von Gebäuden, die seit einigen Jahren sich auf 150 000 Francs etwa belaufen; keinerlei Unterlagen für die ständigen Ausgaben. So steht es im Haus von Charenton um die Buchführung. Es ist mir darum unmöglich, hier mehr Einzelheiten zu geben, da gerade diese Einzelheiten wie ein unberührbares Geheimnis gehütet werden; der Chef des Hauses allein kennt sie. Aber ich werde diesen Mangel durch die folgenden Aufstellungen wettzumachen versuchen, deren Resultat, wie es mir scheinen will, jeden Leser erschrecken muß.

Das Haus bezog an Einkünften aus Grundbesitz	25 000 Francs
dazu jährlich vom Innenministerium . . .	40 000 Francs

In der Zeit, als ich dort war, gab es etwa 170 Pensionäre mit einer Pension zwischen 400 und 2000 Francs. Wenige waren es, die 400 oder 2 000 Francs bezahlten. Die meisten zahlen 800, eine stattliche Anzahl 1 200 und fast der ganze Rest 600 Francs. Alles in allem ergibt das eine durchschnittliche Pension von 700 Francs, wobei ich gewiß nicht zu hoch gegriffen habe, sondern eher unter der Summe der Gesamteinnahmen geblieben bin. Also 170 Pensionäre à 700 Francs ergeben eine

Summe von	119 000 Francs
Zur selben Zeit gab es dort 55 Invaliden und 10 vom Kriegsministerium eingewiesene Militärs, die je 700 Francs zahlten	57 450 Francs
15 Mann wurden gratis vom Innenministerium eingewiesen (das nur der Vollständigkeit halber)	
93 Frauen ebenfalls mit einer Pension von 700 Francs	65 100
13 bezahlten nichts (zur Vervollständigung)	
	306 550

Auf diese Weise beläuft sich das Einkommen auf dreihundertsechstausend und fünfhundertfünfzig Francs pro Jahr. Darin sind nicht enthalten:

1. 6 Francs für das Geburtstagsfest des Direktors von jedem der insgesamt 262 zahlenden Pensionäre .	1 572 f
2. 6 Francs pro Monat für die Wäsche . .	9 432
3. 6 Francs pro Frühstück und Monat für 200 Pensionäre	1 400
	25 404

Die Ausgaben für die Heizung habe ich unberücksichtigt gelassen, ebenso die für Nachtlichter, die man den Pensionären, die danach verlangen, zur Verfügung stellt. Ich setze für derartige Nebenkosten die Summe von 25 404 Francs ein.

Wir wollen jetzt auf der anderen Seite errechnen, was ein Gesamtunterhalt einer Anstalt mit 355 gut ernährten Patienten kosten kann. Dafür müßte man diese Anstalt mit einer bekannten ähnlichen Genres vergleichen, zum Beispiel mit der Salpêtrière. Dort werden die Gesamtunkosten eines Kranken von der Regierung mit 90 Centimes pro Tag veranschlagt. Ich habe bereits vermerkt, wie viel besser die Versorgung dort im allgemeinen ist, wie viel ordentlicher und sauberer das Haus geführt ist als in Charenton. Aber ich will gern einmal unterstellen, daß das Haus in Charenton so ist, wie es sein sollte, daß die Kranken dort alles bekommen, sei es für ihre physischen als auch für ihre moralischen Bedürfnisse, daß ihnen alle Sorgfalt zuteil wird, die man mit Recht in einem derartigen Etablissement erwarten kann. In solcher Annahme will ich den Verbrauch in Salpêtrière verdoppeln. Das wären also 1 Franc 8 Centimes pro Tag; für 355 Pensionäre ergibt das eine Summe von 639 Francs pro Tag und 233 235 Francs im Jahr. Wenn man diese Summe von den 306 550 Francs, die ich als Einkünfte errechnet habe, abzieht, so kommt man für das Jahr auf einen Reingewinn von 73 315 Francs.

Es braucht nicht zu erstaunen, wenn ich in meiner Eigenschaft als Franzose mir die Frage erlaube, was seit 14 Jahren mit einer Summe geschehen ist, die sich doch auf mehr als auf eine Million belaufen müßte.

Hiermit beschließe ich meinen Informationsbericht. Ich habe nur von dem gesprochen, was ich gesehen habe. Ich habe die unverblümte Wahrheit gesagt, ohne Parteilichkeit, ohne dabei irgendein persönliches Interesse zu verfolgen. Meine Mühe wäre reichlich belohnt, wenn die Lektüre dieses Berichts jene Personen wachrüttelt, die die Macht haben, dem Übel ein Ende zu setzen oder dazu beitragen können, daß diesem Übel tatsächlich ein Ende gesetzt wird. Sollte ich in einigen Monaten oder selbst erst in einem Jahr erfahren, daß in diesem so bedeutenden Haus die Verhältnisse sich gebessert haben, werde ich mir sagen dürfen, der Menschheit einen großen Dienst erwiesen zu haben, und meine Belohnung wird in meinem Herzen sein.

Anmerkungen
aus dem Werk von Philippe Pinel: *Traité médico-philosophique sur l'aliénation mentale,* 1809[1]

Über die Autorität

In jedem ordentlich geführten Hospiz muß es eine zentrale Autorität[2] geben, die unwiderrufliche Entscheidungen zu fällen vermag; sei es zur Aufrechterhaltung der Ordnung unter den Dienstleuten, sei es um eine gerechte Repression auf die aufsässigen oder erregten Irren ausüben zu können, sei es um zu entscheiden, ob der Zustand eines Irren dazu angetan ist, den Besuch eines Freundes oder Verwandten zu empfangen. Dieser Oberste Richter ist zugleich Oberaufseher der inneren Polizei des Hauses, und es kann nur zu Verwirrungen kommen, wenn der Arzt oder ein anderer Vorgesetzter die Schwachheit hat, Beanstandungen stattzugeben und seinen Willen und seine Anordnungen denen des Leiters widersetzt. *(frz. S. 251)*

Die zentrale Autorität muß den Vorstellungen der Irren stets gegenwärtig sein, damit sie es lernen, sich selbst zu beherrschen und ihr aufbrausendes Temperament zu zähmen. Ist

[1] Die deutsche Ausgabe, Wien 1801, bezieht sich auf die französische Ausgabe aus dem gleichen Jahr, die sieben Jahre später von Pinel für die – hier von Colins zugrunde gelegte – zweite Auflage vollkommen umgearbeitet wurde. Die wenigen Passagen, die sich identifizieren ließen, wurden durch Angabe der Seitenzahlen jeweils am Ende der Zitate gekennzeichnet.

[2] Nach einigen Skrupeln, so modern klingende Vokabeln wie »Autorität« und »Repression« zu gebrauchen, ließ ich mich von dem deutschen Arzt und Übersetzer Michael Wagner von der Legitimität dieser Ausdrucksweise auch im Jahr IX der französischen Republik überzeugen. Im übrigen war es offenbar Pinel, der die bürgerlichen Wertvorstellungen in die Behandlung des Wahnsinns eingeführt hat, insofern er die Repression von außen (vor der französischen Revolution lagen die Irren in Bicêtre an Ketten) nach innen (Ausübung eines moralischen Drucks zur Selbstbeherrschung) verlegte. Zu Pinels Versuch, die »naturgegebene« patriarchalische Familienstruktur auf die Verfassung der Irrenhäuser zu übertragen, vgl. die folgenden Zitate und zur gründlicheren Information Foucault, a.a.O., S. 488 ff.

diese Voraussetzung einmal erfüllt, so gilt es, ihr Vertrauen zu gewinnen und ihre Achtung zu verdienen, um ihnen im Laufe der Rekonvaleszenz den vollständigen Gebrauch ihrer Vernunft zurückgeben zu können. Die tagtägliche Erfahrung zeigt, wie notwendig es ist, die Kranken der öffentlichen und privaten Einrichtungen den unwandelbaren Vorschriften einer inneren Polizei zu unterwerfen, und wie schädlich oder gar gefährlich der geringste Verstoß gegen die Vorschrift sich auswirken kann. *(frz. S. IV)*

Man wird sich vielleicht darüber wundern, welche ungeheure Wichtigkeit ich der Aufrechterhaltung von Ruhe und Ordnung in einem Irrenhaus beimesse und den physischen und moralischen Qualitäten, die ich von einer Oberaufsicht verlange; sie sind die fundamentale Grundlage der Behandlung der Geisteskranken, und ohne sie erreicht man weder exakte Beobachtungen noch eine andauernde Heilung, so sehr man auch sich auf die noch so gelobten Medikamente stützen mag. Welch ein Unheil für die unglücklichen manisch Kranken, wenn sie von einer blinden Routine geführt werden, wenn sie der Sorglosigkeit eines unmoralischen Vorstehers überlassen sind, der keine Prinzipien hat oder, was auf dasselbe hinausläuft, wenn sie den barbarischen Härten oder mörderischen Behandlungen der Dienstleute preisgegeben sind. *(frz. 210)*

Über den Charakter der Irren

Übrigens versuchen oftmals die Irren, die noch nicht völlig den Verstand verloren haben, Menschen, die sie aus der Nähe beobachten wollen, zu täuschen. Sie verfügen über eine kühle Reserve, über die Gabe der Verstellung und über die, ihr Inneres zu verschließen. So ist es oft schwierig, sich eine genaue Vorstellung von ihrer wahren Lage und den wesentlichen Kennzeichen ihres Deliriums zu machen. Erst nach wiederholten Versuchen und mannigfaltigen Gesprächen, die mit schonungsvoller Geschicklichkeit vorangetrieben werden müssen, indes man sich vergnügt und ganz offen mit ihnen unterhält, kann man in ihre geheimsten Vorstellungen eindringen, Zweifel klären und durch Vergleiche scheinbare Widersprüche auflösen. Auch kommt es vor, daß die Grundsätze, nach denen man sie in öffentlichen oder privaten Anstalten behandelt, bei ihnen Ideen und Gefühle erzeugen, die ihnen selber von Natur aus fremd sind. Wenn man sie dann mit Hochmut und unangebrachter Härte behandelt, zeigen sie sich aufbrausend, haßerfüllt und gewalttätig. In diesem Zustand hilft es nur, sie durch sanftmütiges und wohlwollendes Zureden zu ihrer ursprünglichen Gefühlseinstellung zurückzubringen. Erst dann kann es gelingen, die wahre Geschichte ihrer Verirrungen, die man als Krankheit betrachtet, zu erfahren. Erst dann kann man die Melancholie in ihren regelmäßigen Perioden verfolgen und sie in ihrem unerwarteten Wechsel und ihren charakteristischen Ausprägungen kennenlernen. Darum ist es nicht verwunderlich, daß die Beobachtungen, die man über die Irren bis in die letzte Zeit gemacht hat, im allgemeinen unvollständig und kaum würdig waren, als fundamentale Grundlage für eine Klassifikation der Geistesverirrungen in ihren verschiedenen Arten zu dienen. *(frz. S. 134/135)*

Über den Tageslauf

Der natürliche Hang der Irren zu Wutausbrüchen und ihre Neigung, allen Vorfällen die unheilvollste Deutung zu geben, erfordern notwendigerweise, sofern man ihren Zustand nicht verschlimmern will, eine unantastbare Regelmäßigkeit im Pflegedienst. Auf dieser Einsicht gründen die Maßregeln, die ich mit Strenge im Hospiz von Bicêtre befolgen ließ. Die Stunde der Aufschließung der Kammern ist je nach Jahreszeit verschieden, nämlich im Sommer des Morgens um fünf Uhr, im Winter um halb acht Uhr und so fort in den Zwischenjahreszeiten in dem nämlichen Verhältnis zur Dauer des Tages. Die größte Sorgfalt wird auf die augenblickliche Entfernung des über Nacht angehäuften Unrats und die Reinigung der Kammern und Flure verwendet. Des Morgens macht der Oberaufseher eine allgemeine Visite, um sich zu versichern, daß nichts unterlassen oder versäumt worden ist. Die Austeilung des Frühstücks erfolgt bald nach dem Aufstehen. Das Mittagessen wird genau um elf Uhr aufgetragen, es gibt eine Suppe und ein Drittel der täglichen Brotration.

Nach dem Essen sorgt man aufs neue für die Sauberkeit in den Kammern. Dann folgt um vier oder fünf Uhr abends, je nach Jahreszeit, die dritte Austeilung des Restes der Brotration und einiger Fleisch- oder Diätgerichte. Bei Einbruch der Nacht läuten die Glocken, und die Kammern werden geschlossen. Der erste Wächter versieht den Dienst bis Mitternacht und hat die Anweisung, im ganzen Hospiz von einer halben Stunde zur anderen die Runde zu machen, um den Kranken zu helfen, die Beschädigung der Zellen durch die Tobsüchtigen zu verhindern und anderen Unglücksfällen vorzubeugen. Von Mitternacht bis zum Morgen übernimmt ein anderer die Wache, um die gleichen Pflichten zu erfüllen und die Kranken aufzuschreiben, die von irgendeiner anderen Krankheit befallen werden. Frühmorgens kehren die Dienstleute zurück, sorgen für die Sauberkeit und erfüllen ihre anderweitigen Pflichten. Sie müssen Fleiß anwenden und den ganzen Tag aufmerksam sein, um die Ordnung im Falle einer Unruhe aufrechtzuerhalten und um gemeinsam handeln zu können, sofern sich ein Zwist zwischen den Irren erheben sollte oder sich ein unerwarteter Ausbruch von Manie ereignet; es ist den Dienstleuten ausdrücklich verboten, Gewalt gegen die Irren zu gebrauchen, nicht einmal, wenn sie von einem gereizt oder geschlagen werden. Sie müssen eine Art von Taktik erlernen oder gewisse Handgriffe kennen, um die Kraftaufwendungen und die Tollkühnheit mancher Wahnsinniger zunichte machen zu können. Mit einem Wort, die Leitung des Hospizes soll der einer großen aus unruhigen und auffahrenden Wesen zusammengesetzten Familie ähneln, die man bändigen, aber nicht erbittern, eher durch das Gefühl der Ehrerbietung und der Achtung, soweit sie dafür empfänglich sind, als durch knechtische Furcht im Zaume halten muß; sie sollen mit Sanftmut, aber stets mit unbeugsamer Festigkeit geführt werden.

(frz. S. 249 f.) (dtsch. S. 226 f.)

Über die natürliche Arbeit

Hier geht es nicht um ein zu lösendes Problem, uns liegen die Resultate und einstimmigen Erfahrungen vor, daß in allen öffentlichen Asylen, Gefängnissen, Irrenhäusern das sicherste und vielleicht das einzige Mittel zur Aufrechterhaltung der Gesundheit, der guten Sitten und der Ordnung in dem streng zu befolgenden Gesetz einer mechanischen Beschäftigung besteht. Diese Wahrheit ist vorzüglich auf die Irrenhäuser anwendbar, und ich bin fest davon überzeugt, daß eine Einrichtung dieser Art nicht von Dauer und von anhaltender Nützlichkeit sein kann, wenn sie nicht auf dieser Grundlage ruht. Nur wenige Wahnsinnige, nicht einmal die im Zustand der Raserei befindlichen, dürfen von aller Beschäftigung ausgeschlossen werden. Und welch ein schmerzliches Schauspiel ist es, die Irren aller Art in sämtlichen staatlichen Anstalten entweder in einer immerwährenden und eitlen, ziellosen Bewegung oder in trauriger Trägheit und Stumpfsinn versunken zu sehen. Welches Mittel ist wohl geeigneter, die Aufwühlung ihrer Einbildungskraft, die Gewohnheit wilder Ausschreitungen und alle Ausbrüche delirierender Exaltation zu unterhalten? Eine anhaltende Arbeit dagegen unterbricht die böse Kette der Vorstellungen, übt den Gebrauch ihrer Verstandesfähigkeiten; sie erhält allein die Ordnung in den überfüllten Irrenhäusern und macht eine Menge kleinlicher und oftmals eitler Vorschriften im Zusammenhang mit der inneren Polizei überflüssig. Die Rückkehr dieser Irren zu ihren ursprünglichen Lieblingsbeschäftigungen, zu ihrer Profession, ihr Eifer und ihre Beharrlichkeit bedeuteten für mich immer ein gutes Zeichen und begründete Hoffnung auf völlige Heilung. Wir haben bei einer uns benachbarten Nation ein beneidenswertes Beispiel, das man nicht genug empfehlen kann. Dies Beispiel gibt uns weder England noch Deutschland, sondern Spanien. In einer spanischen Stadt (Saragossa) besteht für Kranke und vorzüglich für Irre aller Länder, aller Regierungen, aller Religionen ein Zufluchtsort mit der einfachen Inschrift *urbis et orbis*. Eine mechanische Arbeit aber war nicht das einzige Anliegen der Stifter dieser Anstalt; sie wollten den Geistesverirrungen eine Art von Gegengewicht durch den Zauber und den Reiz bieten, den der Feldbau durch die Weckung des naturgegebenen Instinktes einflößt. Dieser treibt den Menschen dazu, die Erde fruchtbar zu machen, um so für seine Bedürfnisse durch die Früchte seines Fleißes zu sorgen. Schon früh am Morgen sieht man einige von ihnen den Dienst im Hause versehen, andere in ihre verschiedenen Werkstätten sich begeben. Die meisten verteilen sich in Gruppen unter der Leitung eines einsichtsvollen und aufgeklärten Aufsehers. Sie zerstreuen sich mit Fröhlichkeit in den verschiedenen Teilen der ausgedehnten, zu dem Hospiz gehörigen Felder. Je nach Jahreszeit teilen sie in einer Art von Wetteifer die anfallenden Arbeiten unter sich auf. Sie bauen Weizen, Hülsenfrüchte, Küchenkräuter an, befassen sich wechselweise mit der Ernte, dem Dreschen, der Olivenlese und finden am Abend in ihrem einsamen und stillen Asyl einen guten Schlaf. Die Erfahrung hat dieses Hospiz gelehrt, daß Arbeit das sicherste und das wirksamste Mittel sei, wieder zur Vernunft zu gelangen und daß die Adligen, die jeden Gedanken an eine mechanische Arbeit mit Stolz und Verachtung von sich stoßen, darum auch den traurigen Vorzug genießen, ihre unsinnigen Verirrungen und ihren Wahnsinn zu verewigen.

(dtsch. S. 239 ff.)

Faulheit, Indolenz, Müßigkeit, die den Kindern so natürlich sind, schreibt La Bruyère, verschwinden bei solchen Spielen, bei denen die Kinder lebhaft, aufmerksam, genau sind, Ordnung und Symmetrie zu lieben beginnen. Verhält es sich nicht ebenso mit den rekonvaleszierenden Irren, wenn man ihnen in ihrem langweiligen, untätigen Dasein etwas bietet, das ihrer natürlichen Neigung, ihren Körper zu gebrauchen und zu bewegen, entspricht? Es gibt keinen Grundsatz, in Ansehung dessen die alte und die neue Medizin sich so übereinstimmend äußerten. Eine erquickende Bewegung ebenso wie eine mühsame Arbeit hemmen die Ausschweifungen der Wahnsinnigen, verhindern Kongestionen im Kopf, machen den Kreislauf ruhiger und bereiten einen ruhigen Schlaf.

(frz. S. 239) (dtsch. S. 211)

Über die mechanische Arbeit

Meine Ausführungen über die Verrichtung mechanischer Arbeiten gelten in gleicher Weise für die Debilen des einen wie anderen Geschlechtes, die die Hospize bevölkern. In dieser Hinsicht hat man in der Salpêtrière die Vorkehrungen und Prinzipien übernommen, die ich früher mit glücklichem Erfolg in Bicêtre angewandt hatte. Es tut einem weh, sehen zu müssen, wie viele Irre in ständiger Untätigkeit, in einer Art stupider Starrheit verharren, die sinnvoll zu grober und geordneter Handarbeit eingesetzt werden könnten, zum Beispiel unter den Augen eines geschickten Aufsehers zum Anbau von Gemüse. Da diese Menschen nur der sklavischen, tierischen Nachahmung fähig sind, genügt es, ihnen ein Beispiel zu geben, an ihre Spitze irgendeinen aktiven und arbeitsamen Mann zu setzen; sie übernehmen dann sofort dessen Ton und sind der größten Anstrengungen fähig, wie ich es selber bei Gelegenheit einer Baumpflanzung im Hof des Hospizes von Bicêtre beobachten konnte. Der trainierteste Mann kann nicht mit mehr Stetigkeit und Energie an die Arbeit gehen. Als ich hörte, in der Salpêtrière gäbe es einen drei Hektar umfassenden Garten und einen Hof zum Spazierengehen für die Irren, sah ich sogleich den Nutzen, den man daraus ziehen könnte, sei es für den Bau einer Wasserpumpe, um das in der Mitte dieses Geländes sich befindende Becken mit Wasser zu versorgen, sei es zu Gartenarbeiten, die denen der Frauen auf dem Lande gleichen, als Beschäftigung für diejenigen, die es gewohnt sind mit Spaten und Schaufel umzugehen oder andere rustikale Arbeit zu verrichten. Dann aber gab es eine Meinungsverschiedenheit unter den Aufsehern, die die Ausführung dieser heilsamen Maßnahmen beeinträchtigte, so daß man sich gezwungen sah, bei den üblichen Arbeiten zu verweilen, nämlich für die ständige Sauberkeit im Hospiz zu sorgen; die Kammern der Irren reinzuhalten deren Krankheit sich bereits dem Tode nähert und deren Räume mitten zwischen denjenigen liegen, die zur Klasse der leicht Debilen gehören und weit entfernt davon sind, den letzten Grad des Idiotismus erreicht zu haben. Dort gilt es, eine Art von Rivalität zwischen den einen und den anderen zu wekken, um die Höfe zu fegen, um das Wasser aus den verschiedenen Brunnen des Hospizes mit Eimern zu schöpfen, die Anpflanzungen zu gießen oder den Fußboden zu scheuern, ihn in tadelloser Sauberkeit zu halten und während der heißen Jahreszeit für ständige Frische im ganzen Haus zu sorgen. Der größte Vorteil aber besteht darin, daß diese Beschäftigung Ruhe und Frieden auf allen Fluren herstellt, eine Stunde der Ablenkung von den tausend gewaltsamen Einfällen des aufbrausenden Temperaments schafft, das bei geringstem Anlaß hochgeht und das diese Menschen nicht zu bezähmen vermögen, da ihr Charakter nahezu nicht vorhanden ist und ihre intellektuellen Fähigkeiten kaum ausgebildet sind. *(frz. S. 245)*

Über die Einrichtung einer Schneiderwerkstatt

Die aufgeklärte Verwaltung der Salpêtrière hat uns noch ein weiteres Mittel zur Verfügung gestellt, das noch geeigneter ist, die Fortschritte der Heilung zu beschleunigen: Es gibt dort eine große Schneiderwerkstatt, die sich unmittelbar neben dem Schlafsaal der Rekonvaleszentinnen befindet, die sich dort treffen und den ganzen Tag in Gesellschaft verbringen können. Ermutigt durch einen leichten Verdienst, der jeden Tag ausgezahlt wird und der am Ende für die arbeitsamsten eine gewisse Unterstützung für die Zeit bedeutet, da sie das Hospiz verlassen, und gleichzeitig den Zweck erfüllt, sie wieder an Arbeit zu gewöhnen, ehe sie in ihren Haushalt zurückkehren. Man kann gar nicht genug sagen, wie glücklich sich der Einfluß dieser Arbeit auf die Wiedererlangung des Verstandes auswirkt. Dazu trägt noch die ständige Zusammenkunft mit anderen Menschen bei, die Gelegenheit, in Freiheit über ihre Lieblingsbeschäftigungen, über ihre Familien zu sprechen, die sie verlassen mußten und die sie die Hoffnung haben, bald nach einer kürzeren oder längeren Abwesenheit wieder zu sehen. Im wechselseitigen Gespräch über ihre Ängste und Schmerzen gehen die Tage schnell dahin. Der Aufseher besucht sie des öfteren, sei es, um Zeuge ihres Fleißes zu sein, sei es, um die letzten Verirrungen ihrer Vernunft verscheuchen zu helfen, sei es schließlich auch, um herauszufinden, wer von ihnen seine Arbeit nur nachlässig verrichtet, und um sich ein Urteil über ihre Verfassung und ihre Aussichten für die Zukunft zu bilden. Diese Notizen des Aufsehers sind für mich dann oft Grundlage des Attestes, das ihnen auszuschreiben ich verpflichtet bin, ehe sie der Öffentlichkeit zurückgegeben werden. Bei diesen Versammlungen oder Unterhaltungen mit kleineren Gruppen gelingt es oftmals durch wohlmeinende Ermahnungen, die traurigen Ideen und melancholischen Einfälle zu verscheuchen, indem man die Frauen, die noch nicht ganz frei davon sind, mit anderen vergleicht, die glücklicherweise nahezu vollkommen gesund sind und die man darum aus erzieherischen Gründen als ein Modell hinstellt. Selten kommt es vor, daß Frauen, die sich durch einen stetigen Fleiß auszeichnen, in der Folge einen Rückfall erleiden.

(frz. S. 247 ff.)

Über die Zwangsjacke

Die Irren sind keine Verbrecher, die man strafen sollte, sie sind Kranke, deren schmerzlicher Zustand alle der leidenden Menschheit gebührende Rücksicht verdient, und man muß nach den einfachsten Mitteln Ausschau halten, um ihre Vernunft wiederherzustellen. Kommt es aber doch einmal vor, daß sämtliche intellektuellen Funktionen aussetzen und sie nur noch einem blinden Impuls gehorchen, der sie zu Unordnung und aller Art von Gewalttätigkeit führt, dann hilft kein Zureden mehr, dann kommt es nur noch darauf an, für die persönliche Sicherheit des Irren und für die Sicherheit der anderen zu sorgen. In solchem Zustand ist man gezwungen, ihn in seiner Zelle festzuhalten. Falls er sich extrem gewalttätig gebärdet, wird man mittels einer engen Zwangsjacke aus festem Stoff die Bewegungen seiner Arme und Beine unterbinden. Man muß ihn mit festen Seilen, die am hinteren Teil der Kleidung angenäht sind und die für ihn unsichtbar sind, auf das Bett binden. Diese Zwangsmaßnahmen dürfen aber nur vorübergehend angewendet werden, um die in seiner Nähe lebenden Menschen nicht den Auswirkungen eines Tobsuchtsanfalls auszusetzen. *(frz. S. 202)*

Über die Menschenfreundlichkeit

Die ausschweifenden Wahnsinnigen immer eingesperrt zu halten, sie ohne Schutz unter dem Vorwand möglicher, von ihnen verursachten Gefahren der Brutalität der Dienstleute preiszugeben, mit einem Wort, sie mit eiserner Rute zu führen, um gleichsam das Ende eines Daseins, das man für beweinenswert hält, zu beschleunigen, ist ohne Zwifel eine sehr bequeme Art von Aufsicht, würdig einer jahrhundertelangen Ignoranz und Barbarei. Sie widerspricht den Resultaten der

Erfahrung, welche bestätigt, daß dieser Zustand der Manie, besonders wenn er nur periodisch auftritt, geheilt werden kann, wenn man dem Wahnsinnigen eine beschränkte Freiheit im Innern des Irrenhauses gewährt, ihn allen Regungen seiner ungestümen Aufbrausung überläßt oder wenigstens den Zwang auf die Zwangsjacke beschränkt, ohne freilich die seinem jeweiligen Zustand angemessenen Mittel der moralischen Behandlung zu vernachlässigen. Nichts ist augenscheinlicher als der mächtige Einfluß, den der Vorsteher des Irrenhauses hat, wenn er zur rechten Zeit sein Ansehen und die Grundsätze der reinsten und aufgeklärtesten Menschenliebe anzuwenden weiß. Ich kann hier zum Beispiel die Willis, Fowlen, Harslam in England, die Dicquemare, Pontien, Pussin in Frankreich und den Vorsteher des Irrenhauses in Amsterdam anführen. Ein roher Mensch mit beschränktem Verstand vernimmt in dem Geschrei, den Schmähreden und Gewalttätigkeiten der Wahnsinnigen nur bösartige Herausforderung; daher die Härte, die Schläge, die barbarische Behandlung, welche sich die Dienstleute erlauben, wenn sie nicht gut ausgewählt und in strenger Zucht gehalten werden. Der weise und aufgeklärte Mensch hingegen sieht in diesen Ausbrüchen der Manie nichts als einen automatischen Antrieb oder vielmehr die notwendige Auswirkung einer nervösen Erregung, über die man ebensowenig unwillig werden sollte wie über den Stoß, den ein Stein auslöst, der durch seine eigene Schwere hinabgetrieben wird. Er wird den Irren alle Freiheit von Bewegungen zugestehen, die sich mit ihrer eigenen Sicherheit und der der anderen verträgt. Geschickt wird er vor ihnen die Zwangsmittel, die er anwenden muß, verbergen, gleichsam den Eindruck erweckend, als ob er nur den Gesetzen der Notwendigkeit gehorche. Er gibt ihnen gütig nach; weiß ihnen aber auch mit Macht zu widerstehen und mit Geschick ihren unbedachten Aufsässigkeiten auszuweichen. Die stürmischste Zeit der Tobsuchtsanfälle geht derart in schonender Behandlung vorüber, und die ruhigen Zwischenzeiten werden genutzt, die Anfälle stufenweise zu schwächen und ihre Dauer zu verkürzen. *(frz. S. 262 ff.) (dtsch. S. 201 ff.)*

Über das Tropfbad

In der Salpêtrière dürfen die heftigen Duschen nur auf Verordnung des Arztes angewandt werden, während man sich gemeinhin ohne jede Rücksicht ihrer bedient, indem man aus einer Höhe von sieben oder acht Fuß einen breiten Wasserstrahl auf den Kopf des Irren herunterfallen läßt, so gehandhabt während einer kürzeren oder längeren Zeit, die man den Dienstleuten überläßt, die sich in diesen Dingen wie in vielen anderen entweder mit beschränkter Ängstlichkeit benehmen oder mit harter und unangebrachter Grobheit. In der Salpêtrière wird die Dusche niemals von jemandem anderen als dem Oberaufseher selbst verabreicht, der sie mit Einsicht und mit aller Rücksicht ausführt, die die Umstände verlangen. Handelt es sich nur um eine geringere Erregtheit der Kopforgane, so beschränkt man sich darauf, das kalte Wasser Tropfen für Tropfen auf den Kopf des Wahnsinnigen fallen zu lassen, um ihn durch den Eindruck von Flüssigkeit, ebenso wie durch die daraus entstehende ständige Verdampfung in einen Zustand sanfter Frische zu versetzen; was vielleicht wirkungsvoller ist als die Methode, die man in England anwendet, wo man den Irren Schnee auf den Kopf legt. *(frz. S. 330/31)*

Oftmals genügt es, die Dusche als Druckmittel anzuwenden, um einen aufsässigen Irren, wenn er dafür empfänglich ist, wieder dem allgemeinen Arbeitsplan zu unterwerfen, um eine beharrliche Nahrungsverweigerung zu besiegen oder um Irre zu zähmen, die von einer Art wilder Verbitterung heimgesucht werden. Dabei nutzt man die äußeren Umstände des Tropfbades aus, bringt dem Irren den begangenen Fehler oder die Unterlassung einer wichtigen Pflicht in Erinnerung und läßt sodann mit Hilfe eines Wasserhahnes unerwartet einen harten Strahl Wasser auf den Kopf herunterkommen, der den Irren erschreckt und durch den starken, unerwarteten Eindruck eine ihn beherrschende Idee von ihm abwendet. Leistet er Widerstand, so wird die Dusche wiederholt, wobei man vorsorglich jeden harten Ton, jedes verletzende Wort, das ihn zur Revolte veranlassen könnte, vermeidet. Man muß ihm erklären, daß dieses Verfahren nur seinem eigenen Heil dient, daß man nur widerwillig Zuflucht zu gewalttätigen Mitteln nimmt, und manchmal ist es ratsam, auch einen Scherz unter diese Worte zu mischen, der freilich nicht zu weit getrieben werden darf. Gibt er den Widerstand auf, so wird man auf der Stelle aufhören, irgendeinen Druck auf ihn auszuüben, und geht sogleich in einen wohlwollenden, liebevollen Ton über. *(frz. S. 204/5)*

Über die Dusche

Welch unangebrachtes Vertrauen in einen Begriff, solange man nicht genauestens fixiert, wie er zu verstehen ist! Es genügt doch nicht, die Dusche zu verordnen, wenn man nicht mit Sorgfalt zugleich alle Umstände der Anwendung festlegt, die Vorsichtsmaßregeln angibt, die getroffen werden müssen, den Teil des Kopfes beschreibt, auf den der Wasserstrahl nach und nach und wechselweise zu richten ist, und wenn man nicht auf die Ausnahmen hinweist, unter denen die Dusche zu unterlassen oder ihre Dauer und Intensität zu beschränken ist. Ohne diese Präzisionen bewirkt man die doppelte Empfindung einer lebhaften Kälte und eines harten Druckes auf den Kopf, begleitet von einem merkwürdigen Schmerzzustand. Magen, Leber, Lunge können, wie unmittelbare Experimente ergeben haben, in Mitleidenschaft gezogen werden. Welche Verbitterung, welche Verzweiflungsschreie muß nicht dieser ungestüme Zusammenprall der widersprüchlichsten Eindrücke dem Kranken entreißen? In der Salpêtrière hingegen erweckt das Wort Dusche ganz gegensätzliche Vorstellungen: Niemals wird sie einem Mädchen des Aufsichtspersonals anvertraut, das sie zu einem grausamen Spiel oder zur Befriedigung eines Rachegelüstes benutzen könnte; sorgfältig vermeidet man jede Anwendung von Terror und versucht sogar die Irren mit diesem Vorgang vertraut zu machen, indem man ihnen lachend eine kleine Kopfbegießung androht, jedenfalls denen, deren Verstand noch nicht vollends verwirrt ist und die sich von irgendeiner abwegigen Handlung haben hinreißen lassen. Der Aufseher selbst, der durch die Schneiderwerkstatt geht, wo die Rekonvaleszenten versammelt sind, macht auch seinen Scherz darüber. Übrigens verabreicht er die Dusche nur nach einem lauwarmen Bad, das eine Temperatur von 22 bis 33 Grad Reaumur aufweist; niemals dauert sie länger als eine oder zwei Minuten; und stets beschränkt sie sich auf einen schmalen kalten Wasserfaden, den man sukzessiv auf die verschiedenen Teile des Kopfes herunterfallen läßt. Im Winter bringt man die Irre sofort hinterher in ein Bett, das sich in einem kleinen, an das Bad anschließenden Zimmer befindet. Im Sommer bringt man sie in ihr eigenes Bett zurück. Beklagt sie sich dann, so tröstet man sie, ermutigt sie und erinnert sie daran, daß man ihr etwas zuleide tun mußte, um ihr ihre Gesundheit umso schneller zurückgeben zu können. Im allgemeinen ist es immer von Übel, mit einem Schreckensapparat vorzugehen, den Irren ohne jeden Grund zu reizen und unaufhörlich seine natürliche Zornbereitschaft zu wecken, statt zu versuchen, ihn zu beruhigen, was ein fundamentaler Gesichtspunkt der Behandlung ist. In der Salpêtrière wendet man Strenge und Härte nur an, um die Wahnsinnige zu zähmen, sie zur Ordnung zurückzurufen, sie wieder gefügig zu machen. Sobald sie unterworfen ist, resigniert hat, ihr Verstand wieder anfängt zu arbeiten und sie ihr Unrecht eingesteht, ist alles um sie her wie umgewandelt. Man begegnet ihr nur noch mit Sanftheit und Wohlwollen. *(frz. S. 331 ff.)*

Über das Sturzbad

Van Helmont, dessen ausschweifende Vorstellungskraft alle Fantasmen erschöpft hat, die man im 17. Jahrhundert im Hinblick auf die Funktionen des Verstandes haben konnte, hat versucht, ein barbarisches Verfahren, das man bereits gegen die Hydrophobie im Volk anwandte, auf die Behandlung des Wahnsinns zu übertragen. Ich meine das simple Mittel der völligen Eintauchung in kaltes Wasser. Man könnte verzweifeln, wenn man sieht, wie ein so gewagtes und gefährliches Verfahren mit einer Art von Vertrauensseligkeit durch den berühmten Kommentator von Boerhave empfohlen wird und auf solche Weise als ein Dogma in den Schulen des vergangenen Jahrhunderts gelehrt wurde. Jüngere Versuche, die man mit Tieren gemacht und mehrfach wiederholt hat, haben dieses gebrechliche Gebäude zerstört, und man weiß heute, daß die Eintauchung innerhalb weniger Minuten den Tod zur Folge haben kann. Daher zeigt man in gewissen

Irrenhäusern bereits ein wenig Zurückhaltung und beschränkt sich auf eine plötzliche Untertauchung, indem man den Wahnsinnigen sofort wieder herauszieht und ihn mehrmals in dasselbe kalte Wasser taucht. Die alte Methode wird nicht mehr angewandt, aber ist nicht auch die neue völlig überflüssig? Van Helmont hatte die merkwürdige Vorstellung, man könne den Grund der ausschweifenden Vorstellungen der Irren beseitigen, die ihn beherrschenden Ideen zum Verschwinden bringen, indem man die Irren in einen Zustand versetzt, der dem Tod gleichkommt. Idaris inveniendum erat remedium quos posses occidere, necare ... obliterare proefatae illam amentioe imaginem. Muß man nicht über diesen medizinischen Wahnsinn erröten, der schlimmer vielleicht noch ist als der des Irren, dessen verstörten Verstand man wiederherstellen will. *(frz. S. 323)*

Nachwort

I

Als der 23jährige Marquis de Sade aus Avignon eilig und widerwillig in einer Postkutsche zu seiner Hochzeit kam, die am 17. Mai 1763 stattfinden sollte, brachte er drei Dutzend Artischocken und Thunfischpastete mit nach Paris. In der Bastille, rund ein viertel Jahrhundert später, bat der Gefangene um Erdbeeren und Orangenblütenwasser. Ein paar Jahre vor seinem Tod, am 31. Juli 1808, vermerkt er in seinem Tagebuch, daß die Schauspielerin Madame de Saint Aubin ihm höchstpersönlich zwei Truthähne überreicht habe.

Der Marquis de Sade liebte das Wohlleben und scheute das Fleisch. Die geheimen Triebfedern der Ausbrüche dieses aus einer Nebenlinie des Hauses Bourbon stammenden Mannes, der, wie einer seiner zynischsten Kommentatoren vermerkt, »eine merkwürdige Neigung zum Gefängnis bewies«, sind bis heute unbekannt.

Um so dankenswerter ist es – wenn auch zugleich zu der beunruhigenden Frage herausfordernd, was denn in den Familienarchiven noch alles vergraben sein mag –, daß jetzt der Graf Xavier de Sade das Manuskript der Hefte 1 und 4 eines in Charenton geführten Tagebuchs der Öffentlichkeit zur Verfügung gestellt hat. Die Aufzeichnungen stammen aus dem Jahr 1807/8 und aus den letzten Monaten bis kurz vor dem Tod vom Juli bis Dezember 1814.

Nahezu jeden Tag nimmt Monsieur de Sade, wie er hier genannt wird, eine Eintragung vor, die oft kaum länger als eine halbe Zeile ist. Er führt Buch über die Besuche, die er bekommt oder die er umsonst erwartet, über Ausgaben, Einnahmen, über den Vorrat an Holz, den fehlenden Wein, die möglicherweise noch zu verbleibenden Tage in Charenton. Man sieht sich einem sprachlich gänzlich reduzierten Text konfrontiert. Wie ausgeraucht, abgestorben, mechanisiert kommen die Worte aufs Papier.

Kaum wird das Theaterspielen erwähnt, es fehlen Hinweise auf seine Arbeit als Schriftsteller, und doch sind während dieser Zeit drei historische Romane entstanden. Notizen über seine Lektüre, wie man sie aus den »cahiers personnels« von

1803/04 kennt, sucht man hier vergebens. Und doch verfügte Monsieur de Sade in Charenton nach wie vor über eine kleine Privatbibliothek mit etwa 250 Bänden, die sich an das Zimmer anschloß, das ihm als Wohn- und Schlafraum diente.

Erotische Fantasien – kurz vor Beginn des Tagebuches hatte er seinen letzten großen obszönen Roman abgeschlossen – erscheinen hier reduziert auf das Zeichen: Ø.

Gewiß, die ehemals so heftigen sexuellen Bedürfnisse waren auch hier, an der Seite der kränkelnden Madame Quesnet, nicht gänzlich aufgehoben. Monsieur de Sade schenkt seine Aufmerksamkeit einer 17jährigen Wäscherin. Bei dem Verhältnis des Greises zu Magdeleine Leclerc, das in diesen Aufzeichnungen zum ersten Mal der Nachwelt enthüllt wurde, wird es sich nicht nur um eine in Gesang- und Schreibstunden sublimierte Leidenschaft gehandelt haben. Monsieur de Sade hat sich noch kurz vor seinem Tod mit Plänen für ein Leben zu dritt, mit Magdeleine und Madame in der Freiheit, beschäftigt. Intensiver jedoch hat er sich mit etwas anderem beschäftigt. Und das seit Jahrzehnten schon.

Bereits der erste oberflächliche Blick über die Seiten des Journals erstaunt: Die penetrant sachliche, verkürzte Schreibweise verblüfft, mahnt eher an die Eintragungen einer gewissenhaften Hausfrau oder an das Logbuch eines Schiffskapitäns als an ein literarisches Produkt.

Beginnt man dann die Sätze zu lesen, so stutzt man von neuem:

Am 18. um 9 hat die Uhr 26 mal geschlagen.

Am 19. kamen 3 Personen zum Essen, eine Mutter mit ihren beiden Töchtern, sie kamen überraschend, und schon haben wir wieder die 19 und die 3.

Am 20. wird die 24 signalisiert.

Am 14. sagte M.de C. mir, daß wir die Vorstellung vom 3. März wiederholen würden, das heißt 17 Tage nach der ersten, was infolgedessen eine superbe 17 und 23 ergibt.

Statt der 24 Orangen, die ich verlangt hatte, brachte man mir nur 18 zu 10 Sous. Ich ließ davon Madame Monsieur de Coulmier welche anbieten, der am 1. des Monats nur 3 nahm und 9 zurückließ, was die allerschönste 13 und eine mögliche 9 ergibt.

Wie lassen sich diese Berechnungen bezeichnen, erklären? »Kindische Ziffernkombinationen« – wie Georges Daumas schreibt? »Ein unbewußter Kampf gegen die Verzweiflung« – wie Gilbert Lely interpretiert? Fast täglich notiert Monsieur de Sade Zahlen, oftmals nicht nachvollziehbare Kalkulationen – fast könnte man den Eindruck gewinnen, er habe das Tagebuch nur zu diesem Zweck verfaßt.

Wenn auch die Pathographie Sades noch ungeschrieben ist – dieser Versuch möchte sich als Vorarbeit (Materialsammlung) zu einer möglicherweise Jahre in Anspruch nehmenden Arbeit verstehen –, fordert die Veröffentlichung des Tagebuchs doch dazu heraus, etwas hartnäckiger zu fragen, als es bislang geschah.[1]

Zunächst wird man wissen wollen, wann dieses Phänomen, das ich pauschal und vorläufig einmal »Zahlenwahn« nennen möchte, zuerst auftritt. Da gilt es weit bis in die Jahrzehnte vor der Revolution zurückzublättern. Bis in die Zeit Sades erster längerer Gefangenschaft. Damals, in den Jahren 1778 bis 1785, saß er eines ungesetzlichen Haftbriefes wegen im Festungsturm von Vincennes.

Vornehmlich in den Briefen an seine Frau, in denen er immer wieder nach Spaziergängen, Büchern, Papier, Schreibzeug verlangt, finden sich die ersten Kalkulationen des knapp Vierzigjährigen. Manches liest sich dabei nicht viel anders als eine umständliche, womöglich spaßig gemeinte Datierung:

Heute, Donnerstag, den 14. Dezember 1780, am 1400. Tag in der 200. Woche und bei Ablauf des 46. Monats, nachdem ich achtundsechzig Vierzehntage-Sendungen und hundert Briefe von dir bekommen habe, und dies mein 114. ist.[2]

Aufhorchen lassen dann aber doch Passagen wie die folgende:

[1] so Lely in seinen Anmerkungen zu der von ihm herausgegebenen Briefsammlung *»L'Aigle, Mademoiselle«*, Paris 1949, S. 153 ff. und in seiner bereits mehrfach erwähnten umfangreichen Biographie, Bd. II, S. 134 ff. (deutsch Düsseldorf 1961, auszugsweise, S. 216 und 217).
Nach Abschluß des Nachwortes stieß ich auf das jüngste Buch von Roland Barthes: *Sade, Fourier, Loyola* (Seuil 1971). Er schreibt auf Seite 183: »Le chiffral est le commencement de l'écriture, sa mise en position libératoire.« (Der Umgang mit Ziffern ist der Anfang der Schreibweise, ihr befreiender Start.)

[2] Sade, A. W. l. c. Bd. I, S. 1153.

Am 28. März schickte er (Gefängnisdirektor Rougemont) zu mir, um 6 Nachtlichter auszuleihen, und am 6. April noch einmal nach 6 Stück, von denen ich ihm aber nur 4 gab. Donnerstag, den 6. Januar, 9 Monate nach der Kerzenanleihe und tatsächlich auf den nämlichen Tag, gab man mir 25 zurück anstelle der 10, die ich geliehen hatte, was ganz sicher 9 Monate Gefängnis zu bedeuten scheint, so daß ich im Ganzen auf 25 komme.[3]

Offensichtlich sucht der Marquis nach Anhaltspunkten, um das Datum seiner Entlassung zu errechnen. Jeder Anlaß scheint ihm recht. Sein extremes Mißtrauen gegen die Welt schlägt in Vertrauen, ja in Glauben um an das, was er im Journal als »sisteme chiffral« bezeichnet. Dieses Ziffernsystem aber entstand – und daran glaubt er bis zuletzt – nicht im eigenen Kopf, sondern in denen der anderen. Im Kopf der Signalisten? Kaum. Ihnen, den »signalisierenden Tieren«,[4] spricht er, wie noch zu beschreiben sein wird, jede geistige Potenz ab.
Und was den Gefängnisdirektor Rougemont betrifft, so weist der Marquis ihm die Rolle eines armen, besoldeten Lakaien, eines niederen »Souffleurs«[5] zu. Er treibt den »Spaß« so weit, ihm ein Zeugnis zur Kenntnisnahme seiner Auftraggeber auszustellen:

Der Unterzeichnende möchte jeden in dieser Sache Interessierten davon in Kenntnis setzen, daß die Person namens Charles Rougemont im Verfolg der Anweisungen, die man ihr in einem Notizheft oder einem Kalendarium zugestellt hat, mir, dem Unterzeichnenden, die Zahl 223 immer und immer wieder vor Augen geführt, sie mir vor- und rückwärts angezeigt hat – und daß er sich dieser Aufgabe stets mit ebensoviel Gewandtheit wie Intelligenz in hundertfach variierter Ausführung allein im Verlaufe dieses Monats, ohne die voraufgegangenen oder die folgenden zu zählen, entledigt hat; demzufolge ich mich gedrängt fühle, ihm dieses Zeugnis auszustellen, das ihm wertvoll sein, ihm bei jeder Gelegenheit dienen wird, insbesondere jedoch, um für die sublime Ausführung seines schäbigen Handwerks in den Besitz des ihm versprochenen Soldes zu gelangen. Marquis de Sade, Hauptmann der Kavallerie[6]

[3] Sade, A. W. l. c. Bd. I, S. 1131.
[4] Sade, A. W. l. c. Bd. I, S. 1133.
[5] Brief vom 19. und vom 22. Sept. 1783.
[6] Sade, *Le Carillon de Vincennes, Lettres,* ed. von G. Lely, Paris 1953, S. 97.

Der Spaß, die Ironie dieses Zeugnisses ist nicht etwa darin zu suchen, daß Sade die Absichten Rougemonts und seiner Auftraggeber bezweifelte; er macht sich lediglich über die plumpe Ausführung lustig, die »sublim« zu nennen er sich darum gefällt. Keiner seiner Briefpartner entgeht, was das Zahlenmachen anlangt, dem Vorwurf der Einfallslosigkeit, der Quacksalberei.[7] So sagt er seiner Frau:

Dabei muß ich zugeben, daß es für mich ein Vergnügen ist, zu sehen, wie dumm Sie sich anstellen und wie unbeholfen Sie Ihre Signale machen.

Und im gleichen Brief vom 8. Februar 1779 sagt er, was er im Prinzip von einem Signalisten hält:

... ein Signalist muß seiner Anlage nach ein ungebildetes Wesen sein, unwissend, einfältig, schwerfällig, sauertöpfisch, er muß ein Blaustrumpf, ein Dummkopf und ein Flachkopf sein.[8]

Und seiner geistreichen Freundin Mademoiselle Rousset wirft er vor:

Sie, die Sie wie ein Engel schreiben, werden unbeholfen und geschraubt, wenn Sie mit Worten, wenn Sie mit Zahlen spielen wollen ...[9]

Schließlich, in einem köstlichen Brief an seinen Diener Martin Quiros, treibt er die abstruse Sinnsuche so weit, diesem ein Gespräch mit seiner Schwiegermutter zu unterstellen, in dessen Verlauf sie gesagt haben soll:

Wenn ich meinen Schwiegersohn nicht im Gefängnis gehalten hätte, würde ich dann 5er, 3er und 8er verheiraten, hätte ich dann 23er und 9er in Übereinstimmung bringen ... können ...?

Hätte ich all das vollbringen können, wenn es mir um das Glück meines Schwiegersohnes gegangen wäre, um die Heilung seines Kopfes und seine Rückkehr zur Tugend? Und wiegen nicht Zahlenverbindungen sehr wohl alle die albernen Handlungen auf, zu denen Sie mir raten? Glück, Tugend, seelische Heilung sieht man

[7] Sade, A. W. l. c. Bd. I, S. 1244.
[8] Sade, A. W. l. c. Bd. I, S. 1033.
[9] Lely l. c. S. 135.

doch alle Tage. Aber Übereinstimmung von Ziffern, Beziehungen, Ähnlichkeiten, dergleichen Dinge werden nur von meinem Liebling Albaret[10] und mir gestiftet.[11]

Die Schwiegermutter und Albaret also sitzen am Tiegel über dem »großen Werk«[12] und beschicken die Souffleure.
Präziser noch sagt er ein paar Jahre später in einem Brief, diesmal an seine Frau, wie dieses Wesen beschaffen sein muß:

Deine Mutter muß regelrecht süchtig und verrückt nach Kombinationen sein, wenn sie das Leben ihrer Tochter aufs Spiel setzt, um eine 19 und 4 oder eine 16 und 9 darzustellen, und wenn sie all dieses seit 12 Jahren nicht überdrüssig wird. Oh, welch ein Klumpen Ziffern lag ihr im Magen, dieser hundsgemeinen Weibsperson! Ich bin überzeugt davon, daß über eine Million Ziffern ihren Eingeweiden entstiegen wären, wenn sie vor diesem vulkanischen Ausbruch gestorben wäre und man ihren Leib geöffnet hätte.[13]

Gewiß hatte Sade Grund, seine Schwiegermutter, die den ungesetzlichen Haftbrief gegen ihn erwirkt hatte, zu hassen. Aber man sollte auch nicht unterschlagen, daß diese Frau ihn mindestens zweimal vor polizeilich rechtlichen Maßnahmen geschützt und erst gegen ihn vorgegangen ist, nachdem er mit ihrer noch ledigen Tochter, seiner Schwägerin, geflohen war. Das heißt, daß Sade selbst an dem Portrait der Schwiegermutter, das nur allzusehr seiner Vorstellung von den Frauen im allgemeinen, beispielsweise der Weiber auf Butua[14] entspricht, gewirkt hat. Sade haßte die Mutter wie das Meer, das weibliche Geschlechtsteil – in seinen Romanen werden die nackten Opfer stets angehalten es zu verdecken – wie die zeugende Natur, die Materie schlechthin.

[10] ihr angeblicher Komplize.
[11] Sade, A. W. l. c. Bd. I, S. 1130.
[12] Sade, A. W. l. c. Bd. I, S. 1242.
[13] Sade, A. W. l. c. Bd. I, S. 1133. Die Eingeweide der Schwiegermutter haben ihn noch öfter beschäftigt; in einem Brief vom 4. Sept. 1784 imaginiert er, wie die Schwiegermutter seine Peiniger anfeuert und läßt sie sagen: ». . . ich kann keine Lust mehr empfinden, mein Bauch schwillt an, ich habe keine Verdauung mehr, meine Nächte sind stürmisch. Herbei, ihr Henker, quält meinen Schwiegersohn ein wenig besser . . . damit ich wieder schlafen, wieder scheißen kann.« (Lely, l. c. S. 255/6)
[14] Sade, A. W. l. c. Bd. II, S. 371.

Nur diese Konstellation vermag zu erklären, warum er die unheilvollen Ziffern, deren er bedurfte und die ihm doch zuwider waren, den Eingeweiden der Mutter entsteigen lassen mußte. Über die religiösen Implikationen der Sadeschen Vorstellungswelt »unter der Maske des Atheismus« hat sich Klossowski geäußert. Dem wäre hinzuzufügen, daß sich auch im Bereich der Ziffern die Abhängigkeit des Libertin von einer außermenschlichen Instanz manifestiert, einer bösen, die Materie verkörpernden »Zauberin«. Die Figur der Schwiegermutter steigert sich zu der eines weiblichen Demiurgen, deren einfältigen Helfershelfern der Gefangene sich preisgegeben fühlt.

Sade, dem die Monotonie der von seiner Frau gesendeten Signale auf die Nerven ging, wie er sagte, versuchte ihrer Fantasie ein wenig aufzuhelfen. Er erteilt ihr Unterricht im Signalisieren, wobei er – merkwürdigerweise – eine von der ihm sonst eigenen Rhetorik abweichende, eher suggestive Schreibweise entwickelt:

Wenn Sie eine 16 und 9 darstellen wollen ... müssen Sie zwei Totenköpfe nehmen ... und während ich im Garten bin, lassen sie dieselben in meinem Zimmer arrangieren, damit ich die Dekoration bei meinem Eintritt vorfinde. Oder aber sie vermelden mir irgendein aus der Provence angekommenes Paket. Ich öffne es voller Eifer ... und dann finde ich sie – und ich bekomme es mit der Angst zu tun (denn ich bin von Natur aus außerordentlich furchtsam ...).[15]

Die Kombination 16 und 9, die schon in dem vorangehenden Zitat auffiel, läßt sich über die Phonetik erschließen (seize et neuf/aufhören und neu). Sie suggeriert ein zentrales Sadesches Thema: Tod und Wiedergeburt.

Und noch einmal auf derselben Sprachebene:

Wenn Sie die 2 anzeigen wollen ... dann müssen Sie es folgendermaßen anstellen. Man müßte in meinem Zimmer ... ein schönes Wesen in der Haltung der Kallypygos von Farnese aufstellen – so wie sie ihn schön präsentiert. Ich hasse diesen Teil keineswegs; ich finde er ist fleischiger als alles übrige, und infolgedessen bedeutet er für einen, der das Fleisch liebt, mehr als das, was flach ist ... Wenn ich eintrete, werde ich zu dem Souffleur sagen, oder

[15] Sade, A. W. l. c. Bd. I, S. 1244.

zu dem, dem er souffliert: Was ist denn das für eine Schändlichkeit? (Allein der Form halber.) Und der Souffleur antwortet dann: Mein Herr, das ist ein Duplikat.[16]

In einem anderen Brief wirft er seiner Frau vor, ihn mit Zahlen zu verbittern statt mit Fleischesfreuden zu heilen. Und in einem langen Schreiben vom Juni 1783 sagt er ausdrücklich: »Wenn ich Monsieur le 6 zu heilen gehabt hätte... ich hätte ihn mit Mädchen in Klausur gesteckt.«[17] So treffend diese psychologische Einsicht auch sein mag, es steht doch zu fürchten, daß ihre Anwendung dem Marquis kaum geholfen hätte. Erinnert sei nur daran, daß er zwar die Fleischesfülle der Magd Gothon[18] in den burleskesten Wendungen schildern mochte, als es jedoch noch Zeit war, sie zu genießen, es vorzog: bewußt ein Tabu zu brechen, den verhängnisvollen »Inzest« mit der Schwägerin zu provozieren. Zu fragen bleibt, ob der eingangs zitierte Zyniker nicht mit Recht Sade eine (geheime) Vorliebe für das Gefängnis unterstellte.

Fest steht nur, daß er nicht bloß das »abscheuliche« Zahlensystem, sondern auch den Ehebruch seiner Frau selbst inszenierte. Im Kopf, versteht sich. Ihr, der er sarkastisch empfahl, sich mit »Zahlen vollzustopfen, vollzusaufen«[19] dichtete er im April 1782 die für ihn gewiß nicht nur lustvolle Vorstellung an, ihn mit seinem ehemaligen Sekretär Lefèvre zu betrügen.

Es ist mir gelungen, Ihr hassenswertes Rätsel aufzulösen. Das Datum meiner Entlassung ist der 7. Februar 82 oder 84 ... Das verabscheuenswerte und dumme Wortspiel beruht auf dem Heiligen dieses Tages, dem heiligen Amandus, und da sich in Februar »fèvre« versteckt, haben Sie den Namen dieses Schuftes mit den Ziffern 5 und 7 verbunden ... Das Datum der Entlassung nach 5 Jahren Haft (oder 57 Monaten) fällt auf den Tag des Heiligen Amandus, den 7. Februar, und der mit 7 und 5 verbundene Le Fèvre ist Ihr Liebhaber.[20]

[16] Sade, A. W. l. c. Bd. I, S. 1243.
[17] Sade, A. W. l. c. Bd. I, S. 1236.
[18] Sade, A. W. l. c. Bd. I, S. 121.
[19] Sade, A. W. l. c. Bd. I, S. 1245.
[20] vgl. Lely, l. c., S. 188. Deutscher Text in A. W. l. c. Bd. I, S. 1184 und 1196 ff.

Diese Vorstellung hat ihn, scheint es, nie verlassen. Noch im Journal erwähnt er einen gewissen Lefèvre – ein im Französischen sehr häufiger Name – und fragt die begehrte Magdeleine nach ihren Beziehungen zu diesem Menschen, ja, er verbietet ihr mit ihm zu sprechen.

* *
*

Sades Bezugnahme auf den Heiligen Amandus fordert eine Erklärung heraus. Nicht nur waren ihm wie jedem guten Katholiken die Tage des Heiligenkalenders präsent, er las überdies die im Laufe des 18. Jahrhunderts zunehmend auch von den gebildeten Schichten konsumierten jährlich erscheinenden Almanache. Er nimmt sogar in seinen Berechnungen unter dem 7. Januar 1808 darauf Bezug. Neben dem Heiligenkalender, dem Fahrplan für die reitende und fahrende Post, astrologische Berechnungen, Voraussagungen, Lebensweisheiten und Anekdoten enthielten diese auch »historische Zeitangaben«, wie etwa die folgende:

Seit Erschaffung der Welt zählen wir 5837
seit der großen Sintflut 4182
seit Christi Geburt 1792
seit der Einführung des Gregorianischen Kalenders 251
seit der Reformation 254
seit der Erfindung der Buchdruckerei 297
seit der Erfindung des Pulvers 473 Jahre[21]

Formal durchaus denen des Marquis vergleichbar. Desgleichen mag man auch an das im 17. und 18. Jahrhundert sehr beliebte, in mehreren Auflagen erschienene Büchlein »récréations mathematiques«[21] denken, das Monsieur de Sade in seiner Bibliothek in Charenton stehen hatte. Wie dieses Buch, das in amüsante rechnerische Tricks einweiht, zeigt, war der Umgang mit der Mathematik damals eine Art Gesellschaftsspiel, bei dem man mehr oder minder brillieren konnte.
Vergleichbarer als derartige zeitgenössiche Ergötzlichkeiten erweist sich jedoch der Brief eines Schizophrenen des 20. Jahrhunderts, den mir freundlicherweise Professor Leo Navratil aus Wien zur Verfügung stellte:

[21] Zit. nach G. Bollème, *Les Almanachs populaires*, Paris 1969, S. 13.

»Liebe Eltern Melbourne
Traude Edmund! ca. 27. Okt. 1957
Viele herzliche Grüße! Es fällt mir sehr schwer, eindeutig zu schreiben, weil dauernd Leute in meiner näheren Umgebung sind, die mich für ihre Zwecke ausnützen wollen. Ohne verrückt zu sein, kann ich sagen (besser nur schreiben), daß ganz Australien und noch viel mehr gegen uns und mich geht. Ich kann mir nicht vorstellen, daß in F... alles so ganz normal ist (auch in Baden und in ganz Österreich!?).
Es ist den Leuten hier schon verschiedentlich gelungen, mich in dreckige Sachen hineinzuziehen, aber ich habe mich halt so durchwursteln können.
Ich habe nie an Zauberei geglaubt, aber jetzt sehe und erlebe ich täglich so viel fürchterliche Zaubereien – mit mir, meinen Geburtsdaten, Zeugnissen usw. – das heißt, alle meine Daten gehen auf die Ziffern 1, 0, 10, 11, 12, 21, 33 und speziell auf 13 auf, auch auf 20, 27 und 3, 7 und 30. Man rechnet hier mit allem und vor allem mit mir, um mich hier festzuhalten.
Ich glaube, Christus hat es in der Hölle leichter gehabt als ich in Australien. Ich kann nun schon selbst ein wenig rechnen und versuche mein möglichstes, um ihnen ihre Zauberei möglichst schwer zu machen.
Grüße an die Tanten, Sissi, Kinder Dorit, Norbert, Onkel Fabi, Tante Hilda, Baby, an Großmutter, Paula und alle anderen
(Das Gesindel hat schon wieder Hypnose versucht.)«

* *
*

An zwei Stellen seines Werkes hat Sade selbst zu diesem merkwürdigen Phänomen Stellung genommen. Einmal in dem hier veröffentlichten Journal:

Ich habe in diesem Tagebuch niemals über meine Ideen und meine Vorstellungen gesprochen, aber der Eifer, in dem man sich gefällt, ständig die 23 und die 17 zu allen Epochen meiner verschiedenen Verhaftungen zu signalisieren, bringt mich auf die Idee, daß am 7. Mai 1808 wiederum eine schöne 23 und 17 zustande kommt, weswegen ich auf dieses Datum natürlicherweise einige Hoffnung gründe, um so mehr, als ich mich im Mai verheiratet habe und diese Zahlen die meines damaligen Alters und des Datums jenes traurigsten Tages meines Lebens sind; Grund genug, mit ihnen meine Ketten zu beschmutzen; denn sie sind es ja, die sie geschmiedet haben...

Sade hat mit 23 Jahren am 17. Mai eine fade Frau geheiratet. »geliebt« hat er offenbar nur seine Schwägerin, deren Bild –

eine Miniatur – noch in seinem Zimmer in Charenton neben dem seiner Mutter und seines Großvaters hing. Möglicherweise könnten Alter und Geburtstag dieser am 13. Mai 1781 an der Pest gestorbenen Frau Aufschluß über das Sadesche Ziffernsystem geben; doch man kennt diese Daten nicht.
In jedem Fall muß es erstaunen, daß Sade, obwohl er an der Fiktion festhielt, daß die Zahlen nicht dem eigenen Kopf, sondern den Eingeweiden des bösen Weibes entsprangen, fähig war, darüber zu reflektieren, sogar eine Teileinsicht in den Ursprung des Wahns zu nehmen vermochte. Dieser psychologische Scharfblick zeichnet ihn vor vergleichbaren, bekannt gewordenen Fällen aus. So etwa vor dem eines sadistischen Neurotikers, von dem Stekel berichtet, der seinen komplizierten Berechnungen die 22 seines Geburtsdatums zugrundelegte.[22]
Dem wenigen Material zufolge, das ich zu diesem Thema erreichen konnte[23], liegt derartigen Zahlenversuchen und Zahlenspielen der Wunsch zu Grunde, offenbar nicht bewältigte Gefühle abzuwehren. Sie zeugen von dem Verlangen nach Geometrisierung, nach Formalisierung, dem Bedürfnis, Ordnungen zu stiften.[24]
Die zweite Äußerung steht in den Notizheften von 1803/04:

Das von diesen einfältigen Halunken, sowohl in der Bastille, als auch von meiner letzten Haft angewandte System der Zeichen und Chiffren barg überdies noch die besondere Gefahr in sich, daß ich mich daran gewöhnte, an Phantomen, die meiner Hoffnung günstig schienen, und am Hypothetischen festzuhalten, die diese Hoffnung nährten. Das hat meinem Geist den Zug zum Sophismus gegeben, den man in meinen Werken tadelt.[25]

Sade selbst stellt die Frage nach dem Zusammenhang von Zahlensinn und Schreibweise.

[22] Wien 1925, S. 338 ff.
[23] Hugo Hellmuth, *Imago* 4, 1916.
Paul Schilder, *Imago* 22, 1936.
Leo Navratil, dtv. Nr. 287, S. 97–100.
[24] Die Frage, ob darüberhinaus Zahlensinn und Sadismus (Zwangscharakter, Ritualismus) zu einem gemeinsamen Syndrom gehören, muß einstweilen offenbleiben. Bezeichnend scheint allerdings, daß Roland Barthes Ignatius von Loyola neben Sade stellt, wenn auch ohne psychischer Gemeinsamkeiten Rechnung zu tragen.
[25] Sade, A. W. l. c. Bd. III, S. 1013/14.

II

Notwendig darüber nachzudenken, wichtig, es noch einmal zu lesen.

So redet Monsieur de Sade in seinem Journal mit sich selbst. Gerade die Dürftigkeit dieses Textes läßt manche Charakteristika der Sadeschen Schreibweise deutlicher als in seinen Werken hervortreten, wo oftmals in Rhetorik untergehen. Ebensowenig wie hier hat Sade sich dort (es sei man denke an die wundervollen Briefe für Milli Rousset) zu einer dialogischen Aussage verstanden. Statt von Partnerschaft zeigt sich sein Schreiben beherrscht von Revanche. Und im Tagebuch des Greises ist selbst der Gegner ausgeschaltet. Monsieur de Sade will nicht mehr provozieren. Er rechnet mit keinem Leser, nur mit sich selbst und schreibt für sich selbst. Dabei ist ihm offenbar die verkürzte Schreibung die liebste, und es kommt ihm, wie sich schnell ausmachen läßt, dabei nicht nur auf eine Kodierung an. Die Mitteilung scheint grundsätzlich wichtiger als das ausgeschriebene Wort; weswegen er auch ganz wahllos verfährt; den Namen des Direktors Coulmier beispielsweise bezeichnet er mal mit C., mal mit Coul., mal einfach mit »er«. Mal wählt er als Abkürzungszeichen den einfachen Punkt, mal den Doppelpunkt; auch die Schreibung der Worte handhabt er selbst für die Maßstäbe seiner Zeit außerordentlich nachlässig. Überfliegt man dieses Schriftbild, glaubt man es mit einem Menschen zu tun zu haben, der nicht gern viel Worte macht, jedenfalls mit keinem, der ein vielbändiges Werk hinterlassen hat. Gab es je Zeiten, in denen der Gefangene von Charenton das Bedürfnis verspürte, Worte zu machen?
Dank der unermüdlichen Forschungen von Maurice Heine und Gilbert Lely kennen wir heute einige Entwürfe und Pläne zu späteren Werken, die insofern dem Journal vergleichbar sind, als sie für keinen Leser bestimmt waren. So vor allem die 111 Notizen[26], die Sade sich machte, als er die einbändige Fassung der Justine in die endgültige 10-bändige umdachte. Eine Szene, die im Endzustand viele Seiten umfaßt, liest sich im Entwurf so:

[26] Sade, A. W. l. c. Bd. III, S. 163 ff.

LII

die tribade victorine
arschfickt einen knaben
während man sie
abwechselnd in der scheide
und am arsch vögelt
derweilen leckt sie
die scheide einer
frau eine andere
frau züngelt letztere
um sie heftiger zu erregen
sie entlädt sich schreiend

Eine Reihung von Tätigkeiten und Körperteilen, eine mechanistische Aufzählung der Verrichtungen. Wie ein Automat bietet die Tribadin Victorine die verschiedenen Möglichkeiten ihres Körpers dar. Sie ist nicht als Person beschrieben, sie verfügt über Öffnungen.

Oder man schaue sich die Reihe der verderbten Mönche an, auch sie bleiben ohne individuelle Merkmale, ihre Tätigkeiten erweisen sich als Variationen des einen Verrichtungszwangs, weniger eines Triebes – ihre Vorlieben sind auswechselbar.

XLV

Severino hat einen mächtig dicken Schwanz
und fickt nur im Arsch.
Clemens zwickt, schlägt,
sticht, brennt, peitscht etc.
Antonius vögelt in der Scheide,
aber quält auch
er leckt, und läßt sie
in seinen Mund pissen
Ambrosius, großer Sodomit
ein winziger Schwanz, er läßt sich
peitschen und in den Mund scheißen.
Sylvester liebt die Scheide, aber
er will, daß die Frau scheißt,
während er vögelt.

So auch Jeronimus:

LIII

liebhaberei des jeronimus
er läßt mal ein

mädchen mal einen
knaben über seinem kopf
peitschen das blut rinnt in strömen
über sein gesicht

Schließlich die Orgie bei den Gernandes. Hierzu bedarf es einer Vorbemerkung: Die »libertine« Gesellschaft hat einen Gott installiert, der auf Befragen Papierrollen ausspuckt, auf denen jeder die ihm verordnete »Schändlichkeit« lesen kann:

XCV

...... jeder schreibt auf eine tafel
eine sinnliche begierde nach seinem geschmack
diese leidenschaften werden zu füßen des göttlichen
sinnbildes vollzogen. victor frau von verneuils
sohn mißhandelt seine eigene mutter
sein vater erregt ihn und seine schwester dient
ihm als lohn. bei einer weiteren spielrunde
wird der gott nach anderen arten der
lustbefriedigung befragt und dementsprechend
schließt sich
jeder mit den vom orakel genannten personen ein,
verneuil verführt justine ein pulver
zu verteilen das jedem der es schluckt
oder einatmet einen jähen tod
bereitet. das ist eine von verneuils
leidenschaften. verherrlichung des gifts, verneuil läßt
sie scheißen, er ißt den kot und verlangt daß man
den seinen verzehre.
diejenige, der er seine scheiße aufzwingt
übergibt sich, er verschlingt, was sie von sich gibt.
. . . .
...... die szene endet mit einem
allgemeinen aderlaß an 12 personen, cecile wird
verletzt und stirbt an dieser wunde, werk
ihres bruders.

Vorlieben, Verrichtungen, die Sade selber wie in einem noch zu zitierenden »köstlichen Fall« aus den 120 Tagen auszuwechseln empfahl. Die Beschreibung des Genusses – und sei es eines sadistischen Genusses –, die Beschreibung des Fleisches interessiert ihn offensichtlich nicht. Der Genuß wird postuliert. Nachdem die Opfer beschafft sind, brauchen sie nur noch geordnet, kombiniert oder zerlegt zu werden. Seine Vorliebe für die entfleischte, skelettartige Schreibweise schließt nicht aus, daß Sade in den Endfassungen nicht umhin konnte oder wollte, die Reize der zu schändenden Opfer zu beschreiben. Doch diese Portraits geraten ihm verdächtig konventionell, sind einem tradierten Schema entlehnt. Justine wird mit den Worten eingeführt:

Eine jungfräuliche Erscheinung, große blaue Augen voller Mitgefühl, eine blendende Haut, eine schlanke und leichtfüßige Gestalt, eine ergreifende Stimme, elfenbeinerne Zähne und schönes blondes Haar...

Und ihre Leidensgenossinnen im Kloster von Sainte-Marie-des-Bois:

Florette war die jüngste der Frauen... Sie hatte braunes Haar, sehr hübsche Augen und pikante Gesichtszüge.

Cornelia war etwa sechzehn Jahre alt und blond. Sie hatte ein interessantes Gesicht, schönes Haar, eine blendende Haut und die denkbar schönste Figur.

Sade schenkt sich nichts. Immer wieder finden sich in seinen Büchern Galerien von Portraits, langatmige Beschreibungen, die er, der sich so gern als »homme de lettres« bezeichnete, sich offenbar schuldig zu sein glaubte. Merkwürdigerweise schätzt er ja auch seine den literarischen Mustern der Zeit konformen Werke, die Novellen und Theaterstücke, sehr viel höher ein als die Werke, um derentwillen man sich im 20. Jahrhundert mit ihm nicht aufhört zu beschäftigen. Die Mühe, die ihn die Darstellung sinnlicher Reize gekostet haben mag, zeigt eine Anmerkung von seiner Hand zu den unausgeführten Teilen der 120 Tage von Sodom:

»Man muß [und damit meint er den Autor Sade] die Brüste der Dienerinnen ein wenig besser beschreiben und mehr von Fanchons Krebsgeschwulst erzählen. Auch etwas über die Gesichter der Kinder.«[27]

Gesichtslos sind die Objekte. Und die Handlungen, die an ihnen vollzogen werden?

[27] Sade, A. W. l. c. Bd. I, S. 215.

Bekanntlich ist das meistverlegte Werk des Marquis de Sade, die Justine, ein Thesenroman. Es geht um den Nachweis, daß die Tugend auf dieser Welt scheitert, das Laster hingegen floriert. Im Vorwort heißt es: »Es ist an der Zeit, daß die Dummen endlich aufhören, das lächerliche Idol der Tugend zu beweihräuchern ... Es ist viel richtiger, sich den Bösen zuzugesellen, denen es gut ergeht, als den Tugendhaften, die scheitern.« Wie ein kleiner Automat reagiert Justine auf alle ihr entgegengebrachte Bösartigkeit mit einem stets erneuerten Vorrat an Tugenden. Sie wird in praefabrizierte Situationen gesetzt, über deren Ausgang der Leser nach den ersten 20 Seiten keinen Zweifel mehr haben kann: Sie bietet einer Bettlerin ein Almosen an, die daraufhin herzuspringt, um ihr die Börse zu entreißen. Sie enthüllt einer Mutter den Mordanschlag des Sohnes, um daraufhin von dieser Mutter als Lügnerin davongejagt zu werden usw. Justine – fleischlos, gesichtslos, eine Abstraktion – ist wie die Opfer der 120 Tage »für die Welt schon gestorben«.[28]

Um nicht Gefahr zu laufen, ein einseitiges Bild zu vermitteln, scheint es zweckmäßig, sich auf den Kern des Sadeschen Werkes zu besinnen. Sade hat es unternommen, von seiner eigenen sexuellen Veranlagung (eher homosexuell als heterosexuell, eher Masochist als Sadist) ausgehend, in einer nahezu vollständigen Aufzählung alle denkbaren sogenannten Perversionen – einschließlich aller Partialtriebe, aller exkrementalen Bedürfnisse, die bei ihm auf die Zerstörung der menschlichen Ordnungen zielen – darzustellen und ihre Daseinsberechtigung in ekstatischen Plädoyers zu manifestieren. Allein schon in der Benennung der bislang Unbenannten lag und liegt die subversive Gewalt seines Werkes.

Soweit wäre das Bekannte, Grundlegende formuliert, aber das ist nicht alles. Im selben Zug, wie er die menschlichen Ordnungen als institutionelle Willkür, die er nicht zuletzt am eigenen Leibe erfahren wollte oder mußte, entlarvt, entwirft er neue Ordnungen. Ich denke jetzt nicht an die Gesellschaftsutopien, die hier nicht zur Debatte stehen. Ich meine die Hausordnungen in den Schlössern und Klöstern, in denen man die Opfer gefangen hält, und ich meine vor allem die se-

[28] So exakt formuliert von dem Herzog de Blangis in Sade, A. W. l. c. Bd. I.

xuellen Arrangements. Stößt man bei deren Lektüre immer wieder auf den kaum variierten Satz: »Augenblick, laßt uns ein wenig Ordnung in unsere Genüsse bringen.« Oder noch kruder: »Freunde, bringt Ordnung in eure Verrichtungen.« Die geradezu arithmetisch errechneten Pyramiden der Lust (wie etwa bei der Geburtstagsparty der Gernandes[29]) müssen verblüffen. Man schaue sich nur den bereits erwähnten Fall 89 der 120 Tage an:

Er nimmt sich 15 Mädchen in Dreiergruppen vor; eine peitscht, eine saugt, die nächste scheißt; dann peitscht jene, die geschissen hat – die, die gelutscht hat, scheißt und die, die gepeitscht hat, saugt. So passiert er sie alle fünfzehn; er sieht nichts und hört nichts; er ist trunken vor Verzückung; eine Zuhälterin leitet das Ganze. Er wiederholt diese Partie sechsmal in der Woche.

Dazu vermerkt der Marquis am Rande:

Diese Episode ist köstlich, und ich kann sie nur empfehlen; sie muß sehr schnell vonstatten gehen; jedes Mädchen soll 25 Peitschenhiebe verabreichen, und jeweils während dieser fünfundzwanzig saugt die erste und scheißt die dritte. Wenn er möchte, daß jedes Mädchen 50 Schläge austeilt, würde er 750 empfangen, was keineswegs zu viel ist.[30]

Die sexuelle Lust läuft nach Plan. Sie wird strengsten Kalkulationen unterworfen. Die Sadeschen Protagonisten kennen die Höhepunkte ihrer Lust im voraus. Jede Szene wird von ihnen sorgfältig vorausberechnet. Man kommt zu dem paradoxen Schluß: Sexualität wurde kaum je so gebändigt dargestellt wie bei Sade. Er verletzt zwar unentwegt die Tabus der Gesellschaft, er bricht die Regeln, schöpft die Lust aus dem Verlangen nach Überschreitung, doch nur um neue Regeln aufzustellen. Hier wird kein freies Spiel der Lüste beschrieben, sondern ein strenges Ritual erfüllt. Man denke nur an den Ritualismus der zitierten 95. Notiz. Selbst der Mord – wer möchte hier von Lustmord sprechen – wird tabellarisch erfaßt. Gegen Ende der 120 Tage von Sodom machen die Libertins ihre Rechnung auf:

[29] Sade, A. W. l. c. Bd. III, S. 416.
[30] Sade, A. W. l. c. Bd. I, S. 363.

Folgende Zusammenstellung zeigt die Verwendung aller Objekte, die ihrer insgesamt 46 waren:

Nämlich	
Herren	4
Duegnas	4
in der Küche	6
Erzählerinnen	4
Beschäler	8
Knaben	8
Ehefrauen	4
Junge Mädchen	8
Summa summarum	46
Von dieser Zahl wurden 30 abgeschlachtet	
und	16
kehrten wieder nach Paris zurück.	
Fazit:	
Vor dem 1. März in den Orgien Getötete	10
nach dem 1. März	20
und es kehrten zurück	16
Personen summa summarum	46[31]

Tabellen waren Sades Leidenschaft – auch noch in Charenton. So die abstruse Tabelle zur Errechnung des möglichen Entlassungstermins:

Meine Haftzeit hat bislang gewährt:	11 Jahre, 10 Monate
es blieben mir als noch um 20 Jahre vollzumachen	8 Jahre, 2 Monate
	20 Jahre
Die Summe der zweiten Haftperiode beläuft sich auf	8 Jahre, 2 Monate
dazu die bereits erledigten	11 Jahre, 10 Monate
insgesamt	20 Jahre

Die Quantität ist offenbar eine essentielle Kategorie für Sade. Die Objekte der Lust sind beliebig ersetzbar, ein Verbrechen[32] nicht mehr wert als das andere, jede »Passion« kennenswert, keine zu verachten. Auf die Psychologie seiner Li-

[31] Sade, A. W. l. c. Bd. I, S. 430.

[32] Darum scheint die eine hierarchische Ordnung voraussetzende Bezeichnung »Baum« des Verbrechens, die Roland Barthes offenbar von Fourier auf Sade übertragen hat, problematisch. (l. c. S. 34)

bertins gewendet, ergibt sich daraus: Wiederholung statt Reue. Auf die Struktur seiner Romane gewendet: Reihung – vergleichbar dem Prinzip des Schelmenromans – statt kontinuierlicher Romanhandlung. Auf die Schreibweise: Benennung statt Evokation.
Der Genuß scheint abhängig von der Quantität, nicht der Qualität der Objekte. Auf die Vielzahl kommt es an. Auf das Zählen, sei es der Opfer, sei es der zu exerzierenden »Passionen« (in den 120 Tagen sind es 4 mal 150). Nicht der fleischliche Genuß, die abstrakte Vorstellung stimuliert.[33] Eine dem Fleisch entfremdete Lust. Und weil der Sadesche Libertin das Fleisch eben nicht genießen kann (dem Autor Sade die Beschreibung eines Busens offensichtlich kein Vergnügen macht), braucht der Libertin seine Opfer reihenweise[34], kaum je nimmt er sich die Zeit, ein einzelnes Opfer langsam bis ans Ende genießend zu Tode zu quälen. Nicht Blut will er sehen (Sade selbst war im Jahr 1893 bei der Unterzeichnung eines Todesurteils in seiner Sektion einmal übel geworden), sondern Zeichen setzen. Es scheint also so, daß Sade die alte Ordnung nur zerstrümmern will, gegen Gesellschaft und Familienbande zu Felde zieht, um eine neue Ordnung zu erstellen, strenger, ritualisierter als die alte noch.

Dabei spielt auch die viel beredete Dialektik von Tabu und Überschreitung, die einander zu steigern vermögen, nur eine sekundäre Rolle. Eine Überschreitung in dem Sinne, wie Bataille sie versucht hat begreifbar zu machen, findet in Sades sexuellen Gruppierungen gar nicht statt. Sie wird erst in den Ansprachen der Libertins, ihren ekstatischen Plädoyers erreicht, über deren explosiven Charakter hier zu sprechen zu weit führt. In den gemeinsamen Orgien, jedenfalls, kaum je zur Entfesselung. Diese verlaufen stets nach System, in den vorgeschriebenen Bahnen ihres Schöpfers. Die Sadeschen Libertins stehen unter einem Zwang, einem ihnen verordneten Stress. Das hat einer der kritischsten und darum vielgeschmähten Sade-Forscher, Paul Bourdin, bereits vor 40 Jahren vermerkt:

[33] Vgl. Sade, A. W. l. c. Bd. I, S. 205: »Ich bin vollkommen überzeugt, daß es nicht das Objekt der Lust, sondern die Idee des Bösen ist, die uns erregt.«

[34] Adorno und Horkheimer sprechen von »Sportsriegen«, Dialektik der Aufklärung, Frankfurt, 1969, S. 95.

»Nichts Entfesselteres als die Phantasie des Marquis, nichts Mechanischeres als das Muster, in das sie gewebt ist. Sie erinnert an die mit Pierrots und Narren beladenen Wagen, die an einem Karnevalstag auf einer vorgeschriebenen Straße fahren.«

Mit Narren beladene Wagen? Zahlenwahn? Schizophrenie? Psychose? Es soll hier nicht darauf ankommen, die Verleumdungen[35], unter denen das 19. Jahrhundert das Sadesche Werk begraben hat, wieder zu beleben. Aber gerade die Beschäftigung mit der »moralischen Behandlung« der Irren, wie sie der im Anhang zu Worte kommende Pinel praktiziert hat, legt es nahe, die Sadeschen Rituale neu zu überdenken. Versucht man einmal den Wahnsinn, wie Foucault vorschlägt, als eine Wahrheit des Menschen zu begreifen, so wie man sich inzwischen dazu verstanden hat, die sexuellen Wunschträume als eine Wahrheit des Menschen anzusehen, ergibt sich eine erschreckende Parallele: Wie Pinel, der in Bicêtre den Wahnsinnigen die Ketten abnahm und sie durch die Autorität seines Blickes, die strenge Güte des Familienvaters zur Bezähmung ihres Deliriums, ihrer Wahrheit zwang, so durchzieht Sade die zur Entfesselung treibenden Orgien der Libertins mit dem Reglement der von ihm vorgeschriebenen Rituale. In beiden Fällen findet zugleich mit der Befreiung eine Verinnerlichung, bei Sade genauer gesagt eine unbewußte Umsetzung, der Repression statt.
Das Verlangen nach Zerstückelung sowie das Verlangen nach Ordnungen, die Suche nach Gesetzen und Systemen, die sich am dürftigsten, aber darum auch am bezeichnendsten in dem Ziffernsystem niedergeschlagen haben, konstituieren das Sadesche Werk. Sade hatte offenbar nicht das Bedürfnis, Worte zu machen, oder er war zu befangen, um sich dem freien Spiel der Assoziationen zu überlassen.[36]
Die polymorph perverse Sexualität, die hier zum ersten Male

[35] Von *Meyers Konversationslexikon* von 1907 auf den lapidaren Satz summiert: »Die letzte Zeit seines Lebens war er geisteskrank.«

[36] Darum fehlten ihm, wenn man so will – wie einer der kenntnisreichsten bürgerlichen Geisteswissenschaftler, Mario Praz, schreibt – »die elementarsten Voraussetzungen des Schriftstellers«. Für Roland Barthes, indes, ist Sade »un fondateur de langue«. Diesen Urteilen ließe sich die überspitzt formulierte Behauptung hinzufügen: Sades durch Reihung, Ordnung und Kombination gekennzeichnete Schreibweise enthüllt eine fatale Neigung zum Gefängnis.

zur Formulierung gelangt, wird in dem Moment, da sie sich zu erkennen gibt, bereits entfremdet. Die Sadeschen Libertins stecken in einer Zwangsjacke. Die von ihnen praktizierte Lust ist bereits entfremdete Lust. Sie beherrscht, wie Apollinaire schon im Jahr 1909 zu prognostizieren sich getraute, das 20. Jahrhundert.[37]

Marion Luckow

[37] Der hier ein wenig entfremdete Satz von Apollinaire heißt wörtlich: »... dieser Mann, der im 19. Jahrhundert nicht zu zählen schien, könnte sehr wohl das 20. Jahrhundert beherrschen.«

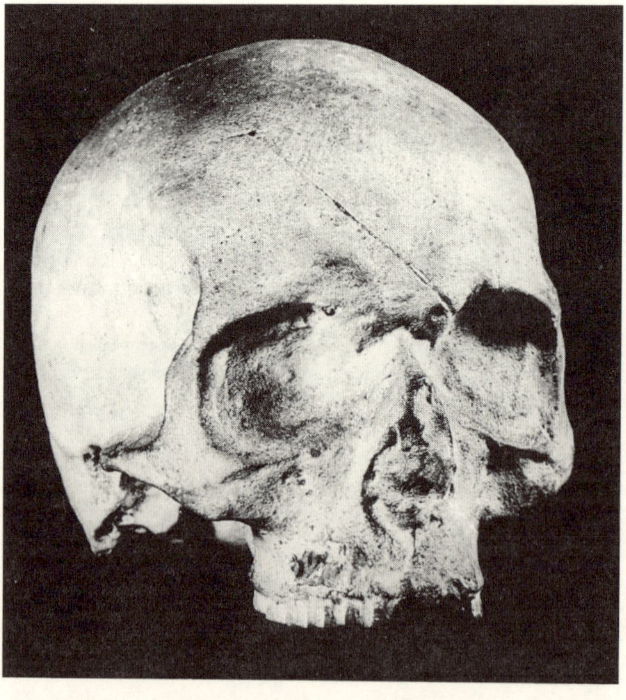

Der Schädel des Marquis de Sade (Abguß)

Editionsnotiz

Die hier neugedruckten *Letzten Aufzeichnungen und Kalkulationen* Sades aus den Jahren 1807, 1808 und 1814 und die sie ergänzenden Dokumente wurden erstmals 1970 von Georges Daumas unter dem Titel *Journal inédit* im Pariser Verlag Gallimard nach den sich im Besitz der Familie de Sade befindlichen Handschriften veröffentlicht. Marion Luckows sorgfältige und kompetente Übersetzung (einige kleine Irrtümer werden im folgenden richtiggestellt) erschien 1972 als Band 90 der Reihe Hanser. Ihre Ausgabe zeichnet sich in der Galerie der mitttlerweile erschienenen englischen, italienischen und spanischen Übersetzungen dieses Textes durch ein profundes Nachwort aus, das den einsamen Kabbalisten von Charenton im Kern seiner schreibenden und chiffromanen Spekulationen erfaßt.

NB: Auszüge aus dem *Journal inédit* in deutscher Übersetzung finden sich auch in Albert Drachs *In Sachen de Sade* (Düsseldorf 1974, insbes. S. 318f.).

Errata et addenda

Seite 11, Zeile 10f.:	Die Authentizität von Nodiers Schilderung wird durch die Darstellung »Charles Nodier and the marquis de Sade« von A.R. Oliver (*Modern Language Notes* 75 [1960], S. 497–502) erschüttert.
Seite 23, Anm. 1:	»aus *acht* Heften«, richtig: *einhundertacht.*
Seite 25, Anm. 5:	Das erwähnte Nachlaßinventar wurde erstmals in Maurice Heines Buch *Le Marquis de Sade* (Paris 1950, S. 366f.) veröffentlicht und von Gilbert Lely in verschiedene Auflagen seiner Sade-Biographie übernommen.
Seite 26, Zeile 26:	Hier dürfte der Kardinal Maury gemeint sein, der in seiner Funktion als Erzbischof von Paris am 6. Oktober 1812 höchstpersönlich an einer Aufführung in Charenton teilnahm und von Sade mit einem Gelegenheitsgedicht begrüßt wurde.
Seite 31, Zeile 6:	besser: ... *in den Zeitungen spreche man (noch immer) von mir.*
Seite 32, Zeile 5:	Das von dem Verleger Nicolas Massé herausgebrachte Buch (im Original heißt es: »qui a fait le livre *Ma persécution de 7 ans*«) konnte bis heute noch nicht identifiziert werden.

Seite 39, Zeile 32: [Hinweis: An dieser Vorführung nahm August Friedrich Schweigger teil. Siehe Seite 166ff. des vorliegenden Buches.]

Seite 43, Zeile 8: besser: ... *er bringe den Band über Ludwig XV. zurück.*

Seite 47, Zeile 14: richtig: *Echauffour* (Stammsitz der Familie Merteuil in der Normandie, der Sades Frau entstammt, und damaliger Aufenthaltsort derselben).

Seite 53, Zeile 35f.: oder aber: ... *daß Despres wegen der Bibliothek etwas unternommen habe* (s.a. unten zu S. 55, Zeile 16f.).

Seite 55, Zeile 16f.: eher wohl: ... *versprach, in der Zwischenzeit bei Normand vorbeigehen zu wollen und sich um die Bibliothek zu kümmern* (hier ist ungewiß, ob es Sade um die Wiedererlangung seiner eigenen Bibliothek geht, oder ob es sich um einen Botengang seines jüngsten Sohnes handelt: Donatien-Claude-Armand de Sade ist zwischen dem 22. Februar 1806 und den 8. April 1808 fünfmal als Entleiher verschiedener Werke in den handschriftlichen Leihregistern der Pariser Bibliothèque Nationale verzeichnet).

Seit 61, Zeile 11: richtig: *den 2. oder 3.* [Band des Romans *L'Abbaye de*] *Grasville* (von George Moore; der Roman findet sich im o.a. Nachlaßinventar).

Seite 63, Zeile 29: ob es sich hier um »Blitzbesuche« oder Besuche, die lediglich angekündigt wurden, oft aber nicht stattfanden, handelt, läßt sich mit Sicherheit nicht sagen. Sade verwendet einen Neologismus »elle ne vient vous voir qu'*en thelegraphe*«. Die erste öffentliche optische Telegraphenverbindung war 1794 zwischen Lille und Paris in Betrieb genommen und von Zeitgenossen auch als »Avertisseur« bezeichnet worden.

Seite 68, Zeile 8: *Sie nahm den »P[ortier] des C[hartreux]«* mit (erotischer Roman von Gervaise de Latouche).

Seite 79f.: Zu Person und Werk des Hippolyte de Colins vgl. Ivo Rens, »Colins et Sade«, in: *Res Publica, Revue de l'Institut Belge de Science Politique* 13 (1971), S. 125–140.

Seite 140, Anm. 21: Anm. 21 wurde versehentlich zweimal gezählt. An der zweiten Stelle sollte wahrscheinlich ein Hinweis auf das erstmals 1694 in Paris erschienene Werk *Récréations mathématiques et physiques* des französischen Mathematikers Jacques Ozanam (1640–1717) stehen, das im 18. Jahrhundert in einer Neubearbeitung mehrere Auflagen erlebte und zur Lektüre Sades zählte.

Das Auge der Vernunft

> »Einem çi devant Marquis, der stumm aus dem Fenster sah, sagte ich ein Compliment über den Ort, er drehte sich um, und sagte: ja, wohl ist Charenton ein schöner Ort, es sind da lauter Narren.«
>
> K. A. Rudolphi, *Bemerkungen aus dem Gebiet der Naturgeschichte, Medicin und Thierarzneykunde, ... Zweiter Theil,* Berlin 1805, S. 281.

Kaum eine Episode aus Sades Leben ist zu solch legendärer Berühmtheit gelangt wie der letzte und traurigste Akt seines langen Gefangenendaseins, wie seine Inhaftierung in der Irrenanstalt des ein bis zwei Fußstunden von Paris am Zusammenfluß von Marne und Seine gelegenen Dorfes Charenton. Peter Weiss' Stück *Die Verfolgung und Ermordung Jean Paul Marats dargestellt durch die Schauspielgruppe des Hospizes zu Charenton unter Anleitung des Herrn de Sade* aus dem Jahre 1964 formte die Legende zu einer Parabel auf das Schicksal der Intellektuellen der Sechziger Jahre um, und diese standen nicht an, sich auf die vorgegebenen Worte *Revolution, Fornikation* und *Alienation* ihren eigenen Reim zu machen.
Studentenrevolte, mehr oder minder erfolgreiche Kampagnen zur sexuellen Befreiung und Antipsychatrie schufen in den Folgejahren günstige Voraussetzungen zur Aufnahme eines bis dahin mehr diskutierten als gelesenen Werkes, dessen Autor bald nicht mehr (nur) als »Befreier des Sexus« angesehen wurde, sondern in wachsendem Maße Anerkennung als Schreibmeister der Moderne fand. Mit dem Erscheinen des ersten Bandes von Sades Werken im Pantheon der französischen Literatur, in der *Bibliothèque de la Pléiade,* findet diese Entwicklung ihren vorläufigen Höhepunkt.
So, wie Sades endgültiges literarisches Coming-out ein Werk des 20. Jahrhunderts ist, ist auch seine Haft in Charenton, wo er die letzten elf Jahre seines Lebens verbrachte, nur im Kontext der Ereignisse jenes langen Aschermittwochs verständlich, der Frankreich mit dem Konkordatsbeschluß von 1801 und Napoleons Kaiserkrönung 1804 für Jahre in einer Atmosphäre der Bespitzelung und geistigen Kleinkrämerei fasten ließ. Die Früchte der Aufklärung waren nur noch in homöopathischen Dosen zugelassen, – geistige Koliken können kriegführende

Länder nicht brauchen –, und so giftige Nahrung wie *Justine, Die Philosophie im Boudoir* oder *Die neue Justine, gefolgt von der Geschichte der Juliette,* allesamt während der sofort nach 1789 einsetzenden Phase weitgehender Druckfreiheit erschienen, mußte nebst ihrem Autor aus dem Verkehr gezogen werden. In einem der frühesten Berichte über Aktionen gegen die *Neue Justine* heißt es denn auch, man dürfe »die dämonischen Hervorbringungen des verbrecherischen Autors dieses Romans« auf keinen Fall »unter der Bezeichnung *Literatur* firmieren lassen«.[1]

Die Polizei reagierte schnell. Sades Verhaftung und die Beschlagnahmung von 1000 Exemplaren des inkriminierten Werkes erfolgten am 6. März 1801. In den Spitzelberichten, die der Polizeiminister Fouché in den Jahren 1804 bis 1814 täglich an Napoleon sandte, liest sich das so:

Marquis de Sade. – Verfasser des abscheulichen Romans *Justine.* Im März 1801 verhaftet. Als überführt angesehen, es beabsichtigt zu haben, ein noch abscheulicheres Werk drucken zu lassen. In den verschiedenen Gefängnissen, in denen er festgehalten wurde, gab er ein Beispiel allerbeschämendster Verkommenheit und unverbesserlicher Perversion. Schließlich wurde er auf Betreiben seiner Gattin und seiner Söhne nach Charenton verbracht, wo er sich noch immer als unfähig zur Besserung erweist und durch sein gewöhnliches Betragen unter Beweis stellt, daß man ihn nicht ohne Gefahr als normales Mitglied der Gesellschaft entlassen kann. Der Polizeipräfekt hat die Erlaubnis, ihn in Charenton festzuhalten. Die anfallenden Kosten übernimmt seine Familie, die um ihrer Ehre willen wünscht, daß er weiter in Haft bleibt.[2]

Fouchés Bericht übernimmt weitgehend die Formulierungen eines Rapports, der ihm nach Sades Verhaftung von dem für die Angelegenheit zuständigen Polizeipräfekten Dubois zugegangen war.[3] Ob auch Napoleons Urteil über den Autor der *Justine,* »dem ersten außergerichtlichen Opfer der hohen Justiz des

[1] *Journal des Arts, des Sciences et de Littérature* vom 19. August 1800.

[2] Mitteilung vom 8. September 1804, zitiert in Ernest d'Hauterive, *La Police secrète du Premier Empire,* Bd. 1, Paris 1908, S. 79–80.

[3] Dubois' Brief vom 21 fructidor an XII (= 8. Sept. 1804) wurde erstmals 1833 in der *Revue rétrospective* (Bd. 1, S. 258–260) veröffentlicht.

Konsulats und des Kaiserthums«[4], wie der französische Romancier Charles Nodier in seinen *Erinnerungen* schreibt, allein auf den Mitteilungen des Polizeiministers fußt, läßt sich heute nur schwer ermitteln. Sicher weiß man nur, daß sowohl Sade als auch seine Lebensgefährtin Marie-Constance Quesnet sich in mehreren Schreiben an Fouché, an die »Senatskommission für individuelle Freiheit« und sogar direkt an »Sa Majesté l'Empereur et le Roi« mit der Bitte um Freilassung gewandt haben. Vergeblich, wie im Tagebuch von Charenton am 21. Mai 1808 vermerkt wird, wo Sade schreibt, der Kaiser habe seine ewige Gefangenschaft allein aus dem Grunde verordnet, weil er um seine Entlassung gebeten habe. Seine zahlreichen Versuche, sich den Kaiser gewogen zu machen – von der Lobhudelei auf den »heldenhaften Retter Frankreichs« in der 1800 gedruckten *Idée sur les romans* bis zum Plan einer Zeremonie zu Ehren Buonapartes in seinem in Charenton überarbeiteten Theaterstück *L'Union des Arts* – hatten ebensowenig Erfolg und drangen zudem wahrscheinlich nie bis zu dessen Ohren.
Von Napoleon selbst wurden am 9. und 10. Juli 1811 sowie am 3. Mai 1812 Aktenstücke unterzeichnet, die Sades weitere Inhaftierung in Charenton festschreiben. Am 4. Dezember 1814 erging, vermutlich auf seine Anordnung hin, an alle Pariser Zeitungen die Aufforderung, keine Meldung über den Tod des zwei Tage zuvor verstorbenen »Monsieur de Sades« zu bringen. Zu Sade ist hingegen nur eine Äußerung Napoleons überliefert, und dies nicht einmal aus seiner Feder, sondern aus der des Historikers Emmanuel de Las Cases, der ihn ins Exil nach St. Helena begleitet hatte und dort Tag für Tag notierte, worüber er sich mit dem Ex-Kaiser unterhielt. Am 17. November 1816 kam das Gespräch auf den Sittenverfall im modernen Babylon, als welches die Zeitgenossen in einer zum geflügelten Wort gewordenen Wendung die französische Hauptstadt gerne bezeichneten. Las Cases schreibt:

Später sprach der Kaiser von den Sitten der Stadt Paris, und dem Ganzen ihrer unermeßlichen Bevölkerung. Er zählte die unvermeidlichen Abscheulichkeiten einer großen Hauptstadt auf, in welcher die natürliche Verkehrtheit der Menschen und alle Laster,

[4] *Erinnerungen, Episoden und Charaktere aus der Zeit der Revolution und des Kaiserthums*, Bd. 2, Aachen und Leipzig 1831, S. 45.

durch Bedürfniß, Leidenschaft und alle Erleichterungen der Vermischung und Verwirrung, in jedem Augenblick aufgereizt werden; und wiederholte oft, daß alle Hauptstädte nur so viel Babylons wären. Er erwähnte einige Details der schmutzigsten und scheußlichsten Liederlichkeiten, und sagte, daß er als Kaiser sich einmal das abscheulichste Buch, das je die entartetste Einbildungskraft erzeugt, habe vorlegen lassen; es war ein Roman, der, selbst zur Zeit des Convents, die öffentliche Moral so sehr empört habe, daß der Verfasser eingesperrt wurde, und es auch seither blieb. Napoleon glaubte, daß er noch lebe. Sein Name ist mir entfallen. Es war das Erstemal, daß ich von diesem Produkt reden hörte.[5]

Es besteht kein Zweifel daran, daß hier von Sades Roman *Justine* (oder der *Nouvelle Justine*) die Rede ist. Napoleon ließ ihn sich »als Kaiser« vorlegen, daß heißt nach 1804, worin ein Argument gegen das lange Zeit die Sadeliteratur durchwuchernde Gerücht gesehen werden kann, demzufolge Sades Inhaftierung auf ein anonymes, antinapoleonisches Pamphlet aus dem Jahre 1801 mit dem Titel *Zoloé et ses deux acolythes* zurückzuführen sei. Zwar wird Sades *Justine* in diesem Stück einmal kurz erwähnt, doch reicht das nicht aus, um die Frage der Urheberschaft eindeutig zu klären. Wichtiger scheint der bisher kaum beachtete Umstand, daß Sade in seinen Roman *Les Journées de Florbelle* ein Theaterstück mit dem Titel »Josephine, oder die unglückliche Ehefrau« einzubauen gedachte (in dem übrigens auch eine »Zoloé« mitwirken sollte)[6] und daß dieser Text möglicherweise bis zu Napoleon gelangt ist, nachdem das Manuskript des Romans bei einer Durchsuchung von Sades Zimmer am 5. Juni 1807 beschlagnahmt worden war. Der diesbezügliche Bericht eröffnet die vorliegende Ausgabe des Tagebuchs.
Beruht diese Annahme auf denkbaren Vermutungen, so fällt alles Spätere, was zum Fall Sade–Napoleon überliefert ist, in den Bereich der Anekdote. Da aber eine Biographie, wie auch hier, stets von der Legende zehrt, das Wichtigste in Kürze:
Der italienische Essayist Tullio Dandolo berichtet 1841 im ersten Band seiner ›Literarischen Skizzen‹, Napoleon habe seinen Soldaten unter Androhung der Todesstrafe die Lektüre der *Ju-*

[5] *Denkwürdigkeiten von Sanct-Helena ...*, von dem Grafen Las Cases, Bd. 7, Stuttgart und Tübingen 1823, S. 220.
[6] Vgl. *Œuvres Complètes du Marquis de Sade.* Bd. 15, Paris 1973, S. 73–74.

stine untersagt.[7] Sein Bericht ist zwar durch nichts belegt, gewinnt aber dadurch an Interesse, daß Dandolos Vater, ein aus Venedig stammender Gelehrter, es nach der Besetzung Italiens durch Napoleons Truppen zum dalmatinischen Gouverneur und italienischen Senator im Solde des französischen Kaisers gebracht hatte.

Wenn es auch den Soldaten Napoleons verboten war, die *Justine* zu lesen, so galt dies selbstverständlich nicht für seine Offiziere. Einer der treuesten Weggefährten des Kaisers (er bezahlte diese Treue 1815 mit seinem Leben) war Graf Charles-Angélique de La Bédoyère. Als ein halbes Jahrhundert nach ihm einer seiner Nachfahren, ein begeisterter Autographensammler und Bibliophiler, in Paris starb und 1862 dessen Sammlung aufgelöst wurde, fand sich darin Handschriftliches von Sade und eine *Justine*-Ausgabe mit dem Rückenaufdruck *Actes de Sainte-Justine.* Sie wurde, wie die Gebrüder Goncourt in ihrem Tagebuch berichten[8], von dem englischen Exzentriker Frederick Hankey ersteigert.

In Napoleons Bibliothek[9] selbst ist kein Werk Sades nachweisbar, was nicht weiter verwundert, schrieb sein späterer Privatbibliothekar, der Bibliograph Antoine-Alexandre Barbier doch schon 1806 über die *Justine:* »Dieses äußerst unmoralische Werk ist nur zu bekannt. Sein Autor hat es mitten in den Wirren der Revolution veröffentlicht. Er hätte keinen schlechteren Gebrauch von der Freiheit machen können, die ihm 1789 geschenkt worden war«[10].

Der Nachlaß von Napoleons Lieblingsschwester Pauline jedoch enthielt ein vollständiges Exemplar der *Crimes de l'amour,* das heute in der Beinecke Rare Book and Manuscript Library in Yale aufbewahrt wird und in jedem Band den Vermerk »ex legato sororis Napoleonis Paulinae Burghesiae A.D. MDCCCXXV« trägt.

[7] *Memorie e fantasie.* Bd. 1: *Schizzi letterari,* Turin 1841, S. 18.

[8] Vgl. L'Amateur d'Autographes 1 (1862), S. 277 und Edmond und Jules de Goncourt, *Journal*... (Année 1862), Bd. 5, Monaco 1966, S. 91.

[9] Vgl. den Katalog zu einer Ausstellung des Museo Nazionale di Villa S. Martino auf Elba mit dem Titel *Lector in Insula. La Biblioteca di Napoleone all'Elba,* Livorno 1989.

[10] Barbier, *Dictionnaire des ouvrages anonymes et pseudonymes,* Bd. 1, Paris 1806, S. 425.

Wohl eher dem Bereich der schwarzen Legende als dem der Tatsachen zugehörig ist die von dem Literaturhistoriker Paul Englisch tradierte Behauptung, Hortense, die Gattin von Buonapartes jüngerem Bruder Louis Napoléon, habe sich von einem deutschen Juden namens Isaak Massauer »sämtliche Szenen aus Sades *Justine et Juliette* aus Wachs nachbilden« lassen[11]. Zurück denn auch auf festeren Grund:

Vom Zeitpunkt seiner Festnahme an bis zu seinem Tod am 2. Dezember 1814 blieb Sade in Haft, zunächst in den Gefängnissen Sainte-Pélagie und Bicêtre, ab dem 27. April 1803 in der Irrenanstalt von Charenton, in die der Polizeiminister Fouché damals mehrere Autoren abschob, die durch ihre Schriften den Unwillen der napoleonischen Administration erregt hatten[12]. Die Anstalt besaß in François Simonnet Coulmier (1741–1818) einen liberalen Leiter, der den mit der Französischen Revolution zum Durchbruch gekommenen Reformbestrebungen im Bereich der Irrenbehandlung offen gegenüberstand. Im Verlauf der letzten Jahrzehnte des 18. Jahrhunderts hatte man von der (in vielfacher Hinsicht noch die Hilflosigkeit heutiger Verwahrungstherapie kennzeichnenden) Devise »aufbewahren und unschädlich machen«[13] Abstand genommen und »die gewöhnlichen Zwangsmittel, die Ketten, Banden und Torturen« als »zweckwidrig und schädlich«[14] erkannt. Mit dem Bastillesturm

[11] Paul Englisch, *Irrgarten der Erotik*, Leipzig 1931, S. 121.

[12] So wurde beispielsweise der Theaterdichter Théodore Desorgues 1805 wegen seines antikerikalen Theaterstückes *Le Pape et le Mufti* 1805 nach Charenton verbracht, wo er starb (vgl. Michel Vovelle, *Théodore Desorgues ou la Désorganisation*, Paris 1985; insbesondere S. 188–205). Der wegen kritischer Äußerungen gegenüber Napoleon im selben Jahr inhaftierte Augenarzt N.-J. Faure veröffentlichte den Bericht über seinen Aufenthalt in Charenton erst 1816. Er kommt darin auch auf »den nur zu bekannten Verfasser des teuflischen Meisterwerks, das selbst Robespierres Abscheu hervorrief«, den »Comte de Sades«, und die Theateraufführungen in Charenton zu sprechen (vgl. N.-J. Faure, *Encore du Bonaparte, ou le Champ-de-Mars ...*, Paris 1816, insbes. S. 31–34).

[13] Daß dies und nicht etwa »heilen« der Zweck der von ihm Ende August 1796 besuchten Irrenhäuser gewesen sei, notiert rückblickend der Gießener Staatsrechtler A. F. W. Crome in seiner *Selbstbiographie* (Stuttgart 1833, S. 243 f.).

[14] Carl M. Andrée in seiner ausführlichen Besprechung von Esquirols weiter unten zitierten Dissertation in der *Neuen Leipziger Literaturzeitung* vom 12. April 1809, Sp. 689–704.

setzte eine Phase der Überprüfung der wichtigsten Irrenhäuser und Gefängnisse ein, da man in ihnen eine große Zahl zu Unrecht festgehaltener Opfer des Despotismus wähnte. Der atheistische Philosoph und Revolutionär Sylvain Maréchal bezichtigte die Brüder der Barmherzigkeit von Charenton damals öffentlich des »Aristokratismus«[15], und im November 1790 visitierte eine der Nationalversammlung unterstehende Kommission wiederholt das von den *frères de la Charité* verwaltete Haus, ohne aber dabei fündig zu werden[16]. In ihrem Untersuchungsbericht ist zu lesen:

In den letzten Jahren dieses Jahrhunderts sind so viele Wunder geschehen: Stumme haben zu sprechen gelernt, Taube zu hören und Blinde zu sehen. Sollte denn das Auge der Vernunft für die immer verschlossen bleiben, die es doch mit ihrer Geburt erhalten haben, die für die Vernunft geboren sind, die durch sie den ersten Platz in der Rangordnung der Schöpfung einnehmen? ... Nun denn, da wir die alte Regierung gestürzt haben und in allem vollkommen neue Wege beschreiten, versuchen wir eine Einrichtung zu schaffen, die den Menschen einen Ausweg aus dieser so verbreiteten Krankheit weist, über die wir so wenig wissen.[17]

1793 nahm Philippe Pinel, der wohl bekannteste französische Psychiater der Revolutionszeit, in der von ihm geleiteten Pariser Anstalt Bicêtre den Geisteskranken die Fesseln und den Wärtern die Ochsenziemer ab. Seine aus den Idealen der Aufklärung erwachsene[18] philantrope Haltung fand bald in ganz

[15] Vgl. Maurice Dommanget, *Sylvain Maréchal...*, Paris 1950, S. 154.

[16] Sade ist bekanntlich kurz vor dem Bastillesturm aus dem französischen Staatsgefängnis bereits einmal nach Charenton verbracht worden und konnte die Anstalt erst am 29. März 1790 infolge eines Dekrets der Nationalversammlung verlassen, das die Freilassung aller infolge einer *lettre de cachet* inhaftierten Gefangenen angeordnet hatte. In dem Bericht der Kommission (November 1790) wird er folglich nicht erwähnt. Der damalige Leiter der Anstalt, der Prior Eusèbe Boyer, geht in einem Schreiben vom 12. Januar 1790 allerdings davon aus, daß die Gründe seiner Festhaltung den Mitgliedern der Nationalversammlung hinlänglich bekannt seien (wie Anm. 17, S. 455).

[17] Alexandre Tuetey, *L'Assistance Publique à Paris pendant la Révolution*, Bd. 1, Paris 1895, S. 498f.

[18] Vgl. W.H. Lechler, *Neue Ergebnisse in der Forschung über Philippe Pinel...*, Diss. München 1960. Pinels Hauptschrift *Traité médico-philosophique sur l'aliénation mentale ou la manie* wurde 1801 ins Deutsche übersetzt. Der französische Text wurde 1980 von F. Azouvi neu herausgegeben.

Europa Nachahmung. Maßgeblich beteiligt an der Verbreitung neuer Einsichten zur Therapie des Wahnsinns war auch Pinels Schüler Jean-Etienne-Dominique Esquirol, der in den Jahren 1825–1840 als Chefarzt der Anstalt von Charenton wirkte. Esquirol promovierte mit einer 1805 gedruckten Arbeit »Über die Leidenschaften als Grund, Symptom und Heilmittel der Geistesverwirrung«, in der er den »moralischen Mitteln« der Therapie einen deutlichen Vorzug vor den nach wie vor gebräuchlichen Zwangsmitteln (Weste, Fesseln, kalte Dusche, Isolierung) einräumt[19]. Zu den »moralischen« Mitteln zählt Esquirol wie damals bereits zahlreiche seiner Fachkollegen die Musik, aber auch Theateraufführungen erscheinen ihm geeignet, ›fehlgeleitete‹ physische Energien im Sinne einer Rückführung abweichenden Verhaltens zur Normalität zu kanalisieren.

Im Jahre von Sades Einlieferung in Charenton erscheint in Halle eine Schrift des Kantianers und Gehirnforschers Johann Christian Reil, der als Begründer des Terminus *Psychiatrie* angesehen wird. Seine *Rhapsodieen über die Anwendung der psychischen Kurmethode auf Geisteszerrüttungen* sehen neben der Zufügung »schmerzhafter Reize«, medizinisch überwachtem Geschlechtsverkehr (der Melancholikern vorbehalten bleibt) und dem Allheilmittel Arbeit[20] auch Musik und Theater als mögliche Therapiemittel vor:

Ich bemerke bloß im Allgemeinen, daß jedes Tollhaus zum Behuf ihrer [d.i. der psychischen Kurmethode] imposanten Anwendung und zweckmässigen Zusammenstellung ein für diese Zwecke besonders eingerichtetes, durchaus praktikables Theater haben könnte, das mit allen nöthigen Apparaten, Masken, Maschinen und Dekorationen versehen wäre. Auf diesem müßten die Hausofficianten

[19] Vgl. die in Anm. 14 zitierte Besprechung von Esquirols Dissertation. In seiner 1838 ins Deutsche übertragenen Abhandlung *Die Geisteskrankheiten in Beziehung zur Medizin und Staatsarzneikunde* (Berlin 1838) findet sich eine informative »Historische und statistische Abhandlung über Charenton« (Bd. II, S. 252ff.), in der Esquirol, »durch Erfahrung belehrt«, Abstand von Theateraufführungen als Therapiemittel nimmt.

[20] »In allen Irrenhäusern müssen die Kranken zur Arbeit angehalten werden, welches man durch einen leichten Zwang bewerkstelligen kann, wenn sie erst unterjocht sind«, heißt es an einer Stelle des Werkes, das man als Paraphrase zu Foucaults *Geschichte des Wahnsinns* lesen kann. Selbst die hochgradig Schwachsinnigen will Reil noch als »Lastthiere, die wenigstens die Egge oder den Pflug ziehen« genutzt wissen (*Rhapsodieen* ..., 2. Aufl. Halle 1818, S. 240 und 438).

hinlänglich eingespielt seyn, damit sie jede Rolle eines Richters, Scharfrichters, Arztes, vom Himmel kommender Engel, und aus den Gräbern wiederkehrender Todten, nach den jedesmaligen Bedürfnissen des Kranken, bis zum höchsten Grad der Täuschung vorstellen könnten. Ein solches Theater könnte zu Gefängnissen und Löwengruben, zu Richtplätzen und Operationssälen formiert werden. Auf demselben würden Donquixote zu Rittern geschlagen, eingebildete Schwangere ihrer Bürde entladen, Narren trepanirt, reuige Sünder auf eine feierliche Art losgesprochen. Kurz, der Arzt würde von demselben und dessen Apparat, nach den individuellen Fällen, den mannichfaltigsten Gebrauch machen, die Phantasie mit Nachdruck und dem jedesmaligen Zwecke gemäss erregen, die Besonderheiten wecken, entgegengesetzte Leidenschaften hervorrufen, Furcht, Schrecken, Staunen, Angst, Seelenruhe u. s. w. erregen, und der fixen Idee des Wahnsinns begegnen können.[21]

Das hier entworfene therapeutische Konzept blieb nicht unwidersprochen, weder in Deutschland noch in Frankreich. »Wer wollte dem Irren Rollen einstudieren lassen; er, der ohnedies schon aus seinem Ich herausgetreten ist, soll sich in ein drittes noch hineinarbeiten?«, fragt ein Zunftkollege Reils[22]. Und Coulmier, dem Leiter der Anstalt von Charenton, wird 1806 gegen seinen Willen ein neuer Chefarzt aufgedrängt, der ein entschiedener Gegner der »psychischen Methode« und ihrer »moralischen Mittel« ist und seinen ganzen Zorn bald auf den Hauptinitiator der Theaterspiele in dem mittlerweile direkt dem Innenminister unterstehenden Asyl entlädt: auf den Marquis de Sade. Dieser wußte offenbar um den Richtungsstreit, der am 6. Mai 1813 durch einen ministeriellen Erlaß, der jegliche weitere Theateraufführungen in Charenton untersagte, sein vorläufiges Ende fand. In einem zu Ehren Coulmiers verfaßten Stück mit dem Titel *Das Fest der Freundschaft*, das das Leben in Charenton selbst zum Gegenstand hat, rühmt er »die weisen Mittel, die eher auf die Moral wirken als auf die Physis«, als alleinige Heilmittel und umschreibt den Stellenwert der dortigen Aufführungen in epigrammatischer Kürze:

[21] *Rhapsodieen ...*, 2. Aufl. Halle 1818, S. 209–210. Zu Leben und Werk Reils vgl. *Nova Acta Leopoldina* N. F. 22, Nr. 144, Leizpig 1960.

[22] Carl Maximilian Andrée, *Neuester Zustand der vorzüglichern Spitäler und Armenanstalten in einigen Hauptorten des In- und Auslandes*, Erster Theil, Leipzig 1810, S. 220 (Kapitel über Charenton).

Man mag wohl spielen, was man nicht ist,
Wo man doch so oft nicht ist, was man den andern vorspielt.[23]

Darüber, wie es bei den Aufführungen in Charenton tatsächlich zugegangen ist, weiß man bis heute recht wenig. Aus Sades eigenen Aufzeichnungen, den Berichten einiger Besucher[24] und anderen Dokumenten resultiert folgendes Bild: Theater in Charenton gab es spätestens seit 1803, in der Regel wohl einmal monatlich. Als Leiter des Schauspiels und als der für die Auswahl wie Ausbildung der Schauspieler Verantwortliche fungierte Sade. Die Auswahl der Stücke war scheinbar einem nicht näher bestimmten Theaterkomitee vorbehalten, zu dem neben Sade auch der Anstaltsleiter Coulmier gehörte. Das Repertoire umfaßte, soweit erschließbar, vielgespielte Komödien des 18. Jahrhunderts und einige zeitgenössische Boulevardstücke[25]. Außer den monatlichen Aufführungen gab es wöchentlich ar-

[23] D. A. F. de Sade, *Théâtre*, Bd. 4, Paris 1970, S. 392 und 433.

[24] Die wesentlichen Informationen wurden von dem 1978 verstorbenen Schriftsteller und Bibliographen Pascal Pia in einem »Sade et les visiteurs de Charenton« überschriebenen Artikel zusammengestellt (in: *La Quinzaine Littéraire* vom 1. Juni 1966, S. 18f.). Zu ergänzen ist Labouïsse-Rochefort, *Voyage à Saint-Léger* ..., Paris 1827, worin sich die Schilderung eines Besuches im Jahr 1805 findet.

[25] Nach Labouïsse-Rochefort (vgl. Anm. 24) wurden im Juli 1805 aufgeführt: *L'Impertinent,* eine Komödie in Versen von Desmahis aus dem Jahre 1750; *Le Sourd ou l'Auberge pleine,* eine Prosakomödie von Desforges aus dem Jahre 1790 und *Le Nouveau Doyen de Killerine,* eine Komödie in drei Akten von Louis-Sébastien Mercier, die 1790 gedruckt worden war (Aufführung im Beisein des Autors!). Am 13. Dezember 1807 trägt Sades Lebensgefährtin Constance Quesnet im Beisein des Phrenologen Gall von Sade verfertigte Gelegenheitsgedichte vor. Am 29. Januar 1808 sieht Sade bei einem Treffen des ›comité dramatique‹ die Aufführung von Regnards *Folies amoureuses,* einer erfolgreichen Komödie aus dem Jahr 1704, vor. Das Stück gelangte Colins Bericht zufolge zwischen 1812/13 noch einmal zur Aufführung. Von einem Theaterabend im Februar 1808 weiß man aus Sades Tagebuch nur, daß er stattgefunden hat, nicht aber, was gespielt wurde. Am 3. April 1808 trägt Sade ein Singstück aus Sedaines musikalischem Drama *Le Déserteur* aus dem Jahre 1769 vor. Die während Schweiggers Besuch aufgeführten Stücke (Desforges' bereits oben erwähnter *Le Sourd ou l'Auberge pleine* und die Komödie *Le Tableau parlant* von Louis Anseaume aus dem Jahr 1770, zu der Grétry die Musik geschrieben hatte) werden im Text ausführlich zitiert. Am 6. Oktober 1812 wurden *Les Fausses Confidences,* eine Komödie von Marivaux aus dem Jahr 1737, aufgeführt, danach Gressets Meisterwerk *Le Méchant* (1745), mit Sade in der Titelrolle, wenn man Colins Bericht Glauben schenken kann.

rangierte Bälle und Konzerte, an deren Vorbereitung und Durchführung Sade ebenfalls beteiligt war. Bis zum Verbot der Aufführungen im Jahr 1813 scheint das Theater von Charenton in zunehmendem Maße zahlreiche Neugierige aus der gehobenen Pariser Gesellschaft angezogen zu haben. Aus dem Jahr 1812 ist eine Liste mit 90 geladenen Gästen überliefert, unter ihnen der Erzbischof von Paris. Während der letzten Jahre des Theaterbetriebs mehren sich Nachrichten von Besuchern des Hospitals, denen Coulmier den Zutritt verwehrt hat, woran sich vielleicht bereits die Befürchtung vor drohenden Repressionsmaßnahmen ablesen läßt[26].

Einer der wenigen überlieferten Besucherberichte und zugleich der einzige, der eine detaillierte Schilderung des Theaters von Charenton beinhaltet, stammt aus der Feder des Naturforschers August Friedrich Schweigger, der im Sommer 1806 im Auftrag des Bayreuther Medicinalkollegiums nach Paris aufgebrochen war, um einen Bericht über die dortigen Krankenanstalten anzufertigen. Am 31. März 1808 nahm Schweigger an einer (in Sades Tagebuch kurz erwähnten) Aufführung teil. Sein bis heute kaum bekannter Bericht wird hier ungekürzt abgedruckt:

[26] An deren Zustandekommen scheint vor allem der Chefarzt des Hospizes Royer-Collard beteiligt gewesen zu sein, der sich in einem (erstmals 1833 in der *Revue rétrospective* veröffentlichten und seither von fast allen Sade-Biographen reproduzierten) Brief vom 2. August 1808 an den Polizeiminister wendet, um eine Verschärfung der Aufsicht und die Unterbindung der Aufführungen zu erlangen. Der Journalist und Schriftsteller J. B. Salgues schreibt 1813 in einer Nachbemerkung zu einem Artikel über das Theater in Charenton: »Wie man mir versichert, hat die Einrichtung Widerspruch geweckt: die physiologische Medizin hat der moralischen Medizin den Krieg erklärt, und Thalia mußte ihre Maske und ihre Tanzschuhe ablegen« (in: *De Paris, des mœurs, de la littérature et de la philosophie,* Paris 1813, S. 471–475).
Joseph Frank (1771–1842), Pathologe von der russischen Universität Wilna, und der im Motto dieses Versuchs zitierte Greifswalder Arzt Rudolphi können Charenton 1803 bzw. 1802 ungehindert besuchen (Franks Beschreibung in seiner *Reise nach Paris* ... Wien 1804, S. 92–94 des 1. Teils). Spätere Besucher, Ärzte, Journalisten und Schriftsteller, deren Namen hier lediglich angeführt seien, stellen übereinstimmend fest: »Der Zutritt zu diesem Spitale ist sehr schwierig«. Es handelt sich insbesondere um die Ärzte Alexander Haindorf, Michael Friedländer, Johann Ludwig Casper sowie den bereits in Anm. 22 zitierten Carl Maximilian Andrée. Als Zugangsbillet bedarf es einer ministeriellen Erlaubnis. Schriftsteller wie der zu Unrecht vergessene Depping oder die ungenannt bleibenden Korrespondenten der *Französischen Miszellen* und des Journals *London und Paris* wissen vom Hörensagen von den Theateraufführungen, erhalten aber keinen Zugang in Charenton.

August Friedrich Schweigger: Charenton

Ich komme nunmehr auf die merkwürdige Anstalt zu Charenton, welche für beyde Geschlechter bestimmt ist. Diese Anstalt hat während der Revolution viel gelitten; vor derselben war sie Irrenhaus und Gefängniß zugleich. Erst seit einigen Jahren kam sie in Aufnahme.
Überaus groß sind indessen die Schwierigkeiten selbst für den Arzt, diese Anstalt zu sehen, und ich hatte wirklich schon alle Hofnung aufgegeben, ob ich gleich ein Empfehlungsschreiben von dem berühmten *Dubois* an den dortigen Chirurgus hatte.
Endlich erlaubte mir doch zu meinem wahren Vergnügen der Director dieser Anstalt, Herr *Decoulmier,* der viele Verdienste um dieselbe hat, den Zutritt bey der ärztlichen Visite, wovon ich bisher so oft Gebrauch machte, als es mir möglich war. Wöchentlich dreymal kommt der Arzt Herr *Royer Collard* aus Paris, (Charenton ist eine Stunde weit von der Barrière entfernt) im Sommer des Morgens um fünf, im Winter um sechs bis acht Uhr. Der zweyte Arzt und Chirurgus Herr *Deguise,* wohnt am Irrenhause selbst. Dieses liegt in einer schönen geräuschlosen Gegend. Die Zahl der Irren beläuft sich auf vier hundert, die Zahl der Männer übersteigt die der Weiber um vierzig bis sechzig Personen. Alle sind gegenwärtig Pensionaire. Das Haus enthält eine Menge kleiner Zimmer, sehr viele derselben sind oben offen, also vielmehr Verschläge, welche durch Öfen im gemeinschaftlichen Corridor erwärmt werden. Diese dienen zunächst für die ruhigen Irren; die unruhigen bewohnen Zimmer, welche oberhalb der Thüre nur große Löcher haben, die auf den Corridor hinaus gehen, und sind durch dünne Wände (nicht Bretter wie die vorigen) von einander geschieden. Die Rasenden befinden sich in Hofkammern; vor den Fenstern sind eiserne Gitter, so wie überhaupt bey den meisten Zimmern dieses Hauses, und statt des Ladens dient ein Schieber mit grobem Wollenzeuge bespannt. (In vielen andern Zimmern, besonders der zweyten Art, waren kürzlich noch ähnliche Schieber, sie sind aber nun abgeschafft.) Die Tobenden sind, wie es mir scheint, dem Einflusse der Witterung wohl zu sehr Preiß gegeben. Das Haus ist übrigens so angeordnet, daß aus der Vertheilung der Irren nicht leicht Unordnungen entstehen können. Jeder hat sein eigenes Zimmer, doch sind auch größere da, die von vier bis sechs

Reconvalescenten, oder wenigstens von sehr ruhigen Kranken bewohnt werden. Beyde Geschlechter sind völlig getrennt. Da die Heizung der Corridoren nicht völlig hinreicht, so wird im Winter den Reconvalescenten zum Theile Feuer in ihren Kaminen angemacht, theils auch werden für sie und die übrigen eigene Säle (*Chauffoirs*) geheizt. In vielen Zimmern sind Schieber angebracht, durch die ein Nachtstuhl aus- und eingeschoben werden kann. Man macht von dieser Einrichtung im Winter des Nachts und bey schwächlichen Kranken Gebrauch. Für die kranken ruhigen Irren wurden kürzlich neue Säle gebaut, die bald eingerichtet seyn werden, so wie überhaupt in diesem Sommer viel zur Verbesserung der Anstalt geschah.
Sind die Irren von irgend einer andern Krankheit befallen, so kommen sie, wenn sie nicht zu unruhig sind, in die gemeinschaftlichen Krankenzimmer. – An Wäsche und Reinlichkeit fehlt es nicht. Die Kost erhält jeder auf sein Zimmer, und sie ist fast durchgehends gleich und gut. Man giebt viele Milch, Gemüse, Obst, wenig Fleisch. Einige Spazierplätze und ein schöner Garten dienen diesen Kranken zur Erholung; überhaupt haben sie sich der humansten Behandlung zu erfreuen. Obige beyden Ärzte besitzen das Zutrauen derselben im hohen Grade, und suchen so viel wie möglich durch liebevolles Zureden ihre Zwecke zu erreichen. Mißhandlung findet durchaus nicht Statt und zwey Aufseher (*surveillans*) beobachten in dieser Hinsicht die Aufwärter. Die gewöhnliche Strafe besteht im Einsperren, im Nothfall im Zusammenbinden der Hände, höchstens Anbinden im Bette mittelst der langen Ärmel und bey gebildeten Kranken in einem Verweis in Gegenwart anderer. Auch die Anverwandten werden hiezu benützt, dürfen aber ohne Erlaubniß des Directors keine Unterredung mit den Kranken haben. Die Folgsamen sucht man zu belohnen, sie im Hause den übrigen recht bemerkbar zu machen, überhaupt das Ehrgefühl so sehr zu reizen als möglich. Eigentliche Arzneymittel werden nur wenige gegeben, und meistens aus der Classe der bittern oder narkotischen. Aderlässe sind sparsam, Fontanelle aber wohl zu gemein im Gebrauche.
Zur Aufheiterung und Belohnung der Irren werden auch Komödien, Concerte und andere Feierlichkeiten veranstaltet, welche bisweilen mit einem Feuerwerke beschlossen werden. Es befindet sich zu Aufführung der Komödien ein kleines Theater im Irrenhause. Nach mehrmaliger Probe wird das Stück förm-

lich aufgeführt. Diejenigen Irren, welche sich ruhig benommen hatten, werden als Zuschauer eingelassen und gegen eine Eintrittskarte können, in einer von den zusehenden Irren völlig getrennten Abtheilung, die Verwandten und auch andere Personen Eintritt erhalten. Die am Irrenhause angestellten Personen besetzen die vordere Reihe, um Unordnung zu vermeiden. Sicherlich können diese Vorstellungen von sehr großem Nutzen werden. Es wäre aber zu wünschen, daß diese Übungen mit andern ähnlichen verbunden würden, und so der Übergang zu Schauspielen minder rasch geschehe, daß man ferner bey jedem Stücke auf eine oder die andere Classe von Irren zunächst zu wirken suchte, und in dieser Hinsicht die Stücke sorgfältig auswählte. Größere Mannigfaltigkeit solcher Übungen wäre um so mehr nöthig, als die Wirksamkeit dieser Vorstellungen dadurch beschränkt wird, daß sie nicht oft genug veranstaltet werden können, einmal wegen der vielen Zeit, die man, wenigstens bey manchen Irren, nöthig hat, ehe man sie dahin bringt, etwas anderes auszusprechen, als was ihnen ihre Phantasie eingiebt, und weil dann noch der Zeitpunkt abgewartet werden muß, wo die zum Spielen ausgewählten Personen ruhig sind. Sie beschränken sich daher vorzüglich auf Reconvalescenten und wegen des völligen Ungeschickes mehrerer derselben zu theatralischen Vorstellungen, auf eine gewisse Zahl, die dann die Komödianten des Hauses ausmachen. Dieß ist schon hier der Fall, wo doch der nationelle Charakter, dessen Spuren selbst im Wahnsinne nicht ganz verschwinden, dem beabsichtigten Zwecke zu Hülfe kommt, indem nämlich die hiesigen Irren starken Hang zu theatralischen Declamationen zeigen, auch öfters von selbst kleine Reden halten, um die Aufmerksamkeit der übrigen recht auf sich zu ziehen. Man bedient sich übrigens in Charenton kleiner Lustspiele, welche auch auf den Pariser Theatern gegeben werden. Soll aber das Ganze nicht bloß zur Aufheiterung dienen, sondern vielmehr zum Fixieren der herumschweifenden Gedanken der Irren, zur Belehrung, und wo möglich zur unmittelbaren Richtung der Seele auf ihren eigenen Zustand, um ihre irrigen Meinungen zu erkennen, dann möchte es sehr schwer seyn unter diesen ein passendes Stück zu finden. Der fröhliche Narr wird eine lustige Rolle vielleicht ganz gut spielen, ohne etwas dabey zu denken, der Beyfall der Zuschauer wird nun beytragen, daß er mit um so größerer Überzeugung von der Wichtigkeit seiner Person die Bühne verläßt, und obige

Forderungen werden, wenn nicht bloß momentan, doch im geringeren Grade befriediget seyn. So wird leicht auch bey vielen Zuschauern das Sammeln der Gedanken der alleinige, obgleich immer sehr bedeutende Gewinn seyn. Weit mehr würde ich daher erwarten, wenn außer diesen Vorstellungen andere wären, bloß in Gegenwart der Ärzte, Aufseher und einiger Kranker, wenn hiezu für die jedesmal spielenden Irren kleine Stücke eigens verfertigt würden, wenn man jedem eine Rolle zu geben suchte, in der er selbst eine Beurtheilung seiner irrigen Meinungen aussprechen müßte, oder wenn völlige Reconvalescenten (auch öfters andere geübte Komödianten) Stücke spielten, die mit bestimmter Rücksicht auf die zuschauenden, gebildeteren Irren verabfaßt wären. Es würde hiebey nöthig seyn, Zuschauer zu wählen, deren Zustand dem der spielenden Personen analog ist; der Melancholische ließe sich zur Herabstimmung des ausgelassenen Irren, dieser zur Erheiterung des Ersten benützen, und eine solche Komödie könnte Heilungs- und Prüfungsmittel werden, wenn sie mit gehöriger Vorsicht so verabfaßt würde, daß sie die Irren nicht erbittert. In diesen Vorstellungen ließe sich auch unmittelbar auf einzelne Personen hinwirken, ob es gleich oft nicht thunlich, selbst unmöglich seyn würde, in den Charakter eines Individuums tief einzugehen, wodurch auch das Interesse der Zusehenden vermindert werden dürfte. Aufführung und Besuchung größerer und gewöhnlicher Komödien wünschte ich als ein Mittel für Personen, deren Genesung schon sehr weit gediehen ist. Indem man diese gewöhnte, vor einer größeren Versammlung frey zu reden und zu handeln, so würde man sie dadurch wieder ins gesellschaftliche Leben einführen.
Für die übrigen kränkeren Personen und solche, die zu theatralischen Vorstellungen minder fähig sind, würde häufiges Auswendiglernen, Declamiren, dann wechselseitige kürzere oder längere Gespräche zwischen mehr oder wenigern Irren, Erzählen auch Niederschreiben des Inhalts eines gesehenen Stückes und dergleichen, endlich obige Übung, eine nützliche Reihe von Beschäftigungen geben, die mit größerer oder geringerer Feyerlichkeit anzustellen wären, je nachdem man es mit Kranken zu thun hat, die starker Eindrücke bedürfen. Übrigens haben seit mehreren Monaten jene Schauspiele ausgesetzt werden müssen, da einige der spielenden Personen das Haus verlassen hatten, andere starben; doch arbeitet man, neue Schauspieler zu bilden, und begierig sehe ich einer endlichen Vorstellung entgegen,

auch schon um zu beobachten, ob Personen des zweyten Geschlechts dabey mit der nöthigen Vorsicht angestellt werden. So viel erfuhr ich indeß, daß weibliche Irren in den Komödien mitspielen, so wie sie auch, obgleich von den männlichen getrennt, zusehen dürfen. Man wählt übrigens Stücke in welchen nur wenige Frauenzimmer auftreten, und man hütet sich möglichst, verliebte Scenen vorzubringen. Immer ein schwieriger Punct bey den häufig sehr geilen Irren! Das Aufführen der Komödien liegt übrigens mehr in dem Plane des Directors als in dem des Arztes, daher ersterer auch zunächst die Aufsicht darüber nimmt. Bei allen bisherigen Komödien, die von vier bis sechs Wochen Statt fanden, soll niemals Unordnung entstanden seyn, und die Concerte wurden auf ähnliche Art veranstaltet als die Schauspiele, oft zu gleicher Zeit.

Noch muß ich bemerken, daß auch für religiöse Bildung gesorgt ist. Der Geistliche des Ortes, der so weit ich ihn kenne, ein würdiger Greis scheint, besucht die Irren auf ihren Zimmern. Die Ruhigen und Reconvalescenten können auch des Sonntags der Predigt und Messe beywohnen, die in einer kleinen Capelle des Hauses gehalten wird, und wo auch die Bewohner von Charenton zugelassen werden.

Auch dieß darf nicht unangeführt bleiben, daß den Irren aus der gebildeten Classe auf ihren Wunsch Bücher aus einer dazu errichteten Bibliothek geliefert, auch Schreibmaterialien gegeben werden. Außerdem können sie sich mit Zeichnen und Musik beschäftigen. Dem allen ohngeachtet hört man doch nicht selten die Klage über Langeweile. Ob vielleicht noch durch größere Mannigfaltigkeit der Beschäftigung, durch noch sorgfältigere Aufsicht über Eintheilung der Zeit und Vollendung des Angefangenen, diese Langeweile, welche bey den Irren, die viel auf ihren Zimmern allein bleiben, um so schädlicher wirkt, noch mehr beseitigt werden könnte, darüber getraue ich mir um so weniger zu entscheiden, je mehr ich im Allgemeinen die Vortrefflichkeit dieser Anstalt schätze. Übrigens hört man auch diese Klage seltener im Sommer, als im Winter. Ein Theil der Männer wird nämlich während des Sommers zur Gartenarbeit angehalten; auch dürfen die Irren im Hofe gemeinschaftliche Spiele anstellen.

Ich gehe nun über auf das, was ich von den Bädern zu sagen habe, von welchen häufiger Gebrauch gemacht wird. Die Badezimmer für Männer und Weiber sind völlig abgesondert. Es giebt deren viele zu einer, bis drey Wannen, jede mit einem starken Deckel versehen, der einen Ausschnitt für den Kopf hat, und in welche nach Gefallen kaltes oder warmes Wasser durch Eröffnung der Hähne gelassen werden kann. Außerdem ist noch ein großer Wasserbehälter zum Sturzbade da, das aber sehr selten angewandt wird. Derselbe ist fünf Pariser Fuß breit, sechs Fuß lang und drey einen halben tief. Dem Kranken wird ein Leibgurt angelegt, und er wird so am Rücken mittelst Bänder gehalten. Beym Hineinwerfen faßt ein Mann die Füße; derselbe oder auch ein anderer unterstützt dabey den Rücken. So wie der Kranke untergetaucht ist, zieht man mittelst des Leibgurts den obern Theil seines Körpers in die Höhe, öffnet nun bisweilen noch eine Seitenröhre, die Wasser längs der Oberfläche des Bades hinspritzt. Doch, wie schon bemerkt, das Sturzbad wird nur selten, und nur bey starken Kranken angewandt, in der Absicht durch Schreck zur Zusammenraffung der Ideen zu bewegen, oder auch nur um den Tobenden zu ermüden. Das Wasser zum Baden wird durch eine von Pferden getriebene Maschine ins erste Stockwerk gebracht, und ein Theil davon hier erhitzt. Von da fällt es in Röhren in die Badezimmer hinab. In zwey großen Zimmern ist das Wasser unter dem Boden fortgeleitet, ohngefähr bis in die Mitte des Zimmers und bildet einen durch einen Hahn verschließbaren Springbrunnen. Über diesem steht ein in der Mitte ausgehöhlter Stuhl; auf ihm werden bisweilen Kranke angebunden; man schraubt auf die Springröhre eine biegsame elastische Röhre, und nun dient das Ganze um den Kranken von unten herauf zu bespritzen. An der Decke angebrachte Röhren dienen zum Tropf- und Douchebad. Diese Maschine sollte anfangs zu kalten Klystieren in den höheren Graden der Verstopfung gebraucht werden, da sie aber zu heftig wirkte, so dient sie nun, den Kranken von unten zu bespritzen (*douche ascendante*). Es werden gegenwärtig noch einige neue Bäder angelegt.

Erlauben Sie mir einige Bemerkungen über die Irren selbst, die im allgemeinen auch auf die in *Bicêtre* und *Salpétrière* passen. Ihre Vermuthung, daß Blödsinnige eine seltenere Erscheinung in den Pariser Irrenhäusern und überhaupt in den meisten Provinzen Frankreichs seyn dürften, als in Deutschland, fand ich im hohen Grade bestätiget. Der französische National-Charakter zeigt seine Spuren unverkennbar in den Irren. Fast alle sind lustig und tanzen, zeigen einen großen Hang zu Witzeleyen, und beschäftigen sich gerne, wenigstens mit Spielen. Viele irren mit ihren Gedanken herum, ohne eine Idee auszubilden, doch hängt der größere Theil einigen Lieblingsideen nach. Blödsinnige machen wirklich, zum Glücke der französischen Ärzte, die geringste Anzahl aus, und werden als unheilbar angesehen. Auch die Zahl der Melancholischen ist nicht hervorstechend, und scheint immer mehr abzunehmen. In der Revolution wenigstens soll sie größer gewesen seyn. Nicht unbeträchtlich ist die Zahl der durch zu große Devotion verrückt gewordenen, und diese bleiben meistens ungeheilt. Die Männer halten sich dann häufig für Götter, oder Propheten, da hingegen die Weiber eher an der göttlichen Gnade verzweifeln, und dann fast nie genesen. Vergebens suchte ich bisher von den Ärzten eine Angabe des Verhältnisses der verschiedenen Arten Wahnsinniger zu erhalten; ich konnte es eben so wenig erfahren, als das der Geheilten zu den Ungeheilten.

Bei der Aufsicht, welche über die Kranken herrscht, fallen Handlungen, die bey zurechnungsfähigen Menschen im Staate schwere Verbrechen seyn würden, nur selten vor; aber es ist auch, wie ich selbst zu beobachten Gelegenheit hatte, und mir die Ärzte versicherten, eine seltene Erscheinung, daß der natürliche Leichtsinn eine ernstliche Reue darüber zuläßt. Onanie, welche häufig getrieben wird, suchen bey Tage die Aufseher durch ihre Gegenwart zu verhindern, bey Nacht bindet man immer mehreren die Hände und läßt sie in vorne verschlossenen Unterhosen schlafen. Die Melancholischen sind sehr zum Selbstmorde geneigt und hungern sich öfters mit einer unbeschreiblichen Hartnäckigkeit aus.

Paris den 6. May 1808

Ich habe noch Nachrichten über die Aufführung einer Komödie im Irrenhause zu Charenton nachzutragen, der ich am 31. März beywohnte. Wegen des besondern Interesse und der Seltenheit der Sache wird es mir vergönnet seyn, ausführlich davon zu sprechen.

Der Saal hatte folgende Einrichtung. Rechts an der Wand stand eine Bank für weibliche Reconvalescenten, links gegen über eine andere für männliche. Im Hintergrunde, der Bühne gegenüber, waren auf beyden Seiten erhöhte Bänke für ruhige Irren angebracht, rechts für die Weiber, links für die Männer; zwischen beyden eine genau verschlossene Loge für den Director und seine Gäste, so daß also die männlichen Irren die weiblichen nicht sehen konnten. In der Mitte des Saales, zwischen den Bänken der Reconvalescenten, waren andere für die Aufseher des Spitals und solche Personen, welche durch ein Billet eingeladen worden waren. Die Reconvalescenten fand ich gleich anfangs in dem Saale, die eigentlichen Irren aber kamen erst kurz vor dem Anfange des Stückes. Man begann mit einer Symphonie, welche von 4 Irren und 3 Stadtmusikanten leidlich aufgeführt wurde.

Die Aufmerksamkeit war ziemlich allgemein als der Vorhang aufgezogen wurde, und man spielte:

1) *Le sourd ou l'auberge pleine. Comédie en trois actes et en prose par Desforge 1802.*

In diesem Stücke, welches sonst mit dem lautesten Beyfall in Paris gegeben wurde, spielten drey Irren und eine Irre; die übrigen Personen waren theils aus dem Hause, theils aus der benachbarten *école vétérinaire* in Alfort.
Inhalt. Ein Vater will seine Tochter an einen äußerst lächerlichen Menschen verheirathen, den sie nicht liebt. Ihr eigentlicher Liebhaber, ein junger Officier, erzwingt den Eintritt in den Gasthof, wo die Familie versammelt ist, indem er sich taub stellt. Durch dieses Mittel gelingt es ihm sogar mit der Familie zu speisen, und es entstehen nun sehr viele lächerliche Scenen zwischen ihm und seinem Nebenbuhler. Am andern Morgen giebt er sich diesem und dem Vater seiner Geliebten zu erkennen, erhält dessen Einwilligung, erzwingt die seines Rivalen, und giebt seine Schwester, die bisherige Gefährtin seiner Geliebten, einem seiner Freunde, der Tags zuvor sich vergebens bemüht hatte, in den Gasthof aufgenommen zu werden.

Personen des Stückes.

1) *Der Vater des Mädchens.*
Ein etwas düsterer, ruhiger Charakter. Da die Person wenig zu sprechen hat, so war sehr gut ein 30–40jähriger Melancholischer erwählt worden, der nur sehr selten Anfälle von Wuth hat. Einige Ängstlichkeit abgerechnet spielte er ganz gut.

2) *Seine Tochter.*
Da die Scenen zwischen dem Officier und seinem Gegner die auffallendsten sind, so spielt diese keine so hervorstechende Rolle, als man glauben möchte. Sie ist vielmehr ein Mädchen, das sich dem Schicksale überläßt, anstatt selbst thätig zu seyn, und still dem Ausgange entgegen sieht. Eine Person nahe an 30 Jahren spielte diese Rolle, welche, seit geraumer Zeit völlig wieder hergestellt, nur noch zur Probe im Spitale blieb. Ihr Spiel hatte nichts Ausgezeichnetes; sie spielte so gut, als ein Mädchen von ganz gewöhnlicher Bildung spielen kann, das zum erstenmale das Theater betritt.

3) *Der Bräutigam.*
Die am meisten hervorstechende Person des Stückes, mit einem Worte ein lärmender Narr, der, beständig durch den tauben Officier gereitzt, sich vergebens gegen ihn ereifert. Ein Eleve der Thierarzeneyschule hatte diese Rolle übernommen und wußte sich so gut in die Umgebungen zu finden, daß man ihn allgemein als zum Spitale gehörig betrachtete.

4) *Der Officier.*
Ein ernsthafter und zu gleicher Zeit stolzer Charakter, der recht gut durch einen etwas finsteren Irren vorgestellt wurde, der überdies sehr hohe Ideen von seiner Größe hat.

5) *Der Freund des Officiers.*
Eine Nebenrolle, die indessen die Aufmerksamkeit auf die Hauptscenen etwas ableitet. Der Schauspieler war nicht aus der Zahl der Irren.

6) *Seine Geliebte, die Schwester des Officiers.*
Ein etwas lebhafterer Charakter, als der ihrer Freundin (No. 2), mit der sie immer zu gleicher Zeit erscheint. Diese Rolle gewann ausserdem an Interesse, indem sie durch ein schönes und gesundes Mädchen vorgestellt wurde.

7) *Ein Stallknecht.*
Er erscheint nur einmal, um einen Brief zu überbringen, wobey er nur wenig zu reden hat, was recht gut ein lustiger junger Irrer von etwa 15 Jahren ausrichtete.

8) *Die Wirthin* und
9) *ihr Mädchen* haben wohl viel im Stücke zu sprechen, ich übergehe sie aber, da sie weder Hauptcharaktere ausmachen, noch diese Rollen von Irren gespielt wurden.

Auf dieses Stück folgte nun ein kleines Ballet, welches von zwey kleinen Mädchen eines Pariser Theaters getanzt wurde, und dann eine Pause, welche ich zur Beobachtung der zuschauenden Irren benützte. Alles war ruhig vor sich gegangen; ein einziger, welcher zu lärmen anfing, wurde sogleich entfernt. Im Allgemeinen waren während des Stückes diese Zuschauer aufmerksam gewesen, nickten bisweilen zu, und besonders bestrebten sich die Weiber ein anständiges Äussere zu beobachten. Minder merkten die Männer auf die Gesellschaft, in der sie sich befanden, einige saßen sogar ganz in sich gekehrt, ohne auf irgend etwas zu achten, und nur das Toben des Herrn Danièdres, denn so hieß der Nebenbuhler des Officiers, konnte sie aus ihren Träumen stören. Doch diese machten bey weitem die geringste Anzahl aus; die meisten nahmen Antheil an dem Stücke. Man hatte übrigens zu Zuschauern die ruhigsten Irren ausgewählt. Während der Pause, wo die meisten Augen auf sie gerichtet waren, nahmen sich die Weiber sehr zusammen, auch von den Männern sprachen nur wenige miteinander. Die eigentlichen Reconvalescenten waren ungezwungener, indem sie auch so saßen, daß man sie weniger beobachtete, weil viele nicht wußten, daß sie zur Anstalt gehören.
Man gab hierauf:

2) *Le tableau parlant. Comédie en un acte et en vers, mêlée d'ariettes 1770*

Inhalt des Stückes.
Ein junges Mädchen soll ihren Vormund heirathen, ist aber in dessen jungen Neffen verliebt. Auf Zureden ihrer Gesellschafterin stellt sie sich endlich, als liebe sie den alten Vormund. Dieser fürchtet Betrug; unter dem Vorwand einer Reise entfernt er sich, und schleicht dann wieder in das Haus, wo er sich hinter seinem Portrait verbirgt, das vom Maler noch unvollendet in einer Ecke des Zimmers stand. Unterdessen hatte sich sein Neffe eingefunden; man geht zu Tische, insultirt das Gemälde, und das Mädchen verlangt endlich von demselben ihre Freyheit. Der Alte springt vor und williget, zu seiner eigenen Bestrafung, in die Heirath, und zu gleicher Zeit in die der Gesellschafterin mit dem Begleiter seines Neffen.

Personen des Stückes.

1) *Die beyden Mädchen.*
Keine von beyden krank, ich erwähne sie also nicht weiter.

2) *Der Vormund.*
Ein mißtrauischer, übrigens aber gutmüthiger Alter. Er wurde von einem ohngefähr 50jährigen Irren vorgestellt, der seit einigen Monaten Reconvalescent ist. Die Reconvalescenten bleiben nämlich, da sie Pensionaire sind, oft mehrere Monate noch zur Probe im Spitale. Er spielte seine Rolle gut und obgleich kein großer Sänger, so sang er doch meistens beherzt, und verrieth überhaupt keine Unruhe.

3) *Sein Neffe.*
Leidenschaftlicher jedoch bescheidener Liebhaber. Diese Rolle wurde demselben Irren zu Theile, der im vorhergehenden Stükke den Officier vorstellte. Sey es, daß er müde war, oder vielmehr daß sich diese Rolle mit seinem ruhigen Charakter nicht vertrug: das Spiel fiel ihm schwer.

4) *Sein Begleiter.*
Nicht geringe war mein Erstaunen, als ich einen Irren in Harlekins-Kleidung auf das Theater springen sah. Ein weißer, runder, in eine Spitze sich endigender Hut auf dem Kopfe, lange, weite, weiße Pantalons, ein weißer weiter Kittel mit ungeheuren Knöpfen, die Ärmel um eine halbe Elle länger als der Arm, machten die Bekleidung aus.
Ich weiß wohl, daß man auf den Pariser Theatern dasselbe Costume wählt, durfte es aber wohl hier geschehen, oder im Falle man diese Kleidung für durchaus erforderlich hält, durfte doch dieses Stück gegeben werden?
Man könnte vielleicht sagen, daß dieß ein Mittel sey, die Irren zu überreden, daß eine solche Kleidung nichts erniedrigendes habe, daß sie öffentlich getragen werden könne, und sie so an die Harlekins erinnere, die man häufig in Paris herumlaufen sieht. Werden sie sich aber nicht leichter an die langen Ärmel erinnern, die sie einst selbst trugen, oder wenigstens an andern sahen, wird nicht vielleicht der Gedanke bey ihnen entstehen, man wolle sich über sie lustig machen? Wird diese Kleidung nicht eher die Reconvalescenten traurig machen, während sie einzelne Irren vergnügt? Denn freylich dem eigentlichen Narren wird das Kleid gefallen, ohne daß es die geringste ernsthafte

Idee in ihm rege macht. Man muß sich aber den französischen Leichtsinn in hohem Grade denken, um zu begreifen, wie ein Reconvalescent von reifem Alter, der einst rasend war, mit so vieler Heiterkeit diese Rolle vorstellen konnte. Er spielte besser, als die anderen, und man sah ihm an, daß er sich in dieser Kleidung gefiel. Doch muß ich bemerken, daß er noch immer ein sehr lustiger Mensch ist; er benahm sich indessen so, daß man von seinem Spiele wenigstens auf Verrücktheit nicht schließen konnte.
Die zuschauenden Irren schien diese Erscheinung wenig zu afficiren, ich konnte auf keinem Gesichte den Ausdruck des Unwillens, oder des Mißmuthes bemerken.
Die Wahl des ersten Stückes scheint mir glücklich, einige Stellen in demselben waren den Umständen völlig entsprechend.
Das zweyte Stück war minder passend; verliebte Scenen, eben nicht sehr feine Wortspiele und dergleichen konnten die Einbildungskraft der Irren um so eher erhitzen, als die Stücke des Abends von 6 bis gegen 9 Uhr gegeben wurden. Es war in dieser Hinsicht zweckmäßig, die Plätze der Irren auf die oben beschriebene Weise zu ordnen.
Es schien mir wichtig, am andern Morgen der ärztlichen Visite beyzuwohnen. Da der Arzt krank war, so konnte ich nur einen Theil der Irren sehen. Sie schienen im Allgemeinen sehr wohl mit der Aufführung der Stücke zufrieden, nur sehr wenige äußerten, daß dergleichen Dinge für sie langweilig seyen; doch gelang es mir nicht, etwas mehr als allgemeine Äußerungen zu erhalten. Ein sehr lustiger Irrer bemerkte mir indessen, daß das Beste vom ganzen Stücke die Rolle des Harlekins gewesen sey. Die Krankheit des Arztes verhinderte mich den Irren zu besuchen, welcher diese Rolle gespielt hatte. Die Irre, welche im ersten Stück spielte, empfing mit sehr vielem Wohlbehagen die Complimente, welche ihr gemacht wurden, bemerkte übrigens, daß sie ziemlich gleichgültig gespielt habe, weil sie theatralische Liebschaften nicht gerne habe.
Durch das Ganze wurde ich übrigens in den Ideen bestärkt, welche ich im vorhergehenden bereits geäußert habe.
Bey einer sorgfältigen Wahl der Schauspieler und Zuschauer und indem man Rollen austheilt, welche, indem sie einigermaßen in die Ideen des Kranken eingehen, ihn gelinde, ohne Erbitterung zurechtweisen, kann die Vorstellung gut gewählter Stükke sehr nützlich werden. Um so besser würde es seyn, könnten

Schauspiele eigens zu diesem Zwecke verfertiget werden; nur müßte alsdann auch der Arzt diese Gelegenheit ergreifen, seinen Kranken auf einzelne Punkte aufmerksam zu machen. Für die Zuschauer sind Komödien immer ein Mittel, ihre Ideen zu fixiren. Da aber dieses Mittel nicht oft genug angewandt werden kann, indem während 5–6–8 Wochen wöchentlich 3–4 mal Proben angestellt werden müssen, so würde es nöthig seyn, ein Hauptaugenmerk eben auf diese Proben zu richten, um so mehr als durch dieselben das Spiel den Kranken zur Gewohnheit werden kann, so daß sie bey der Aufführung selbst wenig mehr dabey denken. Die Ärzte des Spitals in Charenton interessiren sich indeß wenig um diese Übung, welche zunächst von dem Director veranstaltet wird.[27]

Schweiggers nüchterner Bericht vermittelt nur wenig von der Skurrilität dieser Aufführungen, die allein schon durch den bunt zusammengewürfelten Haufen der Beteiligten gegeben war: der bis zur Transportunfähigkeit aufgedunsene Theaterdirektor Sade, der zwergenhafte Anstaltsleiter Coulmier, die Schauspieler in ihren Harlekinskostümen und die Schar der geladenen Gäste, unter denen sich zeitweise der Wiener Phrenologe Gall, bekannte Sängerinnen der Pariser Oper, Vertreter europäischer Fürstenhäuser und, wie erwähnt, der Erzbischof und Kardinal de Maury befanden. Für Sade waren die Inszenierungen wohl vor allem ein Ersatz für die ausgebliebenen Aufführungen seiner eigenen Stücke an den Theatern der Hauptstadt, die über Mittelsmänner nach wie vor mit den mehr oder minder langweiligen dramatischen Versuchen des Marquis bombardiert wurden, ohne daß auch nur ein einziges dieser Stücke gespielt worden wäre.

[27] *Über Kranken- und Armenanstalten zu Paris,* von Dr. August Friedrich Schweigger, hrsg. … von Dr. J. G. Langermann, Bayreuth 1809, S. 8–27. Die wichtigste Quelle zu Schweiggers Leben, das am 28. Juni 1821 während einer Italienreise ein gewaltsames Ende fand, stellt die von seinem Bruder Johannes Salomo verfaßte Schrift *Bruchstücke aus dem Leben des als Opfer seiner Wissenschaft gefallenen Dr. August Friedrich Schweigger,* Halle 1830, dar.

Für die schriftstellerischen Aktivitäten des bei seinem Eintritt in Charenton 62jährigen hatten die zunehmenden Repressionen, denen er sich trotz der Freundschaft Coulmiers nicht entziehen konnte, fatale Folgen. Am 5. Juni 1807, dem Tag, mit dem vorliegendes Tagebuch einsetzt, wurde bei einer Durchsuchung seines Zimmers das Manuskript seines vermutlich letzten großen Romans *Les Journées de Florbelle* beschlagnahmt. Dieser stand unter dem Motto »Die wahre Freiheit besteht darin, weder Menschen noch Götter zu fürchten«. Es wurde nach Sades Tod verbrannt. Die drei historischen Romane, die in den Folgejahren noch entstanden (*La Marquise de Gange* [vor 1811], *Adélaïde de Brunswick* [1812] und *Isabelle de Bavière* [1813/1814]) liefern nur noch Schatten der energischen Gestalten, die dem Leser in der *Philosophie im Boudoir* und in *Justine/Juliette* gegenübertreten.
Hinter den Mauern von Charenton, die Augen und Ohren haben, verschleiert Sade seine skandalöse Philosophie zum Kryptogramm einer erloschenen Revolte, zur *Philosophia Occulta.* Dem so betitelten Werk des Agrippa von Nettesheim, für das der Gefangene sich zu Beginn seiner Internierung in Charenton interessiert zeigte,[28] mag ihm den Anstoß zur Chiffrierung seiner erotischen Vorstellungen mit dem magischen Symbol Ø gegeben haben. Das im Zeitalter der Revolution formulierte Credo »Die Philosophie muß alles sagen können« hat im napoleonischen Frankreich und im Europa des siegreichen Bürgertums auch im verborgensten Winkel keine Geltung mehr. Das sexuelle Kürzel greift in zahlreichen Tagebuchaufzeichnungen dieser und der folgenden Jahre Raum: ein O bei Victor Hugo, ein + bei Hans Christian Andersen, ein ♀ bei Lichtenberg, Wortverdrehungen oder die Zuflucht zum Lateinischen bei Lavater und E. T. A. Hoffmann und vielen anderen lassen ahnen, daß das Ende der Aufklärung mit der Tabuisierung jener erotisch-schriftstellerischen Energie bezahlt wurde, die in Sades Werk einen nie wieder überschrittenen Zenit erreicht hatte.
Sade, der ihr im Kontext der großen Französischen Revolution gegen deren Grenzen seine Stimme verliehen hatte, hat im Februar 1814 vom Fenster seines Zimmers aus wahrscheinlich

[28] Vgl. Sade, *Œuvres Complètes,* Bd. 15, Paris 1973, S. 24.

miterlebt, wie Schüler der tierärztlichen Versuchsanstalt von Alfort die Brücke von Charenton, die sich unweit des Hospizes über die Marne spannt, mit Pallisaden bewehrten, um die Truppen der alliierten Mächte, die gegen Paris drängten, aufzuhalten. Umsonst[29]. Napoleon fiel, und mit dessen Fall verlor auch Coulmier seinen Posten, weil er als ehemaliger Angehöriger der brumairianischen Elite unter den zurückgekehrten Bourbonen nicht länger im Amt bleiben konnte. Anders sein Gegenspieler Royer-Collard, der Bruder eines einflußreichen Politikers der Restauration: am 2. August 1814 hieß er Ludwig XVIII. »an der Spitze der Ärzte von Paris« mit einer Rede willkommen und bereits wenige Monate später wurde er befördert[30].

Sade starb am 2. Dezember 1814 in die Agonie einer Epoche hinein, deren Ende sich in seinen letzten Aufzeichnungen als Zeit der Verstellung, als vergreiste Aufklärung lesen läßt. Ohne das Salz der steten Renitenz wurde das Auge der Vernunft trübe.

Hans-Ulrich Seifert

[29] Vgl. J. A. Dulaure, *Histoire physique, civile et morale des environs de Paris,* Bd. 3, Paris 1827, S. 90–93.

[30] In der deutschen Übersetzung des *Dictionnaire des Protées modernes* (*Gallerie der Neuen Chamäleone,* Paris 1816, S. 279) ist zu lesen: »Royer-Collard, Expriester des Oratoriums, Oberarzt des Hospitiums von Charenton, Generalinspekteur und ordentlicher Rath der kaiserlichen Universität hielt den 2ten August 1814 an der Spitze der Ärzte von Paris eine kleine Rede an Ludwig XVIII., welcher ihm den 18ten des nemlichen Monats das Ehrenkreuz und den 17ten Februar 1815 die Stelle als Mitglied des Königlichen Raths des öffentlichen Unterrichts mit dem bescheidenen Gehalte von 12.000 Fr. einbrachte«.

Ausklang

Carl Maximilian Andrée: Charenton

(Auszug aus dem 1810 in Leipzig erschienenen Buch *Neuester Zustand der vorzüglichern Spitäler und Armenanstalten in einigen Hauptorten des In- und Auslandes, Erster Theil: Die Spitäler und Armenanstalten in Paris.* Der Autor hielt sich dort vom November 1807 bis zum Mai 1808 auf.)

Ein Spital für heilbare Irren, beiderlei Geschlechts, zahlende und nicht zahlende, 2 *Lieues* vor der *Barrière* gleichen Namens, sehr freundlich auf einer Anhöhe am Ende des Ortes, nach dem es sich nennet, gelegen; die *Marne* fließt unten vorbei, und ergießt sich nicht weit davon in die *Seine*, die nach der Stadt zuströmt. Die Lage ist wirklich reizend; gegenüber auf dem linken Ufer der Seine liegt *Alfort*.

Ich bekenne zum Voraus, daß ich in der Beschreibung dieses Spitals sehr kurz werde seyn müssen; denn so unbeschränkt ich in der Durchsicht aller bis jetzt beschriebnen Anstalten gewesen war, so zuvorkommend man mich überall empfangen und in meinem Geschäft unterstützt hatte; so beschränkt sah ich mich auf einmal, als es dieses Spital galt, so zurückweisend behandelte man mich hier, so viel Hindernisse stellte man mir von allen Seiten entgegen. Daß es Schwierigkeiten geben würde, wußte ich, und war darauf gefaßt, denn das Spital steht unmittelbar unter dem Minister des Innern; auch ist die Strenge in einem Irrenhause, daß nicht unbedingt jeder Fremde zugelassen wird, sehr löblich; doch artet sie hier durch die Unfreundlichkeit eines bizarren Directors ins Beleidigende aus. Herr Decoulmiers heißt der Mann. Ich machte den ersten Versuch aufs Gerathewohl, fuhr hinaus und ließ mich anmelden. Man verwies mich an eine *Espèce* von *Abbé*, der anfangs gar nichts hören und wissen wollte, sich aber doch zuletzt, als ich ihm mein Empfehlungsschreiben von Herrn Delessert vorwies, bewegen ließ, Hrn. Decoulmiers die Sache wenigstens vorzutragen. Er kam aber bald mit nackter, abschlägiglicher Antwort zurück, gab mir aber den Rath, mich schriftlich an Hrn. D. zu wenden, vielleicht daß ich einen Tag bestimmt bekäme. Ich ging ziemlich unwillig fort, entschädigte mich aber in *Alfort.* Ein gleich Tags darauf abgeschickter Brief blieb unbeantwortet. Ich wendete mich hierauf an den Arzt des Spitals Herrn Royer-Collard, einen sehr angenehmen, artigen Mann, den das Betragen des Hrn. D. gar nicht wunderte; er gab mir den Rath, mich an den *Secretaire général* des Minister des Innern zu wenden, er selbst dürfe niemanden ohne Erlaubniß mitnehmen. Dort forderte man wieder eine Bestätigung des Gesandten, daß ich wirklich Fremder sey, und unglücklicherweise fielen alle diese Formalitäten in die Zeit, wo der Gesandte des sächsischen Hofes nach *Bayonne* gerufen worden war. Die Verwendung des Gesandtschafts-Secretair reichte nicht zu, und somit verging mir am Ende Lust und guter Wille, zumal da noch viele andre Dinge zu sehen übrig waren, die ich nicht einem fruchtlosen Herumlaufen und Ansuchen aufopfern wollte. Ich schreibe den ganzen Hergang auf, weil er zu meiner Entschuldigung dienen soll, wenn ich, was die Beschreibung dieses Spitals anbelangt, eine so bedeutende Lücke lassen muß, da ich doch in allen vorhergegangenen so vollständig als möglich zu seyn suchte, und es auch in den folgenden noch seyn werde. Herr Jos. Frank beschreibt die Anstalt sehr kurz und bündig,[1] auch er sah sie nicht ohne so mancherlei vorhergegangne Schwierigkeit; er erwähnt einen andern Arzt; der jetzige schon genannte, den ich sah, scheint ein geschickter Mann zu seyn, so viel ich aus seinem Gespräch abnehmen konnte. Er macht wöchentlich dreimal die Visite, und muß schon früh um 5 hinausfahren, kommt gemeiniglich gegen 10 wieder zurück, wo er dann zu sprechen ist; die Tage sind Dienstag, Donnerstag und Sonnabend. Er ist ein glücklicher Vater von mehrern Kindern, und ich glaube seine noch sehr liebenswürdige Frau erwähnen zu müssen, da sie, gebohrne Pariserin, keinem ihrer Kinder die mütterliche Brust versagte, was sie mich mit selbstzufriednem Lächeln versicherte, als ich sie von den Kleinen umgeben sah, und die im Gespräch mit Pariser Müttern schon sehr gewohnte Frage an sie richtete, ob sie gute Ammen gehabt habe. Es sey dies ein kleiner Vorbericht zu dem, was ich bei Beschreibung des Pariser Ammen-Bureau weitläufiger sagen werde.

[1] Siehe Anmerkung 26 im Text von H.-U. Seifert

Schon Herr Jos. Frank sagt, daß man die Irren in der Anstalt mehr psychologisch behandle; man hatte mir viel von theatralischen Uebungen vorgesprochen; das Locale dazu war ich wirklich so glücklich zu sehen. Erwähnter *Abbé* ließ, während er mich bei Hrn. D. meldete, im Parterre vor der herabgelaßnen Gardine mich warten; ich musterte inzwischen diese sonderbare *Antichambre.* Der Raum für die Zuschauer ist sehr beschränkt; die etwas erhöhte Bühne ist schmal, niedrig und enge; es sah hinter dem Vorhang finster, bunt und verwirrt aus. Ich kann mir von dem Ganzen noch keine deutliche Vorstellung machen; werden den Irren Stücke vorgespielt, so kann dadurch wirklich etwas Gutes erreicht werden, doch darf der Irre dabei nicht merken, daß er in die Komödie geht, was doch unvermeidlich ist, wenn er ins Parterre vors Brettergerüste hingesetzt wird; er muß wähnen, die Handlung ereigne sich wirklich, sey wahr; sie muß auf seine Stimmung berechnet seyn, eine kurze Szene, kein langes Stück. Oder läßt man Irre selbst spielen? auch gut, nur müssen sie ebenfalls nicht ahnen, daß sie Komödie spielen, keine Koulissen, bemalten Gesichter, auswendig gelernte Gesten und Reden; kein geladnes, zuschauendes Parterre. Eine gute Irren-Anstalt spielt jedem Irren täglich mehrere Szenen, hier und da, wo es paßt, nicht aber mehrern ein einzelnes Stück von der bretternen Bühne herab. Wie kann eine Szene für mehrere Irren berechnet seyn? Die ganze Anstalt soll die Bühne seyn, wo hier und da, den ganzen Tag abwechselnd jeder Irre seine Rolle spielt, und es keine müßigen Zuschauer geben darf, sondern mitgespielt werden muß; was die Schuldigkeit der umgebenden Aufseher ist, die dazu Kopf und Gewandtheit genug haben müssen, keine rohen Zucht- und Steckenmeister, Ketten, Thür- und Riegelschließer seyn dürfen. Der kluge Aufseher muß 100 Rollen immer einstudirt haben, und sie hintereinander spielen, wo es nöthig ist. Freilich giebt das ein sonderbares Gemisch dramatischer Rhapsodien, doch so muß es seyn und nicht anders. Wer wollte dem Irren Rollen einstudiren lassen; er, der ohnedies schon aus seinem Ich herausgetreten ist, soll sich in ein drittes noch hineinarbeiten? Und wozu? um einen andern Narren vielleicht zur Vernunft zu bringen, soll er noch närrischer werden? oder wohl gar, um neugierige Zuschauer zu unterhalten? Welcher empörende Gedanke! Schlimm genug, daß mehrere Irrenhäuser von Fremden nur besucht werden, um beliebigen Spaß zu treiben, was menschenfreundliche Aufseher nicht dulden sollen, eben so wenig als daß andre nicht eingeweihte, durch ungeschickte Unterredungen nur noch schlimmer machen, was sie vielleicht gut machen wollten. Der unkundige Fremde sehe dem Schauspiel einer Irren-Anstalt, schweigend, mitleidsvoll zu, wenn es nicht traurige Störungen geben soll, wie es solche auch in der That häufig giebt. Ist Herr D. deswegen so streng in Zulassung der Fremden, so wünsche ich nur, daß jenes problematische Narrentheater nicht mehr verdirbt, als da zu befürchten wäre. Kurz mir wollten diese theatralischen Propyläen des Heiligthums, in welches ich nicht gelassen wurde, nicht gefallen, und sie lassen auch in der That auf den Geist, der im Innern herrschen mag, nicht vortheilhaft schließen, doch will ich nicht zu voreilig aburtheilen. Herr Pinel und Delessert, denen ich davon erzählte und die ich fragte, ob sie mir nicht einige Auskunft geben könnten, gaben auch ziemlich bedenkliche Aeußerungen zu erkennen. Nach *Bicêtre* und *Salpêtrière* werden jährlich viele Irren abgegeben, mit deren Heilung es nicht glücken wollte, und die nicht Zahlende waren. Die Zahlenden behält man auch im Fall der Unheilbarkeit.

Im XIII. Jahr d. Rep. war die mittlere Zahl der zu *Charenton* Behandelten 140; die 51049 Krankentage gaben. Von der auf Seite 56 [meines Buches] angegebnen Hauptsumme der Ausgabe der Administration, für gewisse, blos im Punkt der *Comptabilité* sie angehende Anstalten, betrugen die Kosten dieses hierher gehörigen Spitals 76573 fr. 50 cent.

Zu guter Letzt einige Hinweise auf weiterführende Literatur: Annie Le Brun (Hg.): Petits et Grands Théâtres du Marquis de Sade. Paris: Paris Art Center 1989. Dort besonders: S. 87ff. Zeitgenössische Texte zu Charenton von Armand de Rochefort, der Schauspielerin Mademoiselle Flore und M. de Labouïsse, sowie S. 95ff. Michel Gourevitch: Le Théâtre des Fous: Avec Sade, sans Sadisme. Außerdem Jules Janin: Der Marquis von Sade und andere Anschuldigungen. München: edition belleville 1986. Und Marquis de Sade: Der Mensch ist böse. Ausgewählte Sadiana. München: Wilhelm Heyne 1990.